喜妃傳

第一部

四

著——解語——

熹妃傳

目錄

第一百九十五章　明爭暗鬥　005
第一百九十六章　見面　010
第一百九十七章　生疏　015
第一百九十八章　可怕　020
第一百九十九章　選馬　025
第二百章　風雨　030
第二百零一章　兩全　035
第二百零二章　不如意　040
第二百零三章　辛者庫　044
第二百零四章　鄭春華　048
第二百零五章　假死　053
第二百零六章　麻煩　058
第二百零七章　對峙　063
第二百零八章　罷手　068
第二百零九章　兩生花　073
第二百一十章　靜嬪　078
第二百一十一章　王末　083
第二百一十二章　要脅　088
第二百一十三章　東菱閣　093
第二百一十四章　監視　098
第二百一十五章　憂心　103
第二百一十六章　下藥　108
第二百一十七章　失蹤　112
第二百一十八章　追查　116
第二百一十九章　戒指　121
第二百二十章　自私　125
第二百二十一章　兵刃相見　130
第二百二十二章　射殺　135

第二百二十三章　處置　140
第二百二十四章　巧言令色　145
第二百二十五章　自保　150
第二百二十六章　原諒　155
第二百二十七章　入秋　160
第二百二十八章　書房　165
第二百二十九章　設局　170
第二百三十章　所謂心願　175
第二百三十一章　入園　179
第二百三十二章　傅從之　184
第二百三十三章　中計　188
第二百三十四章　月地雲居　193
第二百三十五章　戲子　198
第二百三十六章　請君入甕　203
第二百三十七章　放火　208
第二百三十八章　救人　213
第二百三十九章　雙眼　218
第二百四十章　徹夜　222
第二百四十一章　請安　227
第二百四十二章　遭賊　232
第二百四十三章　指桑罵槐　237
第二百四十四章　尋死　242
第二百四十五章　以退為進　247
第二百四十六章　止於此　252
第二百四十七章　出京　257
第二百四十八章　杭州　262
第二百四十九章　杭州知府　267
第二百五十章　遊湖　272
第二百五十一章　平湖秋月　277
第二百五十二章　詭異　282
第二百五十三章　謠言　287
第二百五十四章　方憐兒　292
第二百五十五章　伸冤　297
第二百五十六章　動手　302
第二百五十七章　劫持　307
第二百五十八章　色心　312

第二百五十九章　布局　317
第二百六十章　入甕　322
第二百六十一章　救人　327
第二百六十二章　千刀萬剮　332
第二百六十三章　私造兵器　337
第二百六十四章　禍引東宮　342
第二百六十五章　斷橋殘雪　347
第二百六十六章　方織造　352
第二百六十七章　提審　357
第二百六十八章　身世　362
第二百六十九章　沒有冤案　367
第二百七十章　回京　372

第一百九十五章　明爭暗鬥

三人一路而行，還未到淨思居門口，遠遠便看到外面站了好幾個人；待走近了，驀然發現正是小路子與水秀、水月。

小路子他們曉得主子今兒個要回府，激動得一大早就等在淨思居外，左顧右盼。待見到日夜向佛祖祈求保佑的主子真真切切出現在自己眼前時，一個個皆是忍不住落淚，齊齊跪下哽咽道：「奴才們恭迎主子回府，主子萬福！」

「都起來吧。」凌若連忙將涵煙交給溫如言，自己上前一一扶起幾人，努力止住在喉間滾動的哽咽，問：「一別數年，你們都還好嗎？」

「奴才們一切都好，只是掛念主子得緊。」小路子抹淚回道。

相別三年，眾人的容顏並不曾改變過多，依然如她離開之時。分別似乎只是在昨日，而非整整三年光陰。

「好了，都別站在門口了，有什麼話進去再說吧。」瓜爾佳氏的一句話提醒了眾人，小路子他們連忙迎了凌若幾人進去。

待得踏入淨思居，凌若發現裡面依然維持著她離開時的樣子；手指在桌上撫過，指尖瞧不見一絲塵灰，可見小路子他們每日都有悉心打掃。她被廢黜趕出雍王府，小路子他們本有機會去別的地方伺候，卻都一個個選擇留下來，這份忠心實難能可貴。

在敘過舊後，幾人知趣地退下去，而且他們也有很多話要跟李衛與墨玉說。

凌若取過水秀適才端來的香茗抿了一口，望著在溫如言懷裡把玩著果子的涵煙，柔聲道：「還沒來得及恭喜姊姊得償所願呢。」

「這個孩子……」溫如言撫著涵煙軟軟的髮絲道：「也是來之不易。若非雲妹妹極力護持，只怕未必生得下來。」三人之中以溫如言最為年長，在說到此處時，她有些慶幸地道：「也虧得是女孩，不會礙了某些人的事，否則不見得能養活至今。涵煙滿月的時候，王爺晉了我為庶福晉。」

凌若自然曉得她說的是誰，低頭褪下腕間鏤金嵌東珠的鐲子遞給溫如言，笑言：「虧得墨玉他們機靈，暗中帶了不少細軟離開，否則這鐲子我還真還不了姊姊。」

待溫如言收下後，她又轉向瓜爾佳氏，笑意盈盈地道：「看到姊姊平安無事站在這裡，妹妹總算放心了。」

瓜爾佳氏揭起茶盞輕輕撥弄著漂在茶湯的茶葉，嫣然道：「若換了從前，我必以為妳這話言不由衷，而今卻是不會了。當年的事……」她頓一頓，露出幾分餘悸。「也是危險得很。徐太醫始終未能徹底除去噬心之毒，只是盡量將它壓到最低，所以一年期滿後，毒性發作，我亦是幾次險死還生，躺在床上整整半年才能下地。一直將養到現在，這身子始終難以大好，不過這命好歹是保下來了。」

「那拉氏沒有再來尋姊姊的麻煩嗎？」

她們說話的時候，涵煙扔了手裡的果子朝瓜爾佳氏張手，含糊不清地叫著：「姨！姨！」

瓜爾佳氏將涵煙抱在懷中，將手裡的絹子拿給她玩耍。「她倒是想，不過這幾年我處處小心提防，除了替溫姊姊照料涵煙外少有踏出悅錦樓，是以一直不曾被她尋到機會。」

凌若欣慰地點點頭。雖說離府數年，錯失許多，但總算故人盡皆安好，溫如言更有幸得一女於膝下。

看著天真可愛的涵煙，凌若不禁想起自己生而即逝的那個孩子，若活著，現在差不多也有三歲了。

康熙四十五年的那場大雪，改變了太多太多的事……

見她盯著涵煙黯然不語，溫如言豈有不知她心思的道理，當下走過去輕輕將手放在她的肩上。「若兒，涵煙不僅是我的孩子，也是妳與雲妹妹的孩子。」

「姊姊放心，我沒事。」凌若斂袖起身，望著外面綿綿不止的細雨，漫聲道：

「聽說年氏曾得一子？」

「是，不過剛出月子沒多久就因病夭折了。」接話的是瓜爾佳氏。「福宜從滿月那日起就突然犯了病，剛吃下去的奶，下一刻就會全部吐出來。陳太醫來看過，說是得了怪病，雖然開了藥，可是灌進多少就吐出多少，根本沒用。只是夜夜啼哭不休，到最後是活活餓死的。福宜出生時尚有七斤，待得死時卻只剩下不到五斤。我曾去見過，小小的身子瘦得皮包骨頭，看不到一絲肉，很是可憐。」

從頭至尾，即使在說福宜可憐時，她的語調都是很平靜的，沒有一絲波瀾。不是她鐵石心腸，而是類似的事見了太多，甚至連她自己都是死過一回的人。

「陳太醫？」凌若驀然一笑，尖銳的護甲在平滑的桌面上劃出一道深深的印子。「想是嫡福晉做主去太醫院請來的吧，她可真是不遺餘力。」

「世子的位置一直懸而不決，王爺似乎無心冊立。這樣一來，為保世子之位不旁落，她自不能容忍他人有子，特別是年氏。」溫如言淡淡說著。要說這府裡最讓那拉氏忌憚的，莫過於出身顯赫又深得胤禛寵愛的年氏。「時阿哥今年不過四歲，嫡福晉卻已經忙著替他請西席。聽說西席人選已經定下來了，過幾日便會來府裡授課，也不知時阿哥是否能聽得進去。」

「她好不容易奪了一個兒子過來，自然要盡心培養，以免被人搶了世子之位。只是，四歲……」凌若吹著黏在護甲尖上的木屑，漫然道：「當今皇上三歲識字、五歲習書，她這是想學皇上呢。不過也要看時阿哥擔不擔得起她這份厚望。」

「時阿哥……」溫如言斟酌道：「我曾見過幾次，論那份聰明機靈，只怕不及曾經的弘暉，嫡福晉要失望了。」

「且讓她憂心去吧，與咱們無關。」瓜爾佳氏這般說了一句，隨後問起凌若這些年在別院中的經歷。待得知那拉氏竟然在她被廢黜以後猶不肯放過，步步緊逼，甚至讓人下瘋藥時，不由得駭然變色。這三年裡，當真可說是步步驚心。

第一百九十六章　見面

溫如言曉得凌若費盡心機重回雍王府為的是什麼，怕她因報仇心切操之過急，遂勸道：「那拉氏此人城府極深，非有十足把握，咱們萬不可輕舉妄動。至於佟佳氏……」這個人與那拉氏心機一般深重，偏還長了一張與納蘭湄兒相似的臉龐，令得她從區區一個官女子，一步步爬到今日側福晉的位置，委實難以對付。

「姊姊放心。」凌若莞爾一笑，瞧不見任何恨意、憤怒，眼眸處唯有一片雲淡風輕。「三年都等了，也不在乎再多等五年、十年，乃至更久，左右我還有一輩子的時間與她們鬥，不急。」

她已經二十歲了，不再是初入府時那個不諳世事、與人無爭的鈕祜祿凌若；五年光陰如水流逝的同時也磨礪了她的心，讓她開始學會如何將鋒芒掩藏在溫和無害的外表下。

聽得她這麼說，溫如言放下心來，在淨思居用過午膳後方抱了開始打哈欠的涵煙離去。

瓜爾佳氏本也要離去，卻在轉身時猶豫了一下，回過頭來道：「妳在別院的日子見過伊蘭嗎？」榮祥曾翻入別院去看凌若的事，她適才已經聽說了，然凌若言語間並不曾提及伊蘭。

凌若訝然道：「並不曾。姊姊為何突然這麼問？」

瓜爾佳氏眉心微微一擰，遲疑著道：「原本疏不間親，有些話輪不到我來說，但是妳好歹叫我一聲姊姊。妳被廢黜之後，伊蘭不得再入王府，此事妳是曉得的。」見凌若點頭，復又道：「然去歲王爺不知怎的又許她入府了，妳可知她入府後第一個去的地方是哪裡？」

「哪裡？」她的話令凌若隱約有種不好的預感。

瓜爾佳氏撫著腕間雕有龍鳳圖案的鐲子，一字一句說出凌若意想不到的答案：「蘭馨館。」

在一陣無言的靜默後，凌若緩緩道：「她去佟佳氏那裡做什麼？」

「旁的我不曉得，但能看出伊蘭對她很是信任，一口一個姊姊。我想應是妳與伊蘭起爭執那回，被佟佳氏趁虛而入。我怕伊蘭少不經事，會受佟佳氏挑撥，疏離了與妳的感情。眼下既回來了，此事要多注意些。」

當初就是因為凌若與伊蘭起了爭執，所以佟佳氏才得以藉機設下圈套陷害凌若。

「我知道了，多謝姊姊提醒。」在送瓜爾佳氏離去後，凌若召來小路子一問。果然如瓜爾佳氏所言，伊蘭在得以重新入府後，除了去靈汐那裡便經常出入蘭馨館，與佟佳氏來往密切。

凌若想一想，對小路子道：「待會兒你出府一趟，去讓伊蘭過來。」當年的事也是她衝動了，她與伊蘭畢竟是親姊妹，不能因一事而廢了一世情誼，還是早些將話說開得好。

小路子剛要退下，水秀已是咬脣道：「不用去了，奴婢今兒個一早曾在蘭馨館外看到二小姐，想來眼下還在那裡。」

凌若聞言不禁愕然。伊蘭就在府裡？那麼當是曉得她今日回府的，卻不肯出來與之一見，伊蘭……當真如此怨恨自己嗎？

想到這裡，凌若心下不禁惻然。水秀有心安慰但又不知從何說起才好，她就是知道主子會難過，所以一直忍著沒說。剛才要不是主子讓小路子去找二小姐，眼見瞞不住，她也不會說出來。

正這個時候，墨玉忽地跑進來，面帶喜色地道：「主子，二小姐來了。」

「當真？」凌若心中一喜，連忙自椅中起身，也不叫人傳，快步往外走去。許久不穿花盆底鞋，險些拐了腳，虧得小路子見機快，扶住沒讓她摔倒。饒是如此，腳踝子亦隱隱作痛，然凌若根本顧不上這些，忍著腳上的痛快步走到門口。

盛開如霞雲的櫻花樹下站著一個亭亭玉立的身影，正是數年未見的伊蘭。

「蘭兒。」喃喃喚著這兩個字，她眼前一陣模糊，於盈盈淚光中仔細打量著快與她一般高的身影。曾經的稚氣在歲月流逝中漸漸蛻去，取而代之的是嬌俏明媚、五官長開後的伊蘭，那眼、那眉與她越發相像。

伊蘭並未如她那樣激動，反而有些不自在，撐著傘磨磨蹭蹭地走上來，嘴脣微動，低低地喚了聲「姊姊」。

凌若含淚答應，伸手欲去撫伊蘭柔美的臉龐，不想她身子一仰竟然避開了自己的手，心中一沉，黯然道：「妳還在怪姊姊嗎？」

伊蘭沉默，良久，才吐言道：「不是，只是許久未見姊姊，有些不習慣罷了。」

她這般說著，然凌若卻是明白，伊蘭對自己生疏了。

凌若在心裡嘆了口氣，將伊蘭拉到屋中後對小路子道：「去端盅馬奶來，記得多放些糖，二小姐喜歡喝甜的。」

她話音剛落，便聽得伊蘭漠然道：「不必了，我已經很久不喝馬奶了。」

小路子聞言陪笑道：「那奴才去給二小姐沏盞茶來。」

在小路子退下後，伊蘭瞥了凌若一眼，遲疑了一下，輕言道：「我聽榮祥說姊姊這些年在別院過得不太好？」

「是有些不易，不過都過去了。」凌若一邊說著一邊俯下身揉著隱隱作痛的腳踝。伊蘭得知她是因為急著見自己所以不慎扭了一下後，雖然沒說什麼，卻是蹲到凌若面前，除下她的鞋，替她輕輕揉著。

這個舉動令凌若心中一暖。不管有何誤會，始終是親生姊妹，那種相連的血脈任誰都斬不斷。她的手落在伊蘭簪有銀藍點翠珠花的髮絲上，柔聲道：「原諒姊姊好不好？」

伊蘭動作一滯，緩緩道：「過去的事不要再提了，正如佟姊姊所言，妳始終是我姊姊。」

聽到這話，凌若本該高興，卻因她提到佟佳氏而心中一沉，故作不解地道：「妳如今與佟佳氏走得很近嗎？」

「嗯，她一直待我很好。」伊蘭替凌若套上鞋後，起身道：「這次也是她勸我來見姊姊的，說我與姊姊是親姊妹，不應有間隙；還說當年的事是她對不起姊姊，雖姊姊不再追究，可她依然於心難安，盼著我與姊姊和好，也算稍事彌補。」

第一百九十七章　生疏

「哦？」凌若臉上有難掩的訝色，旋即皺起了秀氣的雙眉。佟佳氏打的是什麼主意？她可不會如伊蘭那般天真地以為佟佳氏是出於好心，別院三年，皆是拜對方所賜。

略略一想後，她示意伊蘭坐到自己身邊，替伊蘭撫正綴在鬢邊的珠花，語重心長地道：「不要與佟佳氏走得太近，她……不是妳所見的那麼簡單。」

伊蘭目中泛起不悅。「她好心來勸我與姊姊和好，姊姊不說謝也就罷了，為何還要說她的不是？」

在凌若失勢後，她被禁於雍王府之外，徘徊門外望著那華美猶如宮殿的府院卻無從入內，失落而難過。之後胤禛雖又許了她出入與靈汐作伴，但府中諸人多有輕慢，令她受盡冷嘲熱諷；唯有佟佳氏對她關懷備至、噓寒問暖，蘭馨館的下人待她甚至比當初在淨思居時還要恭謹。

這一切令她對佟佳氏極有好感，在她心裡甚至超過了凌若。今兒個若非佟佳氏多番開導，她是斷斷不會來見凌若的。當初那一巴掌，她到現在都記憶猶新。

凌若原本因為姊妹相聚而歡喜的心漸漸沉了下來，想不到伊蘭對佟佳氏的信任到了如此地步，自己這個親姊姊的提醒落在她耳中，竟成了搬弄是非。

凌若忍著心裡的失落，好言道：「蘭兒，妳還小……」

話音未落，已被伊蘭一臉諷意地打斷：「三年前姊姊說我還小，三年後姊姊依然如此說。難道這三年時間，我在姊姊眼裡就沒絲毫長進嗎？」

「我不是這個意思。」一時間凌若也不知道該怎麼說是好，可若任由伊蘭這樣誤會下去，她們姊妹就真的難有和好之時。如此思忖著，她放緩了聲道：「人心險惡，蘭兒，在這府裡有許許多多的笑裡藏刀，對妳好的人不見得真心好。」

伊蘭冷笑著站起身，針鋒相對地道：「那姊姊的意思是這天底下只有妳一人對我好，其餘人都是虛情假義囉？」

這樣的話令凌若一時不知該如何接才是，不由得沉默了下來。

恰巧此時，小路子捧了茶進來，見屋內氣氛不對，忙陪笑道：「二小姐喝……喝茶。奴才特……特意沏了今歲新採摘……摘的雨前碧螺春。」

伊蘭睨了他一眼，忽地脣角一彎，望著凌若道：「照姊姊之前的話，那小路子此刻也是笑裡藏刀，不懷好意囉？」不待凌若回答，她一揮手掃落已經捧到自己面前的茶盞，厭惡地道：「聽到你這個結巴說話我就心煩，雨前碧螺春有何了不起，我在蘭馨館隨時可以喝到！」

「蘭兒！」凌若聽她越說越不像話，不由得出言喝斥。

然這樣只是令伊蘭更加反感，一揚小巧的下巴倔強道：「姊姊，蘭兒已經十三歲，再有一年便要參加八旗選秀。什麼人好，什麼人不好，蘭兒分得很清楚，不需要姊姊費心。若姊姊不喜歡蘭兒的話，那蘭兒往後不出現在姊姊面前就是。」

她說著轉身就要走，凌若連忙攔住她，急道：「妳明知我並無此意。」見伊蘭轉過頭不理睬她，不由得跺腳道：「妳這丫頭為何總是聽不進我的話呢！難道我這個親姊姊還會害妳嗎？妳可知我當初被廢皆因佟佳氏之過，她……」她本想將佟佳氏當年陷害自己的事說出來，不想伊蘭根本不給她機會。

「姊姊果然還因當年的事記恨佟姊姊！」伊蘭一臉恍然地道：「想不到姊姊竟如此小肚雞腸，虧得佟姊姊事事替姊姊著想。」

見她如此維護佟佳氏，凌若曉得不論自己說什麼，她都先入為主聽不進去了，只得無奈地道：「罷了，那我不說就是了。但是妳必須答應姊姊，保護好自己，對任何人都要留個心眼，莫太過相信，可以嗎？」

「嗯。」總算伊蘭還知道幾分好歹，點點頭沒有繼續與凌若唱反調；不過她也未久留，連已經端上桌的晚膳都沒有用，任凌若如何言語，只說不叨擾姊姊歇息，改日再來。

望著伊蘭遠去的身影，凌若長長嘆了口氣，面對滿桌的珍饈美味毫無動筷的欲望。始終是生疏了，否則親姊妹之間何來叨擾一說。

李衛見她情緒低落，安慰道：「主子別太難過了，二小姐以後慢慢會明白誰才是真正對她好的人。」

「希望如此吧。」凌若提了精神，對在一旁伺候的小路子赧然道：「伊蘭剛才那樣說你，莫往心裡去。她也是一時口不擇言，並非惡意。」

「奴才沒事。」小路子憨憨一笑，舀了一碗清湯雪耳。「倒是主子您要多……多吃些，將這些年落下的都給補回來，奴才瞧您瘦了許多。」

凌若雖沒什麼胃口，但在他們的勸說下還是吃了不少。

彼時，春末近夏，夜色晚臨，雖已戌時，但站在院中依然可見稀薄的天光。雨在午後便已停歇了，滿樹櫻花在雨後顯得格外鮮亮。

凌若仰頭看著暮色一點一點降臨，明明是一樣的天空，可在這裡看總覺得離自己更近一些，近到錯以為自己只要一伸手就可以握住整片天空。

這樣的靜默，直至院中多了一個人而被打破……

那拉氏緩緩走到凌若身邊，一對昭示尊貴的九鳳琉璃金翅滴珠步搖垂落在兩側。「從未想過，還能有機會與妹妹共賞夜色。能從別院回到這裡，妹妹真是好能耐。」

「妾身也從未想過，嫡福晉會如此容不下妾身。」凌若盯著那輪初升的明月淡淡道：「妾身自問入府之後一直對嫡福晉尊重有加，未敢有怠慢，為何嫡福晉要處處害妾身？」相互忍了這麼久，也該是時候問個明白了。

那拉氏撫著底端繡有芍藥圖案的雪白龍華，目光深邃難測。「還記得弘暉嗎？」

凌若心頭驟然一跳，低頭死死盯著那拉氏，感到她之後要說的話必然非同小可。

第一百九十八章　可怕

在重重夜幕中，燭光漸次亮起，照亮了那拉氏看似平靜的面容。

「從來沒有什麼意外，是李氏，她命人推弘暉下池，她害死了我唯一的兒子！」

春末的夜並不涼，然這一刻，凌若卻如置身數九寒天，冷得讓人發顫。下一刻，她想到了在柴房中自盡的李氏，駭然道：「所以妳殺了她？」

昔日李氏自盡，她一直覺得很奇怪，那並不符合李氏的性子。

那拉氏細心描繪過的朱唇微微彎起，勾勒出一抹毫無溫度的冰冷笑意。「妹妹這話問得好奇怪，李氏分明是自盡，如何說是我殺的？」

「那我呢？李氏殺了弘暉，我又何時得罪過妳？讓妳如此關照，把我趕到別院不算，還要讓人下瘋藥？」她追問。

「妳知道我讓人給妳下瘋藥？」那拉氏瞳孔微縮，森然道：「這麼說來妳並沒有瘋？」

凌若低頭一笑，道：「妾身若瘋了，嫡福晉不是少了很多樂趣嗎？嫡福晉還沒有回答妾身的問題，究竟為何！」

「為何？妳居然問我為何？」喃喃說了一句後，那拉氏忽地大笑起來，直至頰邊有淚滴落，聲色狠厲如鬼：「若不是妳教弘暉放勞什子的風箏，他會跑到池邊去讓李月如有機可乘嗎？說到底，妳才是害死弘暉的罪魁禍首！」

凌若愕然，萬萬料不到，那拉氏恨極自己的原因，竟然是勉強到幾乎不能成為理由的理由。「我從不曾存過害弘暉之心——」

「我不管！」那拉氏揮手大聲打斷她的話。

「從弘暉死的那一日起，我就成了一具行屍走肉，活著的每一天都是為了替弘暉復仇，讓害死他的人得到應有的報應。李月如已經死了，而妳……」她咧脣，雪白的牙齒在夜色中散發著令人心寒的森森白光。

「我本欲饒妳一命，只是從此瘋癲一生便罷了，無奈妳偏要回來。既是妳自己執意不想要這條命，那就怪不得我了！」

「妳瘋了！」這是凌若唯一能想到的話。那拉氏的偏激已經遠遠超過常人的想像，不能以尋常情理度之。

「是嗎？」那拉氏忽地一斂臉上的癲狂之色，又恢復成慣常的溫和端莊，帶著輕淺如薄雲的笑意，湊到凌若耳畔輕輕地道：「瘋也好，不瘋也罷，總之今生今世妳我兩人註定不能共存於世，不是妳死就是我亡！」

「不能共存嗎？」凌若仰頭看著天邊的星辰，忽地輕輕一笑。曾經那拉氏真的是一個慈悲善良之人，可惜弘暉的死讓她走進一條死胡同，眼下再說什麼都是多餘的，一切回不到從前。既然她執意要鬥，那自己就陪她鬥下去，至死方休！

而這，也是自己在回雍王府之前就已經料到的一條路。為了權力、為了恩寵、為了生存，拋卻所有善意與良知，成為胤禛身邊的第一人，抑或是成為爭寵路上的一堆白骨，總之她不會再退讓一步！

如此想著，凌若臉上的笑意越發濃重，脣齒間迸出與那拉氏一般森冷如冰的話聲：「嫡福晉有此雅興，妾身自當奉陪，只盼嫡福晉將來不會後悔！」

那拉氏走了，每一步都走得極為優雅，步若生蓮；然掩飾在這份優雅之下的卻是一顆瘋狂至極的心，她不只要毀了自己，也要毀了所有人。

「李衛。」凌若突然出聲，堅忍而溫和的目光始終落在那片璀璨星空之上。不知從什麼時候開始，她與胤禛一樣愛上了這片星空，每當心裡煩躁的時候，抬頭看看，總能平靜下來。

「奴才在。」李衛沉聲答應。

凌若目也不移地道：「派人叫毛氏兄弟回來，有些事我需要他們在外頭替我辦。」想一想又道：「讓他們低調些，莫要張揚。萬一讓那拉氏知道他們還活著，難保不會再下殺手。這個女人……很可怕！」

「奴才會叮囑他們小心的。」如此回答了一句後，李衛無聲地退下。

數日後，毛氏兄弟從江西回京並帶來了榮祿的親筆書信。榮祿從毛氏兄弟口中聽說了凌若眼下的處境，是以在信中囑她一定要堅持下去。既然命不可逆，那就從中尋出一條生路來，鈕祜祿家族沒有不戰而屈的懦弱者。

另外信中還提到，他已在江西尋到了心儀女子，只待留任期滿，回京親自稟了父母就可以成親。至於女子的身分，榮祿在信裡說得很是含糊。

過了四月，天氣一下子熱了起來，唯有早晚還帶著些許微弱的涼意。這些日子，胤禛又曾帶凌若去騎過幾回馬，有一回甚至讓她獨自騎著裂風在無人的地方撒歡奔跑，這種無拘無束揚鞭飛奔的感覺似乎可以讓人拋開所有煩惱。

一次騎馬歸來後，凌若想起胤禛曾讓自己去選一匹合適的馬當坐騎，便與牽著裂風準備去馬房的狗兒一道同行。

雍王府的馬房養了數十匹馬，皆是萬中選一的良駿。負責打理馬房的是小廝初九，正穿了一件單褂在替馬刷毛，見到凌若來，趕緊手忙腳亂地抓過搭在欄杆上的長袍，穿好後跑上來行禮。

狗兒也不與他客氣，將裂風的韁繩往他身上一扔道：「去，給凌福晉選一匹合適的馬來，記得不要太高，還有性子要溫馴一些。」

初九趕緊答應，很快在馬房中選了三匹馬出來，一棕一紅一黑，皆是母馬。因為一般而言，母馬的性子都較為溫馴，不易發怒。

凌若將三匹馬仔細看了一圈後，正待要指一匹為自己的坐騎，身後突然傳來清冷如霜的聲音——

「這三匹馬我都要了！」

第一百九十九章　選馬

聽見這聲音，凌若已知來人是誰，只是想不到會在這種情況下與這位享有府中頭一份尊貴的女子相見。

轉頭，果見大腹便便的年氏在綠意的攙扶下站在不遠處，神情漠然地盯著自己。凌若不敢怠慢，上前依禮屈身道：「妾身見過年福晉，福晉吉祥！」

從凌若回府至今，年氏一直沒有露過面，一則是因將近臨盆，身子不便；二則也是因為她並不願見凌若。一個曾發過瘋的女子如何有資格回雍王府？

今日她心血來潮，想起哥哥前些日子送來的那批馬，有心來挑一匹，不曾想，剛一到馬房就看到凌若在那裡，還選著她哥哥送來的馬。

「誰許妳來這裡挑馬的？」年氏也不叫起，美目冷冷落在凌若頭頂。

「回年福晉的話，是——」

狗兒見年氏面色不善，唯恐她藉故生事，忙要解釋，不想年氏已冷眼掃來，喝道：「我與凌福晉說話，你插什麼嘴，退下！」

年氏在府中威信極高，狗兒雖是胤禛身邊的人，卻也不敢造次，只得閉嘴退到一旁。

凌若低頭道：「讓妾身來選馬是王爺的意思。」

在聽到這句話時，年氏的神色有些許扭曲。儘管身在朝雲閣，少有踏出之時，然府中的消息依然經由下人之口一一傳到她耳中，自然曉得胤禛經常帶凌若外出騎馬的事，而這本是專屬於她一人的榮耀！

她手緊緊捏著扇柄，用力得似要將之捏碎一般。綠意見其臉色不對，忙小聲勸道：「主子當心腹中的小阿哥，鄧太醫說了，您不可太激動。」

年氏長吸一口氣，強抑下心中的怒意，微笑道：「王爺對妹妹可真是好。正好，我對馬也有些認識，不如讓我這個做姊姊的，替妹妹選一匹良駒如何？」

「能得姊姊慧眼選馬，妹妹自然求之不得。」

她的恭敬令年氏嫣然一笑，彎起嬌豔如桃花的唇畔，指了馬房最裡面的一匹馬道：「依我看，就那匹好了。去，把牠牽出來。」

初九順著她指的方向看去，神色怪異，嘴唇蠕動了一下但沒敢發出聲音，依著年氏的話將她指的馬牽出來。待得看清那馬的模樣後，凌若與狗兒皆愕然。

倒不是說這匹馬不好，又或者跛腳、瞎眼，恰恰相反。論血統，此馬絕不下於裂風，問題在於這匹馬太小，顯然剛出生不久，論個頭尚不足其餘馬的一半。

「妹妹身嬌體弱，那些高頭大馬怕是會傷到妹妹，依姊姊看來，這匹幼馬既不會摔著也跑不快，最適合妹妹不過。」

年氏撫著高高隆起的肚子，睨了凌若一眼，不無諷意地道：「往後妹妹就牽著牠在府裡四處走走，至於府外還是不要去了，否則萬一被別的馬一個看不順眼踩死了，可別怪我這個做姊姊的沒提醒妳。」

「福晉如此關懷備至，實在令妾身受寵若驚。」凌若不卑不亢地欠身，對她的刻意奚落彷彿未聞。「這馬，妾身會好好讓人照顧，至於府外……」她一頓，含了幾許笑意道：「再小的馬總有長大的時候，不可能永遠甘心待於馬廄之中。」

她的笑令年氏感覺無比礙眼，冷然道：「不甘心？笑話，畜生也會知道什麼是不甘心嗎？再者說了，妹妹好歹也是個大活人，難道還制不了一個畜生。牠不聽話，打斷牠的腿就是了，沒了這幾隻賤蹄子，看牠如何再去外面撒野鬧騰！」

這番話極為難聽，明裡說馬，實則指的是誰，眾人心裡一清二楚。連初九也聞到了瀰漫在空氣中的濃重火藥味，頭低低垂著不敢抬起，唯恐被無辜波及。

凌若按捺下心裡的怒意，淡淡道：「多謝福晉教誨，妾身記下了。」

年氏眼波一轉，毫不客氣地道：「可要真記住才好，別嘴裡說說，心裡卻存了別的心思，到時候只會害了自己。」

扔下這句暗含警告的話語，年氏在綠意的攙扶下緩步離去。待她走得不見人影後，狗兒方才長出一口憋了許久的濁氣，直起身對神色漠然的凌若道：「凌福晉，您還是重新選一匹馬吧。」

「不必了。」凌若拒絕他的好意，手輕輕撫過那匹通體赤色的小馬。那馬兒睜著一雙如嬰兒般通透的大眼，親暱地拿大頭蹭凌若的手掌，嘴裡還發出嗚嗚的聲音，彷彿在撒嬌。

「就牠吧，好好養著，過幾年便是一匹出色的良駒。這段時間，若需要騎馬，就讓初九在馬房裡隨意挑一匹給我就是了。」

初九提及小馬尚未取名，她略一沉思道：「既然一身赤色，就叫牠赤練吧。」

初九忙道：「凌福晉儘管放心，奴才一定好生照料赤練。」

從馬房出來已是日正當中，凌若停下腳步，瞇眼看向頭頂似火的驕陽。明明熱得渾身冒汗，她眸底卻依然一片冰寒。

一個個皆容不下她，但那又如何，這本就是一條舉目皆敵的路。

康熙四十八年的五月初五，年氏再度產下一子，取名福沛，排行第四。曾經失去過一子的年氏對這個孩子越發珍視，早在臨盆之前命綠意他們去民間討來百家布，親手做成小衣讓福沛穿上，盼著這個孩子可以平平安安長大。

這一月，京城開始出現太子與皇帝嬪妃私通的傳言，等朝廷有所覺時，這個傳言已是人盡皆知，無從查起；只知這個傳言似乎非起於一處，而是幾處相疊，流傳範圍極為廣泛。

此時太子已經被釋了禁足，康熙念在孝誠仁皇后的分上，再加上太子在禁足中數度呈信痛訴悔意，終是原諒了他。為保皇家顏面，當時在場的幾個宮女、太監被祕密處死，其餘人等亦被康熙下了禁口令。

然就是在這樣的禁令前，事情依舊被傳了出來，雖然是在民間流傳，難辨真假，但這已經足夠了。朝中百官對此事猜測紛紛，尤其是在透過各種管道得知鄭貴人確被廢黜至辛者庫之後，再聯想到那段時間康熙突如其來的罷朝，可信度一下子提高許多。

第二百章　風雨

舉朝上下皆為此譁然，若此事當真，太子便是大大的失德，試問一個失德之人如何配為一國儲君！

有官員開始就此事上摺，初初還是零星幾道摺子，到後面一道接一道。對於這些言詞或尖銳或隱晦的摺子，康熙統統留中不發，令人難揣聖意。

這日，凌若正在書房中服侍胤禛用晚膳。胤禛一個人時，吃的極是簡單，且口味偏於清淡，兩素一葷，分別是蓮蓬豆腐、草菇西蘭花（註1）和炒珍珠雞。

用到一半的時候，胤祥走了進來，臉上沒有慣常的嬉笑之色，顯得極為凝重，與凌若也只是頷一頷首算作見禮。

註1　青花菜。

他曉得胤禛不喜歡在用膳的時候說事，所以一直等到胤禛將碗裡最後幾粒米飯扒完後才道：「四哥，今兒個一早太子召我進宮了，你猜是為了什麼事？」

胤禛接過茶水漱口後道：「能讓你專程跑來與我說，必是非同小可的事。」略一沉吟後他看向凌若，似笑非笑地道：「若兒且猜猜看，看與我想的是否一樣。」

凌若將漱盂放到地上，抿脣一笑道：「明明是十三爺考四爺，怎的最後卻考到妾身身上。」話雖如此，但她還是仔細思忖一番。燭光暖暖，照得她姣好的側臉猶若夏季盛開在池中的蓮花。

胤禛並不催促，只是含笑看著凌若。自凌若病癒後，他就特別喜歡什麼都不做，只這樣靜悅地看著她，時光亦彷彿停止在這一刻。

許是那一次發瘋，讓他以為自己將永遠失去這個女子吧。失而復得的東西總是格外珍貴。

「我說小嫂子，妳到底想出來沒有？」胤祥可沒胤禛那樣的心情，見凌若久不開口，不禁出聲催促，他還有一肚子話憋著沒說呢。

見胤祥神色急切，凌若沒有賣關子，試探地道：「是否……與外面在傳的事有關？」

話雖隱晦，但在場之人哪一個不是心思多多之輩，豈有聽不明白之理。只是胤祥沒料到她一猜就是一個準，不由得愣了一下。

倒是胤禛毫無意外之色，端茶抿了一口道：「看樣子是猜準了。那你倒是說說，具體是個什麼事？」

胤祥聞言趕緊斂了心思，也不避諱凌若，沉聲道：「太子讓我去殺一個人，只要此人一死，他就立刻封我一個郡王！」

胤祥聲音不大，但每個字都如針尖一般直直扎入胤禛腦海中。他猛地將茶盞往桌上一放，霍然起身，一字一字咬牙道：「鄭春華！他要你殺的人是鄭春華！」

鄭春華就是那位與太子私通的貴人，事發之後已被貶去辛者庫為奴。

「是。」胤祥點點頭道：「那件事在外頭傳得沸沸揚揚，雖然皇阿瑪將所有摺子都留中了，但太子怕最終會查到鄭春華身上，決定先下手為強。只要她死了，那麼一切自然死無對證。他曉得辛者庫管事以前是伺候我額娘的，與福爺一樣一直尊我為主，只要是我吩咐的事他一定會答應，所以指派我去辦這事。」

書房花瓶中供著幾枝凌若來時採摘的黃玉蘭，清新宜人的香氣浮動於這片空間，令胤禛漸漸冷靜下來，手指撫過濺在小几上的茶水，冷笑道：「文英就是再敬你，還能越過他這位太子爺去？他開口，區區一個辛者庫管事敢說一個不字？他分明是要將你推入火坑。封你一個郡王？哼，我看是催你命才是！」

「我也是這麼想的，所以一出宮便來尋四哥商議了。」胤祥眼裡冷光一閃。「原本將他與鄭春華的事傳揚出去，還頗感不安，如今卻是一些也沒了。」

聽到這句話，凌若眸中飛快地掠過一絲驚訝，卻不曾多問，只是靜靜地聽著。

「太子……看來已經按捺不住了。」胤禛手指在花梨木小几上「篤篤」敲了數下，閉目涼聲說了一句：「這與戰場殺敵不同，鄭春華與你無怨無仇，貿然殺她於陰德有損。何況……她活著對咱們才有利。」

既然決定了要帝路爭雄，那麼身為太子的胤礽就是那塊最大的擋路石，說不得要設法搬開才行。

「這我都知道，但是不答應的話，我們與太子可是徹底撕破臉了，只怕他往後會四處給咱們使絆子。」胤祥不無憂心地道，這才是他進退不得的關鍵所在。

若是光他一人自然可以不在乎，大不了去做一個閒散貝勒，從此落個逍遙自在；可四哥不同，他是要做大事的人，做什麼事都得思慮周全才行，在帝路之上容不得一點點失誤。

胤祥一咬牙握拳道：「實在不行，我就做一回惡人，左右不過是一條命罷了，這輩子又不是沒殺過人。只是這樣一來，咱們之前的事可就都白做了！」

「若僅僅是這樣也就罷了，怕只怕太子讓你除鄭春華另有用意。」說到這裡，胤禛慢慢睜開眼，眸光幽深如潭，令人瞧不清楚。

「另有用意？」胤祥皺眉，不解其意。

「眼下所有人的眼都盯在太子與鄭春華身上，若鄭春華死，必然會掀起千層巨浪。莫以為後宮就與世隔絕，朝堂與後宮從來都是連在一起的，密不可分。」說到這裡，胤禛的眸光越發深沉。「你想想，如果要追查鄭春華的死因，會查到誰的身上？」

胤祥悚然一驚，突然明白了胤禛這麼問的意思；而這是他根本沒想到的，太過驚人，然他不得不承認確有這種可能。他瞳孔急劇收縮，聲音從近乎麻木的雙脣中迸出：「是我，一切禍水都將引到我身上！」

「不錯！」胤禛眸中精光一閃，凝聲道：「太子與鄭春華私通的事固然在外頭傳得沸沸揚揚，可畢竟沒有真憑實據。一旦你殺了鄭春華，那麼太子正好理所當然將所有事推到你身上，說根本是你與鄭春華私通，所以才命人殺了她！十三弟，我問你，若真到這一刻，你該又如何替自己開脫？」

第二百零一章 兩全

胤祥一身冷汗，心神不寧地抓起半涼的茶盞大口大口喝著，連茶葉梗子喝進去了都不知道。待得將一盞茶喝個精光後，他似乎想到什麼，神情一亮脫口道：「皇阿瑪！整件事他最清楚！」

「皇阿瑪……」胤禛長身而起，神色複雜地道：「我最捉摸不透的就是皇阿瑪的心思，他老人家到底是個什麼想法。要說礙於眾論欲追究太子之錯，又何以將奏摺悉數留中？要說保太子，又一直不曾就此事說過半句。」

「四哥！」胤祥聽出不對勁來，搓手走了幾圈，憂心忡忡地道：「皇阿瑪會不會是還在調查將此事洩漏出去的人？萬一查到咱們頭上來可就不妙了，畢竟當初曉得這件事的就咱們兩個阿哥。」

胤禛搖搖頭道：「此事我做得極為小心，斷不會有人查到，何況那些人早被我遣出京城。」說到此處，他重重嘆了口氣，不再去想這個，鄭重地對胤祥道：「總之，不管是為了我還是為了你自己，鄭春華這個人都絕對不能殺！」

胤祥有些心不在焉地點頭，良久，他又澀聲道：「四哥，如果真像你說的那樣，太子將禍水引到我身上，你說皇阿瑪會替我辯清嗎？」

這句話聽得胤禛一陣心酸。胤祥生母去世得早，而且當年似乎還有過什麼，使得胤祥並不受康熙重視。

若非自己護持，在吃人的後宮，胤祥怕是連活命都難。

莫看胤祥性子爽朗無忌，其實心裡一直有結難解。因為生母早逝，所以他特別在意康熙的態度。

自小到大，康熙的一句誇獎就能讓他高興上好半天。然在諸多皇子中，胤祥擁有的無疑最少。如果在胤礽與胤祥之中保一人的話，不用問也知道康熙保的那個會是誰。

胤禛不知該說什麼才好，只得拍拍胤祥的肩膀，避言道：「不要再想這些無謂的事了。」

他沒有明說，但胤祥已經明白了。其實從一開始就明白了，只是心有不甘。黝黑的眼眸中淚意沉浮，哀傷無限。

這一刻，誰都沒有出聲，直至胤祥抬袖在臉上抹了一把，將那抹淚意從眼眶中拂去後，重重拍了下臉，振一振精神道：「行了，不說這個，還是繼續說那鄭春華的事吧。四哥你想好了沒，到底要怎麼做，我聽你的就是。」

胤禛撫著寬廣的額頭，閉目喃喃道：「既不能讓鄭春華死，也不能現在與太子撕破臉，得想個兩全齊美的法子才行。」

魚與熊掌要如何才能兼得呢？胤禛一下子還真想不出什麼好法子來。

正為難時，凌若忽地憶起一事，忙道：「妾身曾聽聞過一種藥，人服下後可在十二個時辰內無心跳、呼吸，猶如屍體一般。」

此話一出，胤禛與胤祥皆來了精神，忙問其是從何人處聽得。

凌若自是從容遠處聽得，不過這話卻不便明說，只推說是無意中在一本醫書上看到的，具體方子什麼的並不清楚。

胤祥拍一拍大腿，興奮地道：「若是真有這法子就好了，我大可以讓鄭春華服下，裝成假死，然後將她偷偷運出宮，這不就一舉兩得了嗎？」

胤禛卻沒有他這麼興奮。「醫書而已，有些醫書上還說可以活死人肉白骨，你也信嗎？即便真有這法子，也不見得留傳至今。」

胤祥剛要說話，忽地看到站在胤禛身邊的凌若衝他做了一個太醫的口形，頓時一個激靈，揚眉道：「四哥，我記得那位徐太醫醫術不錯，與你也有幾分交情，不若找他問問？也許會有眉目也說不定。」

這話令胤禛眼前一亮。在片刻的猶豫後，他道：「既如此，那此事就交由你去辦，只是個中緣由萬萬不可告訴徐太醫。此事關係重大，越少人知道越好。」

「四哥你就放心吧，明兒個一早我就入宮。」胤祥答應，又說了些事才離去。

至於凌若，則一直陪胤禛到兩更天。回淨思居後，凌若將李衛叫到跟前：「得空出去時，告訴毛氏兄弟，讓他們不必再傳那個流言了。」

「皇上可是決心要處置太子了？」

太子與鄭貴人私通、淫亂宮闈的事，就是凌若讓李衛透過毛氏兄弟傳出去的。然毛氏兄弟回報，似乎在他們之前，已經有人在市井中散播這個流言，他們當時也奇怪了好一陣子。

「不是。」凌若把玩著繫在泥金象牙團扇下的杏色流蘇，笑意一點一滴緩緩漫上精緻無雙的臉龐。「當初之所以讓毛氏兄弟去散播此事，無非是怕四爺顧念兄弟之誼，手下留情。眼下看來，卻是我多慮了，四爺遠比我想像得更果決。帝路之上，四爺必將大放光彩，咱們只管等著瞧就是了。」

翌日，胤祥從宮裡回來，帶回了好消息。徐太醫說確有這麼一種藥，他也曉得製藥的法子，只是這功效卻遠沒有藥書上寫的那麼好，僅能維持三時辰，過了這個時間，身體本來的機能就會開始慢慢恢復，無法再瞞天過海。

三個時辰……若是抓緊一些倒也夠了。胤禛雖覺得有些冒險，倒也值得一試。人生就是一場大大小小的賭博，在結局出來前，誰都不曉得自己是贏是輸，唯一能做的就是努力將風險降到最低。

當胤祥再一次出現在太醫院時，容遠將一包剛剛製好的藥交給胤祥。

他曾問過胤祥要這藥何用，胤祥只回了句救人，至於救誰隻字未提，而容遠也沒有問。

每個人都有屬於自己的祕密，譬如他，譬如胤祥，沒必要凡事都去追根究柢。

在胤祥離去後，容遠正待收回目光，卻看到一抹清麗的身影。

四目剛一相對，他便移了開去，裝作沒瞧見一般，回身走到藥臼前，繼續搗著臼中的天麻。

第二百零二章　不如意

靖雪沒有走上前，只是靜靜地看著，許久，眉眼染上一絲溫柔的笑意。還記得第一次相見時，他就是這樣專心致志地在搗藥，彷彿遠離了喧囂塵世，純粹得只剩下乾淨到極點的溫暖，令她忍不住想要伸手去抓住。

那一眼的相見，突然卻刻骨銘心……

彼時正是一天當中最熱的時候，又無任何遮擋，烈烈陽光落在身上像是要被烤熟了一般。只站了一會兒，宮女已是熱得渾身冒汗，汗順著臉頰流到脖頸中，她拿袖子拭汗，小聲道：「公主，咱們過去吧，再這樣站下去可是該中暑了。」

她話音剛落入耳中，容遠已折身回屋，靖雪心下一陣黯然。明明看到自己卻故作不知，眼下更是避而不見，他當真有如此不願見自己嗎？

手撫上胸口，那裡隱隱作痛。縱然她什麼都可以看透，可心依然會傷、會痛，依然會眷戀那個乾淨溫暖的人。只是眼下尚可見，那將來呢？終有一日她將嫁為人婦，待到那時，又何處去尋見？

想到這裡，她秀美的面容籠上一層淒涼之意，猶如秋冬時的霜雪。手不自覺地握緊衣襟，想要扼制住因未來的離別而痛楚難耐的心。縱是再聰慧、再透澈，一旦沾染了情愛便難以再獨善其身。說到底，她始終不過是一個小女子罷了……

正自傷懷間，一片陰影從頭頂投落，她愕然望去，只見一把樸實無華的油紙傘已撐在自己頭上，遮擋住張揚無忌的日頭。

「天氣炎熱，公主當心身子。」紙傘下，是容遠無奈的聲音。

他本不願理會靖雪，想讓她自己知難而退，無奈等了許久也不見她離開，又怕這樣炎熱的天站久了會中暑，只好回屋取來紙傘替她擋一擋烈日。

待走到簷下後，他收了紙傘避開靖雪灼灼的目光，輕聲道：「公主乃千金之軀，實不該多來太醫院。」

他，始終是關心自己的！

笑意在靖雪脣畔綻放，若春時開在枝頭的海棠花，清麗絕豔，一掃適才的陰鬱落寞。「我來向徐太醫學習醫術。」

她啊，其實是一個很好滿足的人，一點點的好就能讓她開心許久。

容遠輕輕一嘆，不知該說什麼好。他並不願與公主有太多交集，而且因為靖雪常來找他之故，已經在太醫院引起不少風言風語，尤其是與他年紀相近、未曾婚娶的太醫，對他能得公主青睞多有嫉妒。

容遠隱晦地道：「其實微臣醫術淺薄，並不能教導公主太多，若公主當真對醫術有興趣的話，不妨向院正請教，他一定會悉心為公主釋疑。」院正是眾太醫之首，如今執掌院正一席的是素有國手之稱的齊太醫。

靖雪笑一笑，對重新坐在長凳上搗藥的容遠道：「若有一天，我出嫁了，你會怎樣？」

「公主能覓得良婿，微臣自然替公主高興，祝願公主與額駙白頭偕老，永結同心。」他回答得並無一絲猶豫。

「永結同心……」聽到這四個字，靖雪微微出神，旋即低頭感慨：「世間哪來這麼多的永結同心，不過說著好聽罷了。人生一世，終歸是不如意居多。」

「公主身分尊貴，縱然真有什麼不如意之事也是朝來暮散。」他清楚她的感慨因何而生，只是許多事終是無奈的。不論是彼此懸殊的身分還是心中所想，都註定他不能回應這段情。

靖雪搖頭，只是伸手拂去不知何時沾在容遠衣衫上的落葉。

你明知我想聽什麼，卻故意這般說。容遠，你待我何其殘忍……無奈我始終割不斷這份眷戀，我該何去何從……

胤祥取了藥後直奔辛者庫。辛者庫是專門負責皇城賤役、苦差的地方，譬如糊飾掃塵、三殿除草、清除積雪等粗重活計，裡面的人不是名在罪籍就是犯了過錯。

一般宮嬪即使犯了錯也不會發落到這裡來，鄭春華怕是頭一個了。

如此想著，胤祥踏進辛者庫，剛一進去便聽到文英的聲音——

「剛才承乾宮的人來說那裡的玉泉山水不多了，二塵，你趕緊帶人擔水送去，還有順道看看三殿的草要不要除一除，快去！」

「哎！」一個膚色黝黑的太監答應一聲快步離去。

院中有諸多女子在浣衣或是舂米。所謂舂米就是將穀子去殼，用棒槌將穀子的殼砸成米糠，剩下的就是平常吃的米粒。

莫以為此事瞧著簡單，真做起來其實是一項極為繁重的勞作。此處所舂的米要供應整個紫禁城，乃至已經開府建牙的各位皇子所需，往往一人舂上一天所得的米不過爾爾。所以除卻少數幾個時辰外，辛者庫長年累月都響徹舂米的聲音。

此刻正是夏時，早上尚且好些，中午卻是烈日當空，縱是什麼都不做只站在那裡都似要被晒焦了；何況那些女子還要舂米，一個個皆是汗如雨下，原本白皙的皮膚被晒得乾澀沒有光澤，嘴脣更是乾裂脫皮，猶如乾癟脫水的蘋果。

衣裳一遍遍地被汗浸溼旋即又晒乾，有不支者已是搖搖欲墜，但在她們周圍站滿了監工的太監，不到時辰是不允許她們停下來的。

第二百零三章　辛者庫

在辛者庫中，人命極不值錢。繁重的勞作下，幾乎每個月都會有人死去，然後很快又會有犯事的宮女、太監被發配過來補上缺數。

文英還算有良心，任辛者庫總管後，在他能做主的範圍內並不太過苛待於他們，好歹是人命。

一旦踏入辛者庫，能離開者萬中無一。大清定國這麼些年，也就一個衛氏被康熙垂青封為良妃，擺脫了日日勞作的苦楚；但她也並非就此平步青雲、萬事無憂，賤籍始終如影隨形，令她止步於庶妃之位不說，還影響了她所生的胤禩。

文英吩咐完後回過頭，恰好看到胤祥站在那裡，連忙迎上來笑著打了個千兒。

「十三爺吉祥！您今兒個怎麼有空過來？」

「來瞧瞧你，順帶說些事。」胤祥端詳他一眼，含笑道：「幾月不見，臉上褶子瞧著又多了些，說話倒還是跟以前一樣中氣十足。怎樣，身子還過得去嗎？」

「託十三爺洪福，奴才雖然年紀一大把，但一直無病無痛，還算過得去。福爺呢？他老人家怎樣了？」他與福爺一道從敬敏皇貴妃處出來，雖說一個在宮外，一個在宮內，但始終都記著。

「還算湊合吧。」胤祥掃了四周一眼，皺眉道：「早叫你跟我一道去府裡頤養天年，你就是不肯，非要窩在這辛者庫裡受罪。」此處的總管太監雖然也是正六品秩序，但與其他宮院的首領太監比起來遠遠不如。

文英感動地道：「奴才在這裡挺好，十三爺不用擔心。等將來奴才當真老得走不動的時候，再去叨擾十三爺。」

胤祥揮一揮手道：「說的什麼話，儘管來就是，我那府邸空得很，多你一個不多。」說到這裡，他睨了周圍一眼道：「走，帶爺去你住的地方。」

文英曉得他這是要與自己說事，忙引了路在前面。他就住在辛者庫後面的小院中。「爺喝茶。」

胤祥剛抿了一口，就訝然道：「雨前龍井？你哪裡來這麼好的茶？」

文英笑道：「以前跟奴才的小常子如今有幸伺候宜妃娘娘，這茶是宜妃賞給他，他又拿來孝敬奴才的。奴才知道十三爺最喜歡喝這種茶，所以一直留著呢。對了，十三爺要說什麼？」

胤祥把玩著光滑的茶盞，徐徐道：「鄭春華，她在你這裡是嗎？」

對於這位辛者庫唯一的宮嬪，文英自是有印象，而且也知道一點她會被廢黜為奴的原因，當下道：「不錯，她在奴才這裡，不知十三爺找她為何？」

對於文英，胤祥還是信任的，當下將揣在懷中的藥取出來放在桌上道：「有位主子要她的命。」

聽到這句話，文英頭皮一陣發麻，隱隱猜到那位主子的身分。看來自己聽說的事十有八九是真的，不然何以到了辛者庫中猶不肯放過。他顫聲道：「那十三爺的意思是要奴才了結她？」

辛者庫經常有人死，多死一個鄭春華並不稀奇。當年敬敏皇貴妃對他們這群奴才不薄，如果胤祥開口，文英是無論如何都不會拒絕的。

「不是。」胤祥將藥推到文英面前道：「我不只不要殺她，還要救她。這包是假死藥，服下之後在三個時辰內形同死屍。每隔十天都要換一批守衛，換守衛之前是最鬆懈的，我想趁這機會帶她離宮，否則就算這次放過她，下次她也會死。」

文英明白了他的意思，這是要讓鄭春華借假死離宮。辛者庫的事他自然可以操作，但能否順利離宮就要看運氣了。他想一想道：「這人對十三爺很重要嗎？」

待聽得胤祥肯定的回答後，他也沒問具體是什麼，只是咬了咬牙用力點頭道：「那成，奴才哪怕豁出這條命去也一定替十三爺辦好此事。」

見他露出一副視死如歸的表情，胤祥失笑道：「想什麼呢，爺又沒有讓你一人做這事，你只管給她服藥就行，離宮的事我自會安排。」說到這裡，他又嘆了口氣：「當年跟隨我額娘的就只剩下你和福爺，我可盼著你們能夠長命百歲呢。」

胤祥言語間流露出的關切令文英感動，咧嘴道：「奴才賤命一條，不打緊的，能幫十三爺辦事那是奴才的福分。當年主子彌留時，可是交代了奴才們一定要好好照顧十三爺。當初您去德妃宮裡，奴才們沒法子照顧，一直心有不安啊。」說到當年，文英不由得一陣唏噓，待看到胤祥神色微黯，忙抹了把臉，笑道：「人一老就容易想起以前，不說了，咱們還是想想到時候怎麼送鄭春華離宮。」

胤祥點點頭，收了心中的波瀾道：「倒是說說看，你這裡人死之後都是怎麼處置的？」待得知死後都是直接運出宮扔到亂葬崗後，他一拍桌子，喜道：「那正好，省了咱們許多工夫。到時候你報個鄭春華暴斃而亡，運她出宮。」

「不會讓人瞧出破綻來嗎？」文英小心地聞了聞那包藥，不敢相信這樣一包東西能有如此奇效。

被他這麼一問，胤祥也有些猶豫，畢竟這藥的效果他也只是聽容遠說，並不曾真正實踐過。他想了想道：「你到時候試試，如果不能以假亂真的話，咱們再另外想辦法，總之一切以穩為主。」

見文英答應，胤祥站起身來拂一拂銀灰色的長袍，淡淡道：「帶我去見見鄭春華吧。」這個女子是一切禍端的根源，他很想見見是一個怎樣的人，何況有些事也需要他親自說明白才行。

當文英將胤祥帶到其中一名浣衣女跟前時，胤祥無論如何也想不到這個披頭散髮、面容蒼白的女子，會是曾經的寵妃。

第二百零四章　鄭春華

鄭春華是康熙四十三年入的宮，那年選秀入宮的只有兩人被封了貴人，除了石秋瓷就是她，康熙對她的寵愛可見一斑。

聽到文英叫自己的名字，鄭春華麻木地站起身來，面無表情。只有在文英提到胤祥身分時，她眼皮才微不可見地跳了一下，但也僅此而已。到了她這步田地，一切都已經不重要了。

鄭春華被廢黜到這裡後就負責浣衣，莫以為與舂米相比，浣衣是一個輕鬆的活計；負責浣衣的女子，一年四季除了睡覺的幾個時辰外，手都浸在水裡，即便是寒冬臘月也一樣。日子一久，這雙手就等於廢了，瞧不見一塊好皮；而且日日雙手都會出現猶如針刺般的痛楚，坐不能安，夜不能寐。

只看鄭春華才來了這些日子，雙手已經浮腫發白便可見一斑。辛者庫當真不是人待的地方。

文英在替胤祥安排了一間靜室後便退出去。胤祥看著站在自己面前的鄭春華，嘆了口氣道：「坐吧。」

「戴罪之身不敢坐。」鄭春華乾聲道。其實往仔細了看，她的五官還是極細緻動人，怪不得當時能被康熙看中冊為貴人，只可惜她自己毀了一切。

胤祥也不勉強，自顧自在窗前坐下道：「在這裡過得苦嗎？」

聽到這句話，鄭春華露出了她入辛者庫後的第一個笑容，然眉眼之間盡是無窮諷意。她抬起自己泡得浮腫的雙手道：「十三爺問這句話不覺得多餘嗎？若不苦，又何謂辛者庫。我知道自己罪孽深重，如今的一切皆是報應，報應我淫亂宮廷。」她並沒有自稱奴婢，是因為在私心裡還留了那麼一點可憐的自尊。

胤祥將緊閉的窗子推了條縫，看著外頭繼續舂米、浣衣的人，淡淡道：「這件事也不見得是妳一人的錯。」

鄭春華沉默了片刻道：「十三爺到底想說什麼？」她就是再蠢也看得出胤祥是專程來找自己的，只是不知今日的自己還有何值得貴人紆尊降貴來辛者庫。

胤祥朝窗外努了努嘴道：「想不想離開？」

鄭春華黯淡的眼眸凝起一絲神采，旋即又嗤笑道：「十三爺何苦來尋我這個罪人的開心，若可以出去，這裡就不會叫辛者庫了。」

「我自有法子，只問妳一句，想不想離開。」胤祥如是道。其實不管鄭春華答不答應，他都會按計畫行事，不過若她自己願意自然更好。

見胤祥一再這般問，鄭春華心底不禁滋生出一絲希冀，顫聲道：「你真可以讓我離開？」

但凡是人，沒有一個會希望待在辛者庫裡受罪。她初來時受不了繁重的活計，夜夜啼哭。可是哭又能怎樣？自打被廢的那一天，她就不再是被人捧在手心的鄭貴人。在這裡，命不值錢，哭死了也沒人憐惜。她也曾尋過死，可是被人發現，換來的又是一頓毒打。既不能死，就只有悲哀地活著，日子久了也就麻木了，在辛者庫裡日復一日地苟且偷生。本以為自己什麼時候會因過度勞累而死去，不想胤祥竟會說出這樣的話。

不過鄭春華也不是沒腦子的人，稍稍一想已冷靜下來，盯著胤祥道：「你有什麼目的？」這世間從來沒有無緣無故的好與恨，而她與胤祥也不曾有過交集、情分，如今他特意來此賣這麼大的人情，要說沒有目的真是連鬼都不信。

見鄭春華在這份天大的誘惑前還能保持冷靜，胤祥不由得對她多看了幾眼。他揚眉道：「妳可知今日是誰讓我來的？」

鄭春華眉尖微微一皺，旋即化為狂熱的驚喜，緊緊抓住胤祥的袖子，急切地道：「是太子！太子沒事了？是他讓你來救我的對不對！」不待胤祥回答，她又喃喃道：「太子，他沒有忘記我，他心裡是想我的。」說到最後，歡喜得落下淚來。

不需再問，只看她這個表情，胤祥就知道，於太子，她是動了真情的，否則不會這樣喜極而泣。只是……痴心終是錯付了。

有那麼一刻，胤祥竟生出一種不忍之感，不忍將真相告訴眼前可憐的女子，那對她太過殘忍。不過也只是一瞬間罷了，四哥才是他在意的人。

「是太子叫我來的，不過他是讓我來殺妳。」胤祥將那雙抓著自己衣袖的浮腫雙手一點點地鬆開。

「殺我？」鄭春華喃喃重複，不敢相信自己聽到的是這兩個字。她曉得自己活在這個世上對太子是隱患，但是太子……太子如何可以這般狠心？一夜夫妻百日恩，他們畢竟曾經同床同枕，他怎可以這般自私！何況當初那事是他先挑逗自己，令自己把持不住，失了心與他做出有違倫常的苟且之事。

她淚如雨下，縱是雙手蒙了臉，依然有透明的液體不斷從指縫間滲出，滴落到地上，激起微不可見的塵埃。

待她哭得差不多後，胤祥方才遞過一塊帕子給她拭臉，道：「妳也不用難過，夫妻本是同林鳥，大難臨頭各自飛，何況你們還不是夫妻。」

手剛才抓得太過用力，參差不齊的指甲透過薄薄的衣衫掐入掌心，本就浮腫的皮肉一下子被掐破，流出淡黃色的膿液還有一根小小的黑色東西，卻是數日前不慎刺入掌中的木屑，一直不曾挑出來過。疲累不堪的她早已忘了掌中的刺痛，待到現在才曉得已經化膿。

許多人、許多事，豈不就如這根木刺一般，刺入肉中不覺，等到發現時，已經化成了一泡膿水，骯髒腥臭，令人想吐。

鄭春華眼中那點神采徐徐散去，比剛才更加黯淡數分。儘管不甘，儘管惜命，卻也沒想過逃，這裡是紫禁城，她就算逃又能逃到哪裡去？

「十三爺既奉太子之命而來，動手就是了，何必說那麼多廢話。」她吃吃笑道，神情卻是說不出的淒涼。落得今日這地步是她咎由自取，怨不得別人。唯一所恨就是胤礽，一切苦難皆因他而起，如今他卻派人取自己性命，心，痛徹欲死！

胤祥一彈指甲，漫然道：「太子說要殺妳我又沒說，鄭貴人，妳甘心就這麼死嗎？」

第二百零五章　假死

鄭春華愕然盯著胤祥。據她所知，四阿哥與十三阿哥一直唯太子馬首是瞻，為太子辦事，怎得此刻說出這樣的話來？

胤祥也不多言，只道：「我已經與此處的文總管說好了，到時他會給妳吃一種藥，吃下去之後三個時辰內形同死人，而我會在這段時間設法運妳出宮。具體的，妳到時候聽文總管安排就是了。」

這些話令鄭春華更加疑竇叢生。

胤祥不只違抗太子的命令，還要救自己出宮，他究竟有何圖謀？

無數個念頭掠過腦海，在電光石火間她似乎抓到什麼，但又不太清楚，直到胤祥準備走出去時，那個念頭才漸漸清晰。她神色一變，脫口道：「你想利用我箝制太子？」

「妳不願嗎？」這是胤祥回給她的話，沒有等她答覆就逕自跨出靜室。

他看得出，鄭春華是個惜命之人，不會為了一個意欲置她於死地的人而捨棄這條唯一的活路，人……總是自私的。

之後的幾日，在文英的有意安排下，鄭春華沒有再做浣衣的苦差。

待得初十清晨，文英將那包藥交給鄭春華，見她拿著猶豫不決，猜她是怕藥有毒，遂道：「放心吃吧，十三爺不會害妳的，要不然也無須弄得這般麻煩。」

鄭春華的猶豫固然有此原因，但更多的是對將來的一種不確定。經過這幾日的思量，她已經明白，胤祥對太子生出了二心。若自己吃下這包藥，無疑就等於是與他一道站在太子的對立面。

在辛者庫的日日夜夜，她一直在擔心胤礽的處境，擔心康熙一怒之下會再度廢了他好不容易重新得來的太子之位，可是換來的是什麼？是他派人來殺自己，他負了她！他負了他們的情義！

她恨他，恨這個負心薄倖的男子！

狠一狠心，再狠一狠心，她終是端起藥倒入自己嘴裡。她不想死，縱然明知是被人利用，也不想死！

吃下藥不久後鄭春華就摔倒在地上，一動不動。文英小心地伸出手指探在她鼻下，發現果然如胤祥之前所言，沒了呼吸。他正要收回手指，忽又覺得不對，發現鄭春華雖然好似沒了呼吸，但若手指在鼻翼下探的時間久了，還是能感覺到一絲若有似無的氣息。就像是冬眠的蛇、熊一般，身體機能降到了最低。

文英又探過心跳，發現心跳也微弱得幾乎不可察覺後，方才點點頭，收了藥紙，起身拉開門，衝在外頭監工的二塵大聲喊：「快過來，鄭春華暴斃了。」

二塵在聽得鄭春華三字時茫然了一下，待得想起這名字是誰時，忙將鞭子扔給旁邊的人，自己奔過來往屋裡探了探頭，發現鄭春華果然躺在地上，小聲道：「總管，她真死了？」

文英皺眉在二塵後腦杓上拍了一下。

「我還能騙你不成？本想讓她去幹活，哪知進來剛說了沒幾句就突然倒地抽搐了幾下，接著就死了，真是晦氣！」見二塵還愣在那裡，又拍了他一下，斥道：「還不快去把擔架拿過來，把她抬到亂葬崗去埋了。」

「果然那些當過主子的，細皮嫩肉就是不禁使，這才來了幾天就暴斃了！」二塵嘀咕了一句，摸著有些發疼的後腦杓往外邊跑。不消一會兒，他與另一個太監抬了一副剛好夠一人躺的擔架來。

文英指了他們將鄭春華的「屍體」放在擔架上，正要抬出辛者庫，不想在門口撞見了胤禟。

文英心中一凜，同時暗暗叫苦。

這位爺早不來、晚不來，怎麼偏偏就卡在這時候來呢？

他硬著頭皮上前行禮。「奴才給九爺請安，九爺吉祥。」

胤禟在叫起之後往擔架上瞄了一眼，因為上面蓋了白布所以瞧不清模樣，漫不經心地道：「你們這是要去哪裡啊？」

文英趕緊陪笑道：「回九爺的話，辛者庫裡剛死了個人，奴才正準備抬到亂葬崗裡去扔掉呢，不想竟讓那死人晦氣衝撞了九爺，奴才該死。」

聽得是死人，胤禟也沒往心裡去。這辛者庫要是沒死人就怪了。他當下道：「你這裡是不是有個叫鄭春華的？」

文英心裡咯登一下，暗叫不好，怎麼又來一個尋鄭春華的？朝正準備張嘴的二塵使了個讓他閉嘴的眼色後，笑道：「不知九爺尋她有何事？」

聽得這話，胤禟的臉一下子沉了下來，陰聲道：「爺做什麼還要知會你嗎？」

「奴才不敢！」見他發怒，文英趕緊賠罪，隨後道：「只是九爺來得不太巧，這鄭春華，剛剛暴斃了。」

胤禟眼皮一跳，陰沉的目光落在那具蓋著白布的屍體上，快步上前一把掀開白布，果然正是他要尋的那人。

竟是晚了一步，可惡！

他今日來此是受胤禩所遣，如今外頭關於太子與鄭春華淫亂宮廷的言語傳得沸沸揚揚，然畢竟是沒有真憑實據，令得康熙對一應奏摺皆留中不發。

可是，如果鄭春華站出來呢？一切禍根的起源站出來將真相公布於眾的話，縱然康熙是一國之君，執掌天下臣民生殺大權，也不得不處置太子。一個德行虧損到這等地步的人，何來資格繼承大統？

至於鄭春華肯否站出來，胤禩並不擔心。他相信每個人都有弱點，只要牢牢抓住，就可以讓他們為自己所用。

若連這點兒本事都沒有，還談何成就大事。

所以從鄭春華被廢黜到辛者庫的那一天起，胤禩就存了將她弄出去的心思，只是之前怕康熙起疑，一直按兵不動，直至現在才讓胤禟過來探探風聲，哪想到鄭春華竟死了！

第二百零六章　麻煩

從頭到尾，胤禩一黨都不曾熄過爭儲之心。在他們看來，太子除了一個高貴的出身之外就一無是處，試問怎可以讓這種人登上至尊之位。

所以，從鄭春華一事起逐步安排。之前一切皆順利，不曾想到最後一步的時候卻是出了岔子。

「好好的人怎麼說死就死了，你這總管是怎麼當差的？」想到八哥的計畫被破壞，胤禟心情大壞，遷怒於文英。

文英聽出其話中的怒意，忙陪笑說著剛剛想好的說辭：「瞧九爺說的。辛者庫勞作繁重，每月裡總有那麼幾個死人，這宮裡上下都是曉得的，若說連著兩月沒死那才叫奇怪呢。再說，這鄭氏細皮嫩肉的，又不曾做過差事，突然一下子就暴斃了，奴才也沒辦法啊！」

聽得文英將責任推得乾乾淨淨，片葉不沾身，胤禟從鼻孔裡哼了一聲，顯然極不滿意。不過文英也顧不上這些了，眼見時間一分分地過去，心中焦慮不已，臉上卻是半分也不敢露，只靜靜等著胤禟發話。

眼前這位可不是人稱草包皇子的十阿哥。論才幹，胤禟許不及胤禩，但心思卻是一點兒不少，而且眼睛極毒，稍許細微的變化都逃不過他那雙眼，有不少人在背地裡稱他為毒老九。

胤禟此刻心煩意亂，也沒顧得上文英，站了一會兒後，他又上前掀起覆在鄭春華身上的白布，並將手指伸到她鼻下。這個動作險些沒將文英的膽給嚇破，以為被他瞧出破綻，待見胤禟略顯失望地收回手後方才暗吁了一口氣。饒是如此，他也不禁嚇出一身冷汗。

趁胤禟不注意，文英小心地舉袖拭一拭額間密密的冷汗，上前小聲道：「九爺還有什麼要吩咐的嗎？若沒有的話，奴才先送屍體出去。鄭春華死了有一會兒，天這麼熱，若是放久，屍體該發臭了，奴才怕到時候會有屍瘟。」

聽得「屍瘟」二字，胤禟心裡也有些發寒，揮手讓文英趕緊把屍體弄走。

文英懸了半天的心總算落下來，朝胤禟跪安後，命二壟兩人抬起擔架往宮門走。

不知為何，看著文英快步離開的背影，胤禟心中生出幾分疑惑來。文英……他彷彿在躲自己，這是為何？

如此想著，他隨意喚過一個在辛者庫裡當差的小太監，問他這些日子可有誰來過。小太監回憶了一下，說約莫五、六日前，十三阿哥曾來過，且還與鄭氏在靜室中說了一陣子話，是文總管親自安排。

胤祥？他來找鄭春華做什麼？難道……胤禟猛地想起胤禩曾與他說過的話。胤祥並不是他們所以為的太子黨，而是切切實實的四爺黨！

胤禟微微皺起顯得有些倒八字的雙眉。他記得文英以前似乎是伺候敬敏皇貴妃的，胤祥來過沒幾天，鄭春華就死了，這事……未免太巧合了些！

想到這裡，胤禟不再猶豫，腳步一轉，疾步朝文英離去的方向追去。待得快到午門的時候，他終於追上文英。這一次他仔細盯了文英的神色，果然發現文英面色有細微的變化，更肯定了心裡的懷疑。

「九爺，您還有事？」文英沒想到這位難纏的爺又追了上來，忙小心翼翼地迎上去。

胤禟微微一笑，和顏悅色地道：「無事，只是恰好我也要出宮，又想起總聽你們說亂葬崗、亂葬崗的，卻從來沒去過，正好趁這機會跟你們去見見！」

文英臉頰一陣抽動，暗自叫苦。這爺怎的突然心血來潮，真要教他跟去，那這齣戲豈不就穿幫了？偷運他人出宮，還是鄭春華這樣的身分，可是掉腦袋的事，還有可能牽連十三爺，他該怎麼辦才好！

文英強壓下心中的慌亂，陪笑道：「九爺說笑了，亂葬崗有什麼好瞧的；再說那地方死人多、陰氣重，去年奴才手下一個小太監去了回來後就一病不起，邪氣得很。九爺金尊玉貴，萬一那不知情的東西衝撞了您，奴才可擔待不起。」

他試圖打消胤禛的念頭，殊不知，越如此胤禛就越不肯甘休。

胤禛撣一撣衣角，淡淡道：「你也說金尊玉貴了，那一般邪物又怎可能衝撞得到我？走吧，我真的很好奇！」見文英愣在那裡不動，他又睨了一眼道：「怎麼還不走，難不成，文大總管有什麼事是不能讓我知道的嗎？」

「九爺說笑了。」文英硬著頭皮道，至於那笑意卻是無論如何都掛不住了，皺紋叢生的老臉上是掩飾不住的憂心。他抬頭瞥了眼天色，離鄭春華服下藥已經過了近一個時辰，而從這裡趕到亂葬崗怎麼著也要兩個時辰，一旦藥效過了，鄭春華醒來，事情可就徹底穿幫了。十三爺與這位九爺是死對頭，落到對方手裡休想有好果子吃。

如此想著，文英雙腿猶如灌了鉛一樣，每一步都走得極是艱難。胤禛看在眼裡也不催促，只在心裡冷笑，他倒要看看這文英當著自己的面還能耍什麼花槍。

文英常出入午門，是以守在那裡的侍衛都認識，有時候還會聊上幾句。這回侍衛剛要開口，不意發現胤禛也在，忙上前行禮。

胤禛頷首後，指了指文英道：「辛者庫死了人，文總管要運屍去亂葬崗，你們好生查查，莫要出了什麼不應該的亂子。」

運死人出宮這本是極正常的一件事，侍衛們很多時候都是隨意看看應付了事，但胤禛突然來這麼一句，卻令得那些侍衛心中一凜，不約而同地想起發生在康熙十七年的一件事。

當時辛者庫的總管尚不是文英，而是一名姓夏的老太監，他也常送死人出宮，侍衛經常隨便看一眼就放過去了。直至有一回，屍體不小心從擔架上翻落，被人發現屍體的口中掉出一粒拇指大小的夜明珠，他藉屍體偷運宮中珍寶的事才被敗露。幾乎每一具屍體在出宮前都被他開膛破肚，取出內臟，然後在裡面藏東西，大至花插，小至珍珠，但凡能偷藏夾帶的東西一樣都沒有放過。

最後，姓夏的太監被處以極刑，之前負責午門進出的侍衛也因看守不嚴而被統統發配充軍。

因為那件事在宮中鬧得極大，所以儘管過了三十年，那些侍衛依然有所耳聞。九阿哥此言，莫非是當年的事又要重演？若真能查出個子丑寅卯，那可就是大功一件！

第二百零七章　對峙

想到這裡，那群侍衛一個個眼放精光，不須胤禟再說什麼，一個擋著文英，另幾人一湧而上，將白布掀在地上，對著鄭春華的屍體從上到下仔細檢查了個遍，哪裡都不肯放過。他們可不曉得這屍體是什麼人，只當是一般的宮人，翻來覆去，連衣裳也掀開了，確定這肚子上不曾被劃過藏了東西。

「唷，一群人圍在這裡做什麼吶？」

急得滿頭大汗的文英聽到這個聲音如逢救星，趕緊撩袍越過擋在身前的守衛上前見禮，在打千的時候，眼睛一直瞟向負手站在他們後面的胤禟。

「起來吧。」胤祥原本是等在宮外的，但因放心不下，所以特意過來看看，沒想到文英還真遇到了大麻煩。

胤祥大步走到胤禟面前，很自然地搭了他肩膀道：「原來九哥在這裡吶，我正想去找你呢。」

「哦？十三弟找我什麼事？」胤禟笑一笑，目光不著痕跡地落在那隻搭在自己左肩的手上。

「上次賽馬輸給九哥後，我一直在尋找比我那匹黑珍珠更好的馬，如今終於讓我尋到一匹，迫不及待地想同九哥再賽一場。」胤祥腦子飛轉，迅速找了一個尚算通順的理由。

「此事不急。」胤禟撥開胤祥欲將自己拉走的手，淡淡道：「我今兒個對亂葬崗比較有興趣，賽馬的事改日再說。」

胤祥全不在意他的態度，依舊笑嘻嘻道：「九哥沒興趣，我老十三卻是興趣十足，今兒非要分個高低不可。走！」說罷拖了胤禟就要往宮外走。

胤禟斜看了他一眼，腳下紋絲未動，神色漸漸冷了下來。「十三弟似乎不願見我在這裡，莫非裡面有不可告人的祕密？」

胤祥嗤笑道：「這裡就一個死人，縱有祕密也被帶到了閻羅地府，九哥還想去找閻羅帝君問個清楚不成？」他頓一頓又道：「我只是覺得這裡沒什麼好待的，怎及賽馬來得有趣好玩？除非九哥……怕了。」

說到最後一句，胤祥有意激他，無奈胤禟根本不為所動，執意不肯離去。這下子連胤祥也束手無策了。這時侍衛已經將鄭春華的屍體從頭到腳搜了個遍。

侍衛頭領揮手示意文英幾人可以離開，文英小心地睨了胤祥一眼，命人抬了鄭春華屍體跨過及膝高的門檻。

胤禟抬步想要跟去，卻被胤祥死死擋在面前，不論他往哪裡走，胤祥都跟個索命鬼一樣纏著不放。眼見文英一行人越走越遠，胤禟心下著急，頭一次露出怒容。「老十三，你到底想怎樣？」

胤祥也不與他生氣，咧嘴露出一口雪白發亮的牙齒道：「不怎樣，就想讓九哥陪我賽馬！」

胤禟聽得一陣氣結，戾氣在眉眼間漸漸成形。「老十三，你別給臉不要臉，趕緊給我讓開，否則休怪我這個做哥哥的不客氣！」

「客氣？」胤祥露出譏笑之色。「要說客氣，九哥你何曾待我客氣過。八歲那年，九哥誆我爬上假山之後將我推下去，還在德娘娘面前告我一狀，說我頑劣好動，不堪約束，德娘娘信以為真，罰我面壁思過十日。十二歲那年，我用了一個繡有淺黃龍紋的平金荷包，被九哥看到了告到太子那裡，說我僭越，罰我跪了整一下午，記得那日也是這樣熱辣無雲的天氣。」

胤祥永遠不會忘記表面溫和的胤禟待自己的「好」，就因為生母早逝，他又不受康熙重視，所以在眾阿哥裡頭，他是最遭人作踐的那一個。

罰跪那回，他正生著病，然根本無人同情，冷眼看他罰跪、看他暈倒在庭院中。

若不是後來胤禛得到消息趕過來，不顧是否得罪太子，直接抱他回長春宮，又召太醫來看，他的命說不定就丟在那裡了，哪還有現在的十三阿哥。

他的命三番四次都是胤禛生生從鬼門關拉回來的，所以終他一生都只會忠於胤禛這個四哥。至於旁人，說句實話，即便是太子，他也不放在眼裡。

「我懶得與你廢話，總之現在你立刻給我讓開！」再不追，這人可就不見了，由不得胤禟不急。

「我偏不讓，九哥待奈我何？」胤祥也曉得這回是撕破臉了，不過也無所謂，本來大家就是面和心不和，哪個會怕他。

「好！你有種！」胤禟扔下這句話，忽地從相鄰近的侍衛腰間抽出明晃晃的鋼刀，隨手耍了一個刀花後，鋒銳的刀尖抵在胤祥的脖子上，陰聲道：「最後再問你一句，讓——還是不讓！」

胤祥彷彿沒瞧見那把足以要命的刀，面露嗤笑。

「九哥以為這樣能嚇住我嗎？」

在胤禟及眾侍衛還沒來得及反應過來前，胤祥迅雷不及掩耳地從另一名侍衛腰間抽出同樣明晃鋒銳的鋼刀，以同樣的姿勢抵在胤禟面前，近乎挑釁地道：「今兒個我偏就不讓！九哥若有種，咱們就來比比哪個的刀更快一些！」

一干侍衛早已瞧得傻了眼。這……這算是怎麼一回事，剛才明明好端端的，怎麼一轉眼就刀劍相向？而且拿刀的還是兩位身分同樣尊貴的阿哥，萬一真的出點兒事，他們的腦袋到底還要不要了？

侍衛頭領站在那裡左右為難，眼見氣氛越來越僵，只得硬著頭皮上前勸道：

「二位阿哥暫且息怒，萬事皆有商量，咱們先把刀放下來行嗎？」

胤禟壓根連正眼都沒看他，一隻螻蟻何來資格勸他？他死死盯著胤祥，冷聲道：「老十三，你真想與我動手是嗎？」

胤祥略顯無奈地瞥了不知如何自處的侍衛頭領一眼，道：「你聽到了，是他逼著我動手呢，就算我現在想止戈也不行。」

第二百零八章　罷手

胤禟聽得一陣氣結，明明由始至終都是胤祥處處針對，現在卻反過來誣他，實在是無恥至極。

至於那侍衛頭領快哭出來了。「我的爺欸，您就別尋小的開心了，都消消氣行不？」

這麼一會兒工夫，文英幾人已經走得不見人影，想再追根本來不及。

憋了一肚子氣的胤禟將火都發到胤祥頭上，單手一翻，當頭就往胤祥頭上劈去。今天不教訓教訓這個老十三，他就不叫胤禟！

別看胤祥一副滿不在意的樣子，其實一直在提防胤禟動手，是以胤禟手裡的鋼刀剛一動，他就有了反應，揮刀格擋，刀鋒相撞間，碰出點點星火之光。

「噹！噹噹！噹噹噹！」

刀劍數次相撞後方才分開，兩人執刀各立一側。仔細看，可見刀刃處皆有不同程度的捲口，可見適才的對決，兩人皆是動了真格，不曾留手。

見他們真動上了手，侍衛頭領連想死的心都有了，領著眾人跪在地上苦苦哀求兩人住手。

胤祥將鋼刀拿到面前，朝缺口處輕吹了口氣，漫然道：「九哥好大的力氣，不過雙方交手可不是光靠力氣就可以定勝負的。」

「你還不是同樣一身蠻力！」胤禟反脣相譏，旋即拿刀一指胤祥道：「廢話少說，動手吧，不要以為學了幾天莊稼把式就當真了不起了。」

「哼，一樣的話我還給你！」胤祥不甘示弱地回了一句。

一個身影匆匆奔過來，擋在兩人中間，同時有尖細的聲音響起：「哎唷，兩位小祖宗快停停手，老奴在這裡求你們了。」

兩柄鋼刀在最後一刻險險停在李德全的頭皮上，但依然有數根髮絲被凌厲的刀鋒斬斷。這一幕看得旁人膽顫心驚，暗自替他捏了一把冷汗。真虧得他有這個膽子，換了他們，可不敢拿自己小命開玩笑。

其實李德全回過神來後也是嚇得不輕，虧得是停住了，要不然自己腦袋上就插上兩把刀了。他拍拍驚魂未定的胸口，對胤祥兩人道：「二位小祖宗，怎麼在這裡動起刀劍來了？」

「你問他！」見李德全來了，胤禟曉得今日是打不起來了，遂將鋼刀往地上一扔。他固然可以不在乎一個侍衛頭領，但卻不可以不在乎乾清宮的太監首領。那可是皇阿瑪的心腹，再打下去，他到皇阿瑪面前去告一狀，誰都討不了好。

「我沒什麼好說的。」胤祥也很乾脆地把鋼刀一扔，攤手道：「就是閒得發慌與九哥相互切磋一下罷了。」話音剛落，眼角餘光掃見李德全身後還跟了一個嬌小的身影，卻是凌若。他訝然迎上去道：「小嫂子妳怎麼來宮裡了？」

凌若穿了一身碧綠色刻絲紋錦旗裝，一對雙翔金鳳釵簪在烏黑的髮間，其中一邊垂下與衣飾同色的流蘇，隨步而動。她微微一福，柔聲道：「是李公公奉命召我入宮的。」說到此處，她朝不遠處的胤禟睨了一眼道：「只是沒曾想剛一入宮就見到這般場景。知道的是曉得你們切磋，不知道的還以為是生死相向呢，要是傳到皇上耳中，又該不高興了。」

她的聲音不大，但足夠胤禟聽得一清二楚，暗怪自己剛才太過衝動。儘管他對胤祥故意放跑文英一事耿耿於懷，卻也不敢再鬧，冷哼一聲意欲離去，不想胤祥這廝竟在後面道：「九哥，什麼時候有空，咱們兄弟再來一場。」

胤禟回過頭冷冷道：「好，十三弟有興趣，我這個做九哥的當然要奉陪。」目送他離去，侍衛們終於長長舒了口氣從地上爬起來。這下子總算是打不起來了，剛才那一幕真是嚇死他們了。

胤祥怕胤禟又去尋文英，朝李德全拱一拱手匆匆道：「那我也先走了，改明兒再進宮給皇阿瑪請安。」在離去前，他暗中朝凌若豎了豎拇指。莫看胤祥粗枝大葉，實則外粗內細，焉有看不出適才凌若那番話分明是在說給胤禟聽，為的就是怕胤禟揪著此事不放。

凌若會心一笑，對正在擦冷汗的李德全道：「公公膽色過人，實在令人佩服。」

「唉。」李德全搖頭苦笑，一邊繼續引著凌若往養心殿走，一邊道：「奴才那哪是什麼膽色啊，根本是念頭都沒來得及轉。上回十四爺鬧的那齣把皇上當場就氣暈過去了，若再來這麼一齣，尚在病中的皇上可怎麼受得了！」說到最後已是神色戚戚。

「皇上病了？」凌若驀然一驚。今兒個李德全來府裡的時候只說奉康熙口諭召她入宮，並未提旁的事情。

「是，皇上已經病了有數天了，之前一直強撐著上朝，但是從昨兒個夜裡起就發了高燒，一直不醒。太醫們都候在養心殿呢，只是一時半會兒外頭還不曾得到消息，不過今兒個早朝取消了。」李德全言語間透出擔心。

凌若從中聽出不對勁來。康熙既然從昨夜就昏迷了，如何能在今日宣召自己進宮？這當中莫不是有什麼問題，抑或是李德全假傳聖諭？

當凌若隱晦地試探時，李德全一笑道：「奴才哪有這麼大的膽子，這道口諭雖不見得是皇上的意思，卻千真萬確是皇上金口所開。福晉不用猜測，去見了皇上就曉得了。」

說著，他帶著滿腹疑問的凌若一路到乾清宮，穿過諸多守在那裡的太醫往內殿而去。甫一踏入內殿，便能聞到一股藥草的氣味。待李德全掀開漫天漫地的紗帷時，凌若看到了躺在病床上的康熙。他身上覆著代表這個天下最至高無上權力的明黃色錦衾，除了皇帝之外，哪個人敢如此肆無忌憚地用這個顏色？然再尊貴、再至高無上，依舊擺脫不了他是一個老人的事實。

望著床榻上那個神色憔悴的老人，凌若生出幾許同情之色。世人只看到皇帝高高在上的那一面，卻忘了皇帝亦是人，亦有生老病死、悲歡離合。

親眼看到兒子與自己妃妾私通，對這位老人而言，必是一個難以想像的打擊，撐了那麼多天，終於是倒下了。

第二百零九章　兩生花

「姨娘……兩生……凌若……」這個時候，躺在病床上的康熙突然含糊地呢喃幾句，眼睛並未睜開，顯然是無意識的言語。

凌若側耳在他脣畔傾聽了好一陣子，才在重複的話語中聽清這幾個字。除了自己的名字之外，她並不理解其餘字眼的意思。

李德全輕手輕腳地絞了一塊面巾替康熙擦拭依然燙手的臉頰後，對若有所思的凌若道：「福晉聽到了，皇上在病中昏迷時一直不停地說著同樣的話，其中有福晉的名字，所以老奴只是奉皇上之命行事罷了，並未假傳聖諭。」

凌若一蹙眉尖，小聲道：「公公知道皇上口中的姨娘是哪位嗎？」她只知道康熙的生母是孝康章皇后，卻不曉得這位姨娘是何許人；不過能被康熙稱為姨娘，應是先帝的妃嬪無疑。

李德全嘆了口氣，在一個小杌上坐下道：「老奴也不是很清楚，只是一次無意中聽皇上說起過，他小時候多得延禧宮一位娘娘照拂，還說她是孝誠仁皇后的姑姑，兩人長得甚為相似。」說到此處，他一皺眉道：「可是老奴去查過，玉牒中並未記載先帝有一位與孝誠仁皇后相關或姓赫舍里的的妃子，實在令人不解。」

孝誠仁皇后……暗唸著這幾個字，凌若突然想到康熙掛在御書房中的那幅畫像，原先一直以為那是孝誠仁皇后的遺像，如今看來卻不盡然。

孝誠仁皇后一生得盡康熙寵愛，雖貴為帝后，卻猶如民間夫婦那般舉案齊眉、恩愛無間。她離去後依然得到康熙一生的追憶，這樣的女子不應有畫中人那般的哀思愁緒。

也許，一直都是他們想當然了，畫中人並不是孝誠仁皇后，而是那位與她相似，但在玉牒上尋不到名字的姑姑。

她正想得出神，李德全忽地問：「福晉信不信輪迴轉世一說？」不待凌若回答，他又道：「老奴在皇上看的佛經中曾見過這樣一段話：六道輪迴，三善道，三惡道，皆為眾生輪迴之道途。此生緣盡，然下一世，卻會開出與今生相近的一朵花，生生不息。」

「公公是說，皇上認為我是孝誠仁皇后，或延禧宮那位娘娘開在另一世的花？」銅盆中，冰塊正在緩緩融化，細細的水珠滑過雕刻在冰塊上的花紋滴落在銅盆中，發出「滴答、滴答」的輕響。

「也許吧，老奴也不敢妄言。」說著他站起身來，從紫檀頂櫃的一處暗格中取出凌若上次吹奏過的紫竹簫，遞給她道：「皇上最喜歡聽福晉吹簫，如今雖然睡著，但想來也能聽到此聲，說不定病會好得快些。」

凌若點點頭，待李德全出去後，豎簫於脣下，一曲《漁樵問答》應手而來。此曲本為一首古琴曲，後來也被改編為簫曲，但多用於琴簫合奏，少有單獨吹奏之時，可惜眼下無人相合。

此曲採用漁者與樵者對話的方式，以上升下降的曲調表現出漁樵悠然自得的神態，有一種飄逸灑脫之意，令人對漁樵的生活有所嚮往，正所謂「千載得失是非，盡付漁樵一話而已」。

凌若希望此曲能打開康熙胸中抑鬱的心結，讓他病情早日好轉。

康熙不知道自己昏昏沉沉在黑暗中飄蕩了多久，直至一絲若有似無的簫聲傳入耳中，令他不自覺地跟著那縷簫聲走去。簫聲悠悠，越來越清楚的同時，他也尋到了黑暗中唯一的亮光。

當他來到亮光盡頭時，眼前一片大亮，刺目的光令他不由自主閉上眼睛。這個時候耳邊除了簫聲，又多了一個孩童的嬉笑聲，那個聲音熟悉得令康熙渾身劇震，迫不及待地睜開眼。

雪，紛紛揚揚，飄落於無遠弗屆的梅林中，梅花點點，化為這片銀雪天地中最豔麗聖潔的顏色。梅林中，一個絕美的女子執簫孑立，在她身邊還有一個年約七、八歲，身著紫貂端罩的男孩在撒歡。

只是一眼，執掌天下億萬人生殺予奪的康熙便險些落下淚來。這一幕他太熟悉，尤其是在雪地中歡呼奔跑的男孩，因為……那就是他自己啊！

姨娘……他激動地呼喚著這個名字，想要靠近，可是不論他怎麼努力，身子都再難移動一分，只能眼睜睜看著一切近在咫尺，卻無法伸手觸及。咫尺天涯……始終是咫尺天涯啊！

男孩跑得太歡，不小心被厚厚積雪絆得摔倒在地上，整個小身子都埋在雪中。女子連忙蹲身扶起他，一邊拂去他身上的雪一邊問：「怎樣？可曾摔疼？」

男孩抹去沾在臉上的雪，挺一挺小胸脯道：「玄燁可是堂堂男子漢，流血不流淚，才不會怕那麼一點點疼呢！」

女子被他說得一笑，伸手在他筆挺的鼻子上刮了一下道：「好一個堂堂男子漢。那你可要記住了，往後不論遇到再大的困難都要堅持前行，絕不倒下。」

女子明明是在對小玄燁說，目光卻於微笑間望向康熙所在的方向，冥冥中彷彿看到他的存在。

同時，一個聲音在康熙心底響起——

玄燁，人生是一種最好的磨礪，有苦難，有悲痛，但只要勇敢地闖過去，你將會成為這天地間最勇敢的人，再沒有什麼可以將你擊倒！

一眼間，猶如過去了千萬年。再睜眼時，雪景、梅林、女子，皆已不在，只有，簫聲嫋嫋一直響徹在耳邊。

意識重歸身體，康熙無須睜眼便曉得這蕭聲是何人在吹。普天之下，唯有她的簫聲與姨娘最相近。兩生花——也許在這世間真的能開出兩朵相似的花來。

「皇上醒了？」一曲終了，凌若發現康熙不知何時睜開了眼，忙從桌上的雙魚戲蓮提梁玉壺中倒了一杯溫熱的茶端到床前。見他微微張開嘴，會意地扶他起身喝了小半杯，隨後又在他身後墊了幾個雲錦墊子，讓他可以靠著半坐在床頭。

「妳何時來的？」康熙如是問道。待得知是李德全藉自己夢中之語傳凌若進宮時，只輕斥了一句「狗奴才」就作罷，顯然沒有真存怪責之心。

第二百一十章　靜嬪

因為康熙半直了身子的關係，錦衾滑落些許，露出白色寢衣下消瘦得可見根根肋骨的身形。凌若取過宮人放在一旁的袍服覆在康熙身上，輕聲道：「若非李公公告知，奴婢還不知道皇上龍體欠安。」

「人老了，總是會有這樣那樣的事，沒什麼了不起。」康熙淡淡地說著，然那雙睿智的眼眸卻少有地露出哀涼之色，如冬季的初雪。

正當凌若想著要安慰幾句時，康熙又道：「朕自問登基以來，勤政愛民，以天下之憂為憂，以天下之樂為樂，從未貪圖安逸享樂，為何上天要降下如此懲罰！」說到最後，他的聲音漸漸大了起來，氣息粗重不穩，喉間有「呼呼」的痰喘。

凌若小心地替他揉著起伏的胸口。「皇上龍體要緊，這般動氣只會傷了身子。」她頓了頓又道：「皇上是上蒼之子，得天地護佑，豈會有所懲罰。只是龍生九子，尚且子子不同，何況皇上二十餘個兒子。其實太子仁孝善德，並無奸惡之心，要說那事……想來也是一時糊塗，並非有意。」

她話音剛落，康熙已是嗤笑道：「德？這個字現在說出去，朕怕會被天下人唾罵至死！要說無意，難道還是別人拿刀逼著他做出那等不堪之事嗎？」即便已經過去了這麼些時日，每每想起那一幕依然怒不可遏。若非記著早逝的皇后，恨不得當場就一劍刺死那個不肖子。

「事已至此，皇上再氣也無用，還是保重身子要緊。想來太子也是悔不當初。哪個不曾有年少輕狂的時候，只要知錯能改便是好的。」凌若輕聲細語地勸著。

康熙在將梗在喉嚨裡的痰咳出後，帶了幾許失望之色道：「太子已經三十五歲了，哪還能以一句『年少輕狂』掩之。朕看他分明是沉溺女色，連禮法宮規都可以棄之不顧。」言末，在從不曾停歇的滴水聲中，康熙艱難地吐出一句他自己不願承認的話：「他，並不像朕！」

凌若一邊撫背一邊微笑道：「皇上天縱英姿，八歲登基，十四歲親政，十六歲智擒鰲拜，莫說本朝，就是縱觀歷朝歷代，如皇上者又能尋得出幾人來。至於太子……」在說到這個敏感人物時，凌若放緩了語調，一字一句斟酌：「在治國上興許不及皇上些許，但正如奴婢之前所說，太子仁孝善德，足以彌補這些不足之處。」

「妳不必刻意安慰朕。」康熙疲憊地搖搖手。「許多事朕都看在眼裡，只是不曾說出來罷了。朕那麼多兒子，論相貌，胤礽無疑最像，可是這性子，唉，既不像朕也不像他皇額娘。」

危。

康熙對太子的失望不言而喻，這也令本來就是廢而復立的太子之位再度岌岌可危。

這於凌若來說自是一個好消息，康熙對太子越失望，胤禛就越有機會。只是百足之蟲，死而不僵，一個孝誠仁皇后註定康熙會對太子一寬再寬，如今遠不是落井下石的時候。

「皇上正值春秋鼎盛，還有時間慢慢教導太子。」

她如此又勸了幾句後，李德全端了剛煎好的藥進來，在服侍康熙喝下後，凌若見其神情始終倦怠，遂勸其躺下歇會兒。

康熙是真的累了，再加上心中難受，躺下不一會兒就睡著了。在他漸趨均勻的呼吸聲中，凌若悄悄隨李德全踏出乾清宮。

在去西華門的途中，恰好碰上石秋瓷。彼時的她一身粉紫軟煙羅旗裝，除了飾於鬢髮間的珠釵金簪外，還有一支鎏金掐絲鑲珍珠步搖，從左側斜斜垂落光滑飽滿的串珠在耳邊，襯得她越發端莊高貴。

在瞥見那支步搖時，凌若眼皮微微一動。不待她說話，李德全已滿面含笑地迎上去。「奴才給靜嬪娘娘請安，娘娘萬福金安！」

石秋瓷頷首示意他起來。「皇上好些了嗎？」

「回娘娘的話，剛剛醒了一陣子，現在服過藥又睡下了。」

在李德全恭敬的回答中，石秋瓷移步至凌若面前，親切地拉了她手道：「妹妹何時進的宮，怎麼也不去本宮宮中坐坐？」

本宮……聽得這個自稱，凌若微一失神，旋即滿面笑容地欠下身去。「奴婢給靜嬪娘娘道喜，恭喜娘娘得晉嬪位！」

得意之色在石秋瓷眼中一閃而過，口中則嗔怪道：「什麼娘娘不娘娘的，沒得顯得生疏了。貴人也好，嬪也罷，妳我都是好姊妹。這話本宮也不知說過多少回了，妳就是聽不進去。」

「禮不可廢。」凌若認真地答了一句，隨即反握了石秋瓷來扶自己的手，盈盈淺笑道：「姊姊何時晉的嬪位，奴婢竟是一點兒都不知道呢。」

「也就前兩日的事。說是晉了，但要等下月才行晉封禮呢！」石秋瓷隨意回了一句，又拉著凌若的手親親熱熱說了好一陣子話，方才相別而去。

回頭睨了石秋瓷婀娜而行的背影一眼，凌若看似無意地感嘆道：「看來姊姊很得皇上喜歡呢，這麼快就晉為六嬪之一。」

李德全嘿嘿一笑道：「誰說不是呢？新來的眾位宮嬪中，皇上最寵愛的就是靜嬪與以前的鄭貴人，一直有意在她們兩人中擇一個晉為嬪。無奈鄭貴人糊塗，與太子苟且，氣得皇上龍體欠安。這些日子多虧靜嬪娘娘一直不辭勞苦照顧左右，又在佛前祈求皇上龍體安泰，皇上念其心意，遂下旨晉了靜嬪娘娘。」

凌若頷首未語。西華門外早有小轎候在那裡，抬轎的四人步履一致，極是穩當，不消多時已是回到府中。

她剛一踏進淨思居，尚未來得及喝口茶，便見墨玉疾步走進來施了個禮，神祕兮兮地道：「主子，咱們府中來人了！」

這話卻是聽得淩若一陣哂笑，輕輕吹了口水秀剛奉上來的茶道：「雍王府又不是處在荒山野嶺當中，來人有何好稀奇的。」

「不是。」墨玉的頭搖得跟個波浪鼓一般，壓低了聲解釋：「是個女人呢，王爺親自帶入府的，還特意開了咱們旁邊的東菱閣給她住呢。」

第二百一十一章　王末

女人？這下子連凌若也覺得有些奇怪了。胤禛從不是一個好色之人，這些年更不曾見他帶過什麼女人回府，怎得今兒個……

「知道她身分了嗎？」

「不曉得呢，奴婢只遠遠聽到王爺吩咐人喚她鄭主子。」

墨玉的回答令凌若微微一怔。她也姓鄭，巧合嗎？

正當凌若疑心於新來府中的鄭氏身分時，胤禟已是到了廉郡王府，將之前在午門發生的事原原本本告訴了一直等他消息的胤禩。得悉事情始末後，胤禩也不說什麼，只讓人速去徹查。

胤禩經營多年，手下自是養了一幫能人異士。不消多時，已將此事查得一清二楚。有人看到文英在亂葬崗下折回，並未如他所言那般將屍體扔上亂葬崗，等他再出現時，鄭春華屍體已經不在他手上。

聽到這裡，胤禟冷笑一聲：「果如我所料，鄭春華根本沒死，是老十三串通文英偷運鄭春華出宮，也不知使了什麼手段，竟讓他瞞過宮門的侍衛。」

胤禩對此未置一詞，略一沉吟後又問尚候在跟前的下人道：「十三貝勒府有什麼動靜？」

「十三阿哥已經回府，不過在他府裡並沒有出現什麼陌生人，依奴才所見，十三阿哥應該不曾將鄭春華帶回府中。」

不只胤祥，其他皇子的府邸多多少少都安排了胤禩的眼線，確保他可以隨時掌握眾人的動態。

「老十三倒是有幾分心眼，曉得把鄭春華帶回府會被咱們發現；不過他要是以為這樣咱們就拿他沒法的話，可就太小瞧咱們了。」胤禟眼眸微瞇，對沉吟不語的胤禩道：「八哥，就算將北京城翻過來，也要將鄭春華給找出來，她可是咱們拉太子下馬的最大籌碼。」

「不用那麼勞師動眾！」胤禩屈指在堅硬光滑的桌面上輕輕一敲，長身而起，凝聲道：「老九，我問你，天底下最安全的地方是哪裡？」

「要說最安全……」胤禟摸著身後油光滑亮的辮子想了半晌，搖頭道：「應是紫禁城才對，可是鄭春華好不容易從那地方出來，又怎可能躲回去。」

「那麼除去紫禁城，又有哪裡有比親王府還要安全呢？」胤禩淡淡說著，目光落在外頭被驕陽烤得火熱的青石磚上。「縱然派人搜查，哪個又敢去搜有重兵把守的親王府邸。」

被他這麼一點，胤禟頓時明白過來。「八哥的意思是，老十三將鄭春華藏在老四府裡？」

見胤禩頷首，胤禟先是一陣興奮，然很快就平靜下來，甚至露出棘手之色。「老四那個府油鹽不進，咱們之前想了許多辦法也沒能在裡面安插眼線，想從他府裡把人弄出來，怕是不容易。何況咱們連鄭春華究竟有沒有在府裡都不確定。」

「油鹽不進？」在重複胤禟這四個字的時候，胤禩臉上出現一抹詭異的笑容。「那倒不至於，數年前布下的棋子該是時候用了。」

第二日，佟佳氏正坐在涼爽宜人的蘭馨館中，任由畫眉執細筆替自己仔細地描繪著指上的花卉圖案，忽地有下人進來通稟，說府外有一名自稱是她表舅的人求見。

佟佳氏雙眉微微一皺，頗有些不耐煩之色。自她入府得寵後，那些親戚也不知從何處得來的消息，一個個皆跑到京城來投奔於她。先是吳德，現在又是這個自己早已沒印象的表舅，真是麻煩！

畫眉見她神色不豫，遂小聲道：「主子若不想見，奴婢去替您打發了去。」

佟佳氏想了想，頗有些無奈地道：「罷了，讓他進來吧，省得他去阿瑪那裡哭訴，到時阿瑪又該說我不近人情讓他失了面子。」

下人依命離去，不多時領了一個約莫四旬左右的人進來。此人一副五短身材，矮矮胖胖，十指伸出來差不多長短；那張臉生得圓而胖，瞧起來一團和氣，令人不禁心生好感。

他一進來立刻誠惶誠恐地行禮，躬身道：「王十二給佟福晉請安，佟福晉吉祥！」

儘管佟佳氏對這個所謂的表舅一點印象都沒有，但對於他的識相還是頗為滿意。不像吳德那個蠢材，半點眼色也沒有，一見面就沿用舊時的稱呼喊她表妹。她吹吹指上未乾的丹蔻，漫然道：「你來找我，可是想在京中謀個差事？」

王十二那對小眼睛一亮，忙不迭點頭道：「福晉英明，正是這個打算。」說到這裡，他朝左右看了一眼，小聲道：「另外來之前，我去見過佟大人，他託我給福晉單獨帶幾句話。」

「阿瑪讓你帶話？」佟佳氏聞言略有些納悶。早在她晉側福晉的那日，胤禛就許了阿瑪與額娘隨時出入雍王府與她見面的權力。阿瑪有話為何不自己入府與她說，而是要透過素不相識的表舅來傳？

儘管覺著奇怪，但佟佳氏還是示意畫眉等人退下，待得屋中只剩下他們兩人時，揚臉道：「說吧，阿瑪讓你帶什麼話給我。」

王十二忽地露出一個怪異的笑容，挺直了自進門後一直略彎的背脊道：「我並不曾去見過佟大人，是另一人託我帶話給福晉。」

這話一出，佟佳氏立時意識到不對，當下眸光微沉，對王十二的身分起了疑心。「你究竟是何人，為何要冒充我表舅？」

王十二雙手一拍，朝佟佳氏重新見禮道：「不才王末，蒙八阿哥看中收為幕客。素聞佟福晉與八福晉相貌相似，今日一見，果不虛言！」

佟佳氏不是沒揣測過這人的真實身分，卻萬萬想不到他會是胤禩的人。儘管胤禛並不與她談論朝野之事，但身在王府中多少總有些耳聞，曉得胤禛與胤禩立場不同，頗有針鋒相對之意，何況中間尚隔著一個納蘭湄兒。

「我與八阿哥素不相識，你來找我做什麼？」她掩下心中驚意，不假辭色地道。

王十二……不，現在應該稱王末才對。他毫不客氣地在佟佳氏下首的一張梨花木椅中坐下，微笑道：「福晉不識八阿哥，但八阿哥卻早已認識福晉。」他話音一頓，朝周圍打量了幾眼後自顧自道：「看來這些年四阿哥待福晉極好，華屋錦衣、珠環翠繞，以一介卑微的官女子身分在短短數年間爬到今時今日親王府側福晉的位置，不知有多少女子要羨煞福晉這份福氣了。」

第二百一十二章　要脅

「你究竟想說什麼？」佟佳氏一臉警惕地問，不曉得這位八阿哥府裡的幕客打的是什麼算盤。

王末撣一撣身上的舊長袍，淡然道：「我什麼也沒說，只是有些好奇為何王府中這麼多貌美如花的女子，四阿哥偏對福晉如此另眼相看？」

「我的事不勞你費心。」佟佳氏冷冷回了一句，心中升起一股不祥之感。「若王先生來此就為了說這些的話，那麼你可以走了！」

王末仔細端詳佟佳氏一眼，忽而撫掌笑道：「看來個中緣由福晉已經很清楚了，倒也省了我一番口舌。也就是遇到了對我家嫡福晉念念不忘的四阿哥，若換了一人，只怕福晉此刻還在為一個格格之位苦苦掙扎，豈有今日錦衣玉食、享盡榮華的日子。」說到此處，他臉上的笑容越發深重。「受人滴水之恩，當湧泉相報。福晉能有今日，是否該謝謝將您指來雍王府的那人？」

佟佳氏定定地打量他一眼，忽地嗤笑道：「你該不會說是八阿哥指我來雍王府的吧？簡直就是笑話。不過三年而已，我還不至於模糊了記憶。昔日我們被指派到哪個府是宜妃娘娘一人的意思，與八阿哥毫無關係，休要在這胡言亂語。」

王末一斂臉上的笑意，正色道：「福晉只知其一，不知其二。原本宜妃娘娘意欲將妳指到十阿哥府中做事的，是八阿哥特意去央宜妃娘娘改了懿旨，才讓妳來了這雍王府。」

這樣一席話，縱是佟佳氏心機再深沉，亦忍不住為之驚疑莫名。一直以為自己能有今日一切皆是上天給予的恩賜，不想竟有八阿哥摻和其中……

這樣的疑惑不過維持了片刻就作罷。她從來就不是一個刨根究柢的人，何況王末此番來找自己顯然有所圖謀，她又怎肯被牽著鼻子走？當下起身淡淡道：「那就煩請王先生替我回謝八阿哥。來人……」

不待她喚人送客，王末已搶先道：「八阿哥予以福晉的大恩，難道福晉一句『回謝』就想抵消了？」

「那你還待如何？」說到這裡，佟佳氏的聲音終於徹底冷了下來。

王末笑著說出他此來的真正用意：「八阿哥希望福晉替他辦一件事。」

下一刻，飽含諷意的笑聲在他耳邊響起：「王先生開的好大一個玩笑，莫說八阿哥是否有幫過我，就算當真幫過又如何？憑什麼就要我替他辦事？」

王末早已料到她會這樣回答，拿起手邊一顆浸過井水的葡萄徐徐剝著皮，道：

「那傅從之呢？這個名字足夠福晉替八阿哥辦事了嗎？」

「你怎麼知道他！」乍聞這個已經遺忘許久的名字，佟佳氏駭然失色，再不能保持適才的鎮定。

王末慢悠悠將剝乾淨皮的葡萄送入嘴中，咂了一下嘴巴，吐出幾顆小小的籽，點頭道：「是產自西域的玫瑰香，從摘下到現在應該不超過兩日，在京城很難嘗到這麼新鮮的葡萄。」

見他答非所問，佟佳氏冷然走到他面前，一字一句道：「我問你，為何會知道這個名字！」

王末拍拍手站起來。他又矮又胖，縱然挺直身也只到穿了花盆底鞋的佟佳氏肩膀。他臉上掛著從進門一直不曾淡去的笑意。「八阿哥想知道的事，誰又能瞞得了。」不待佟佳氏接話，他自顧自道：「傅從之，朝雲戲班戲子，福晉在一次看戲中與他相識，進而相戀，甚至相約私奔，可惜被人發現帶了回來。之後，福晉以官女子身分入宮，與傅從之相約，待年滿二十五歲出宮後就與他在一起——」

「夠了！」佟佳氏驀然打斷他的話，臉色難看至極，冷聲道：「說，八阿哥要我做什麼？」

事到如今已經很明白，胤禩早已將她調查得一清二楚，正是因為抓到了她這個弱點，所以才會幫她。

王末對她的回答很滿意。「福晉果然是個聰明人。八阿哥交代的事很簡單，我且問妳，從昨日到現在，雍王府中是否來了一個女子？」
佟佳氏略一思忖道：「不錯，是有一個姓鄭的女子來了府裡。」
「這個女人對八阿哥來說很重要，八阿哥要妳設法帶她出府。」王末終於說出他今日來的目的。
「你們要我背叛四爺？」說到這分上，佟佳氏焉有不明白之理，心裡對鄭氏的身分產生好奇。這個女子是四爺親自帶入府的，而今不過一日工夫八阿哥就尋上來，甚至不惜派人威脅自己。她……究竟是什麼人？
鄭氏……鄭？佟佳氏腦海裡靈光一現，驀然想到最近鬧得滿城風雨的事件，於滿目驚駭間脫口：「難道她是鄭春華？」
回應佟佳氏的是一陣拍掌聲，只見王末一邊拍手一邊道：「不愧是八阿哥看中的人，果然一點就透。不錯，就是這個鄭春華。八阿哥要妳在三天之內帶她出雍王府大門，到了外面，自然會有人接應，福晉亦可功成身退。」
「你倒是說得輕鬆，鄭春華既然這麼重要，又是四爺親自帶回來的，她身邊自然免不了時時有人監視。何況她又不是三歲孩童，如何肯心甘情願隨我踏出府門？你們這分明是在強人所難。請你回覆八阿哥，恕我無能為力。」佟佳氏斷然拒絕王末。一個鄭春華也許算不得什麼，但隱藏在鄭春華背後的事情絕不簡單，否則胤禛與胤禩兩兄弟不會趨之若鶩。
王末那雙隱藏在肥肉中的小眼裡閃過一絲精光。「我勸福晉還是想清楚再回答，除非妳希望四阿哥知道妳以前的荒唐，待到那時，想再後悔可就來不及了。」

「你！」佟佳氏為之氣結，明知王末在威脅自己，卻無可奈何。傅從之就是她的死穴，如今一朝被人捏住，竟是半分也動彈不得。這還是她頭一回如此被動，實在可恨至極！

第二百一十三章　東菱閣

許久，佟佳氏強嚥下堵在喉嚨中的怒意，語氣生硬地道：「好，我答應你，不過三日不夠，五日！五日後我會將鄭春華帶到後門。」

「好，就依福晉的話，五日後等福晉的好消息。」王末並不怕佟佳氏食言，傅從之就是他們手裡的一張王牌。只要佟佳氏不想失去眼前的榮華富貴，就必然要受他們擺布，而這就是胤禛當年一手促成此事的目的所在。

只要有心思，不論什麼地方，總是能尋到破綻的。縱是號稱油鹽不進、銅牆鐵壁的雍王府也不例外。

鄭春華——胤禛志在必得！

在王末走後，佟佳氏臉色鐵青地將一整盤葡萄掃落在地，任由那些千里迢迢從西域運來的葡萄骨碌碌撒落一地，也將正走進來的畫眉嚇了一大跳。

畫眉小心翼翼走到佟佳氏面前，討好地道：「主子何事發這麼大的脾氣？莫不是那姓王的說話不中聽，惹惱了主子？」

佟佳氏眸光微掃，蘊藏在眼眸中的冷意令畫眉打了個寒顫，不自覺低下頭；也正是這一低頭，讓她看到佟佳氏的花盆底鞋在葡萄上無聲卻狠戾地碾過。瞧著被碾得稀爛不成形的葡萄，畫眉頭皮一陣陣發麻，再不敢出聲。

「妳之前說鄭氏住在哪裡？」

畫眉雖不曉得自家主子何以突然問起這個，但不敢多問，趕緊道：「回福晉的話，王爺開了東院的東菱閣給鄭氏住，就在淨思居的旁側。」

「淨思居……」佟佳氏喃喃重複著這三個字，脣邊漸漸浮起一抹冷笑。既然被迫要做這件事，那何不做得對自己有利些呢？

何況……鈕祜祿凌若真的很礙眼！

想到這裡，佟佳氏心情好了些許，撥一撥耳下的紅翡翠滴珠墜子，揚眉道：「去取幾串浸過井水的葡萄來，咱們去東菱閣。」

畫眉很快就將蘭馨館僅有的幾串葡萄皆取了過來，盛在一個放有碎冰的食盒中，隨後扶了佟佳氏施施然往東菱閣行去。

一路上驕陽似火，縱撐了傘依然走得香汗淋漓，還沒到東菱閣就已遠遠看到許多腰間佩刀、侍衛模樣的人在東菱閣四周巡邏，警惕的目光不時掃向各處。

這一幕瞧得佟佳氏心中發沉。那些侍衛當中有幾個她曾見過，皆是胤禛的貼身侍從。人數不多，但每一個皆精通武藝，而且只忠於胤禛一人；除卻胤禛之外，沒有人可以命令他們，包括康熙！

看來胤禛對這個鄭春華的重視比她所想的更甚，在王府之中竟還特意抽調侍從守衛此處，顯然也是怕有意外。想在這種情況下神不知、鬼不覺地帶走鄭春華，根本不可能。

這個念頭還沒轉完，就有一名侍衛上前，不苟言笑地阻止她們再靠近東菱閣。「王爺有令，未得王爺命令者，任何人不得接近此處，福晉請回！」

早在瞧見此處森嚴的戒備時，佟佳氏就曉得自己今日難以接近鄭春華，當即點點頭，和顏悅色地拿過畫眉提在手中的食盒，道：「我聽說鄭姊姊來了這裡，所以特意帶了些新鮮的葡萄前來探望。既然不方便進去，那麼能否麻煩你替我將這些葡萄交給鄭姊姊，怎麼說也是我的一片心意。」

在侍衛接過食盒後，她當即離去，待走到侍衛瞧不見的地方才低聲對一直跟在身邊的畫眉道：「叫蕭兒過來仔細盯著東菱閣，小心些，莫讓人發現。」

那廂，佟佳氏在東菱閣前的一幕落入恰好也來此處的凌若眼中。她原是疑心鄭氏身分，所以想來此處探探虛實，不曾想會瞧見佟佳氏，想來對方也是對鄭氏身分好奇。

只是東菱閣侍衛重重，想進去卻是不可能了。如此想著，正待離開，忽地肩上被人拍了一下，她嚇了好大一跳。循目望去，卻見胤祥一臉笑意地站在自己身後，也不知何時來的，她與墨玉竟一點也沒察覺。

胤祥揚起眉毛，問：「小嫂子來看那鄭氏嗎？」

「鄭氏果然就是鄭春華。」胤祥的問話令她更加肯定心中的懷疑。

「除了她，誰還能當得起這麼大陣仗。」胤祥朝東菱閣努努嘴道：「除了咱們之外，八哥他們也在找這個女人呢。小嫂子還記得上次在午門附近，我與胤禟對峙那回嗎？就是因為他發現鄭春華死得蹊蹺，所以咬著文英不肯放，虧得被我攔住了，否則鄭春華此刻指不定就在八哥府裡了。」

雖然胤禛與胤禩都想藉著鄭春華之事逼康熙二廢太子，但是彼此之間依然有著不可調和的利益衝突。若胤禩得鄭華春，必會以此為契機，將太子與胤禛他們一網打盡，不留半分餘地。

說話間，胤祥已來到東菱閣前，侍衛看到他行了一個禮後皆退至一邊，不再如適才佟佳氏來時那般阻攔，顯然早得了胤禛的吩咐。

胤祥並未急著進去，而是對駐足不前的凌若道：「小嫂子不是想見她嗎？一道進去吧。」

凌若還沒答話，其中一名侍衛已站出來道：「十三爺，四爺交代可以出入東菱閣的只您一人。您這樣做，若四爺問起來，屬下們很為難。」

胤祥不在意地揮手道：「無妨，四哥問起的話，你們照實回答就是。現在都給我讓開。」

見他將話說到這分上，那名侍衛無奈只得放行，任他與凌若進去。

在東菱閣，淩若第一次見到了這位曾與石秋瓷在宮中平分秋色的鄭貴人。

能入得後宮的女子，無一不是千挑百選，擁有如花美貌，淩若難以想像眼前這個蒼白中甚至帶著幾許蒼老的女子曾經盛寵於後宮。

「十三爺。」瞥見胤祥進來，鄭春華起身淡淡行了個禮。儘管自胤祥去過辛者庫後，鄭春華已經不必再從事那些粗重的活，但過度勞作而虧空的身子並不是這短短時日能養回來的，始終是回不到從前的韶華風采了。

第二百一十四章　監視

胤祥打量她一眼道：「如何，在這裡住得還習慣嗎？」

「很好。」鄭春華抬起頭盯著胤祥。「不過我更想知道何時才能離開這裡。」雖然衣食無缺，亦有人伺候，但於行動上卻是半點自由也沒有，等同軟禁。

「貴人好不容易才逃出生天，安頓下來，當好好將養身子才是，何必急於離開。再說普天之下，除卻紫禁城，又去哪裡尋一個比雍王府更安全的地方呢？」胤祥臉上掛著幾分笑意，招呼凌若一道坐下。

鄭春華這時才注意到除卻胤祥之外還有別人，目光在掃過凌若精緻秀美的臉龐時有所停頓，但也只是片刻罷了。這些已不是今時今日的她該在意的。

「無須說得這麼好聽，你與四阿哥救我不過是為了利用我對付太子罷了。你們究竟什麼時候才肯放我離開？」鄭春華並不領其好意，她是死過一次的人，儘管是假死，然那三個時辰身不能動、口不能言的經歷足夠她看破很多事。至於太子……

他不仁在先，怨不得她不義！

見鄭春華一再追問，胤祥不好再避，只得道：「對付太子一事關係重大，需從長計議，不是這一時半會兒便能去做的，還請貴人稍稍忍耐數日。當日假死時，貴人神智尚且清醒，當知道除卻我們之外，八哥那夥人也在找尋貴人蹤跡，只怕貴人一旦踏出這裡，他們就會出手將貴人擄去，到時貴人平安與否我可就難以保證了。」

鄭春華淒然一笑，所謂身不由己，指的就是她這樣吧。其實何止現在，從前在宮裡時也是一般，哭笑皆為討得君王歡，何曾有過半點兒屬於自己的自由。原以為太子是可以給自己歡悅的人，哪知……

直到從東菱閣出來，鄭春華那淒然絕望的笑容依然深深印在凌若腦海中。那種絕望她曾經親身體會過，不過她比鄭春華幸運，胤禛待她有情，所以今日她才可以站在這裡。

正當凌若準備回淨思居的時候，墨玉突然扯一扯凌若的衣袖，小聲道：「主子，那不是佟福晉的侍女蕭兒嗎，怎麼她也在這裡？」

順著墨玉的目光瞧去，果然在一棵樟樹後發現了探頭探腦、神色詭異的蕭兒。蕭兒發現凌若一行人朝這個方向望過來，趕緊藏身到樹後，隔了好一會兒又探出頭來，發現她們已經瞧向另一處開得正好的美人蕉，才微微鬆了口氣。

殊不知她這一切行徑皆被看似在瞧花的凌若收入眼底，黛眉微不可見地皺了一下，心裡升起幾分奇怪。觀蕭兒模樣，分明是在暗中監視東菱閣，縱然佟佳氏對鄭氏身分再好奇，也不至於要派人監視才對啊，莫非其中另有什麼隱情？

尚未離去的胤祥也聽到墨玉的話，嘿嘿一笑，壓低了聲道：「要不要我將她揪出來問個明白？」他對佟佳氏可沒什麼好感，當年要不是她那個誤會，小嫂子也不會在別院受那些苦。

凌若走到美人蕉旁邊，從中折了一朵開得正好的花別在墨玉衣襟上，悄聲道：「暫時不要打草驚蛇，靜觀其變。」

之後幾日，凌若命李衛暗中查探，發現蕭兒與另一名侍女柳兒一直輪流暗中監視東菱閣的一舉一動，有時候還拿出紙筆記錄。李衛發現每次她們記錄，差不多都是侍衛換班或送飯的時候。

事情變得越發撲朔迷離，這已不是「在意」二字能解釋得了。凌若隱隱感覺佟佳氏另有所圖，但一時之間猜不透，唯有命李衛仔細盯著，莫要漏掉任何線索。

胤祥初時並不是太過在意，直至聽得佟佳氏一連數日都派人盯著東菱閣時，方才認真起來。他除了讓心腹小廝留在雍王府隨時傳遞消息外，自己亦在外面開始了層層布置，不怕一萬就怕萬一，畢竟鄭春華太過重要，容不得半點差池。

在弄清楚佟佳氏真正用意之前，他們選擇了緘默。畢竟以今時今日佟佳氏的地位，僅憑些許猜測是不足以動搖她，反而容易被反咬一口。

要嘛不做，要做就一定要做到一舉成擒。

如此一連過了五日。這日凌若從含元居請安回來，趁著天尚未熱，執了木勺仔細地替園中花草澆上水。小路子興匆匆地奔進來，懷裡還捧著一個大瓷缸子，一邊跑一邊不停地從裡面潑出水來，將他衣裳弄溼了一大片。

「你捧著一缸子水來做什麼啊？」墨玉一邊問一邊招呼水秀，幾人合力將小路子捧了一路的瓷缸子放到地上。

水月剛要直起身，忽地瞥見瓷缸中有一抹令人眩目的金色掠過，旋即又有金紅之色。

定睛望去，只見幾條色彩絢麗的魚兒，正在裡面悠哉悠哉地游著。

水月見多了錦鯉，蒹葭池中就有不少，但顏色這般好看的卻還是頭一回見，讓她移不開目光。「小路子，這些魚你從哪裡找來的，好漂亮啊。」

小路子憨憨一笑，摸著腦袋道：「我可沒那麼大的本事，剛才去領月錢的時候，恰好碰到內務府送來一批新錦鯉，很是好看。我當時隨口說了一句主子喜歡賞魚，高管家便讓我拿幾條來養在淨思居中，好讓主子不用出門就……就可賞到魚游之姿。」

他頓一頓，對走到近前的凌若道：「主子，您瞧這些魚養在哪裡合適？」

手指在溫涼的水中劃過，凌若朝四周瞧了一眼，最後指了簷下一個足有兩人合抱大小的水罈，道：「就種在那裡吧。」

水罈是用來種植睡蓮的，如今正是花開之期，幾株香睡蓮與黃睡蓮浮於碧水之上，花姿楚楚，猶如娉婷而立的少女。

睡蓮固然美，卻過於安靜，如今這錦鯉一放進去，水鐔中頓時多了幾分生氣；而且直至倒水時，幾人方才發現，原來裡頭還有一條極為少見的暗藍色錦鯉，在一片金紅之中分外特別。

第二百一十五章 憂心

正當眾人圍在水鐔前看游魚嬉戲時，身後突然傳來一聲：「姊姊。」

「蘭兒！」回頭看到那張與自己頗為相似的臉龐，凌若一陣欣喜。自上次之後，伊蘭就一直沒再來過淨思居。她上前拉住一身紫藍色撒花裙衫的伊蘭的手，道：「何時來的？」

「剛來一會兒。」伊蘭微微一笑，目光在掠過朝自己行禮的水月等人時有一瞬間的冰冷。「想到姊姊了，所以來看看。姊姊剛才在瞧什麼呢？」

「沒什麼，不過是幾條魚罷了。」凌若一邊說著一邊牽了她往屋裡走。

待坐下後，伊蘭朝周圍看了一眼，好奇地道：「咦，怎麼不見李衛？」

凌若目光一閃，旋即笑意如初地道：「我派他去辦些事，還沒回來呢。」

就她們說話的這會兒工夫，廚房送了早膳過來。因是紅棗粥，所以沒配什麼搭粥的小菜；一道送來的還有兩籠小包，分別是蟹黃包與豆沙包。

墨玉一邊將東西擺上桌，一邊知機地讓人拿來兩副碗筷，待各盛一碗後方才道：「主子，二小姐，可以用膳了。」

這一次伊蘭倒是沒說什麼，順從地跟隨凌若坐到桌前。

凌若夾了個蟹黃包放到她碟中，試探道：「為什麼一直不說話，在想什麼呢？」

「沒有。」伊蘭搖搖頭，複雜的眸光中露出幾分嚮往之色。「只是突然想起以前在家中與姊姊還有阿瑪他們一道用膳的情景，那時候真的很開心。」

凌若輕輕嘆了口氣，握緊伊蘭略有些涼的小手道：「其實一切都還跟從前一樣，從未變過。」頓一頓又道：「蘭兒，不論妳怎樣想，都記著一點，在姊姊心裡，妳永遠都是我的好妹妹，這一輩子都不會改變！」

「姊姊！」伊蘭似有所感動，抓緊了凌若握著自己手的指尖。

這樣一個微小的動作令凌若生出由衷的歡喜，她相信假以時日一定可以解開伊蘭心中的結。

在用完早膳淨手時，伊蘭目光忽地落在凌若右手食指那枚翡翠綠玉戒指上。這枚戒指並非尋常所見以金銀為戒圈，然後在上面鑲以翡翠等珠寶，而是整枚皆由翡翠雕琢而成，在透過湘妃竹簾縫隙照進屋裡的零星夏光中，顯得格外晶瑩剔透，如一汪碧水，令人移不開目光。

「姊姊的戒指很漂亮別緻呢，我竟從未見過。」

正替凌若拭手的墨玉聞言，帶著幾分得意道：「二小姐您不知道，這戒指是王爺特意賜給主子的，整個王府中就這麼一枚呢。」

「多嘴！不過是一枚戒指罷了，哪來這麼多話。」凌若輕斥了一句，令得墨玉吐了吐舌頭，不敢再說話。

「四爺待姊姊真好！」伊蘭這般說著，低垂的眉眼讓人看不清她神色如何，唯獨那目光始終落在通透不見一絲雜質的翡翠戒指上。許久，她遲疑地道：「這戒指我很喜歡，姊姊能借我賞玩幾天嗎？」

突如其來的要求令凌若怔忡片刻，旋即就笑著褪下戒指塞到伊蘭手中。「妳我親姊妹，何須言借。」在說到這裡時，眼裡掠過一絲溫情，語重心長地道：「蘭兒若喜歡，姊姊屋裡的東西全部拿去也沒關係，何況區區一枚戒指。」

「謝謝姊姊。」看得出伊蘭確實很喜歡這枚戒指，愛不釋手，又坐了一會兒方才離去。

注視著伊蘭漸行漸遠的身影，凌若露出若有所思之色，喚過小路子在他耳邊輕聲吩咐一句。小路子面露異色，點點頭，遠遠跟著伊蘭而去。

「主子，怎麼了？」墨玉不解她這個舉動。

凌若盯著自己食指指根處淺淡的戒指印，低低道：「但願是我多慮了。」

一直到日上三竿時，小路子才回來，打了個千兒回道：「回主子的話，二小姐離開這裡後去了蘭馨館；據奴才打探得知，二小姐是昨兒個入的府，一直待在蘭馨館中不曾離開。」

這番話小路子說得極是流利，半點沒有結巴之色。凌若的心卻在這番話中一點一滴沉了下去，事情正在朝她最不願意見到的方向發展。

「主子，可是二小姐有什麼不對？」水秀感到奇怪地問。其餘人亦是如她一般，不解凌若何以要小路子去跟蹤伊蘭。

凌若撫著領襟上那朵栩栩如生的杜鵑花，徐徐道：「不是蘭兒有所不對，而是這時間不對……早不來、晚不來，偏偏趕在這時候過來，且一來就問了李衛，讓我不得不防著。你們想想，以前蘭兒來這裡的時候，何時問過下人？」

水秀與墨玉等人相互望了一眼，想起確實是這麼一回事，當下小聲道：「主子可是懷疑二小姐她……」

凌若嘆了口氣，起身走到早已關起的窗前，剛推開一條縫便感覺有滾滾熱氣襲面而來。「蘭兒雖然性子略有些驕縱，但本性是好的，斷不會算計我這個親姊姊，我是怕她在懵懂的情況下被佟佳氏利用。」說到佟佳氏三字時，言語間透著一股森冷。若非她在當中蓄意挑撥，自己與伊蘭何至於生疏到這個地步。「我懷疑，佟佳氏已經發現李衛在盯著她的人。」

墨玉想一想，帶著幾分疑惑道：「可是主子，二小姐這次來，除過問了一句李衛行蹤之外，言行間並無……」她剛想說「並無不妥之處」，忽地想起伊蘭離開前拿走的那個翡翠戒指，接下來的話頓時卡在喉嚨中。良久，有乾澀的聲音從喉間滾出：「主子，二小姐開口要翡翠戒指，是否也是佟佳氏的授意？」

若真是這樣，難保佟佳氏不會想出什麼惡毒的法子來對付主子。這個女人最擅長的就是在不動聲色間置人於死地，令人防不勝防。

凌若沒有說話，只是撫著有些發疼的額頭。適才伊蘭問她討要戒指的時候，她已經想到這一點，只是這些話卻不能明說。她若拒絕，定會令本就心存芥蒂的伊蘭更加不悅，所以即便明明知曉當中可能有風險，依然將戒指給了伊蘭，只是隱晦地提醒，也不曉得伊蘭是否有聽進去。

第二百一十六章　下藥

驕陽漸移，落向西山，只露了小半邊臉在外面，將天邊浮雲肆意暈染得一片通紅，猶如正在燃燒的火焰一般。

儘管已是黃昏時分，但瀰漫在空氣中的熱意絲毫不曾消退，棲息在樹間的夏蟬依舊在聲嘶力竭地叫著「知了！知了」，彷彿這樣才可以替牠們抵消些許的熱意。

二狗子與德子一前一後抬了一個偌大的食盒從廚房裡出來，他們是負責給東菱閣送飯的，鄭春華還有守護東菱閣的侍衛的一日三餐由他們打理。

廚房本就是個冬暖夏熱的地方，儘管只穿了單衣小褂，兩人依然熱得滿身都是汗。

兩人一邊抱怨一邊走著，在走到一處花苑附近時，突然聽到呻吟聲。循聲看去，只見一個眉清目秀、穿著一身水綠色衣裳的女子坐在草叢裡不停地揉著腳踝，腳上的繡鞋也不知去了哪裡，只有薄棉襪裹在纖細的秀足上。

女子遠遠看到他們兩人過來，面露喜色，忙不迭地招手喚道：「二位大哥！二位大哥！」

二狗子與德子相互看了一眼後，走過去道：「妳好面生啊，是哪院的侍女，怎麼坐在地上？」

「我……」女子正要說，不知想到什麼，將已經到嘴邊的話又收回去，轉而道：「二位大哥，我叫紫曦，適才經過這裡的時候不小心拐了腳，站不起來，能否麻煩二位大哥發發善心，扶我一把？」

「我道是什麼事，原來就為這啊，好說！」二狗子爽朗地答應一聲，示意德子將食盒放在地上，然後一道上前將紫曦從地上扶起來。見她赤著一隻腳無法落地，遂問：「妳的鞋呢？」

紫曦茫然地朝四周看了一眼。「我也不曉得，應是掉在這附近了吧！」說到這裡，她可憐兮兮地望著兩人，眼裡有晶瑩在打轉。「二位大哥能否好人做到底，幫我將繡鞋找到？主子那邊還等著我呢，要是去晚了，可要被主子責罰了。」

紫曦本就長得一副嬌俏模樣，再擺出這副楚楚可憐的樣子，兩個沒嘗過女人滋味的傢伙連骨頭都酥了，哪裡還拒絕得了，當下拍著胸脯道：「紫曦姑娘儘管放心，莫說這附近，就是繡鞋掉進了蒹葭池裡，我們兄弟也必定幫妳撈上來。」

這話引得紫曦噗哧一笑，在夕陽映襯下尤是動人，把二狗子兩人看得一愣一愣的，險些流出口水。府中主子美則美矣，但遠在天邊，不是下人所能染指的，平常連多看一眼也不敢；但是眼前這個比一般侍女漂亮許多的紫曦不同，若能博得她好感，說不定可以成就一樁美事呢！

想到這裡，二狗子還有德子渾身都是勁，扒拉著草叢、樹幹四處尋繡鞋，將來之前洪管事千叮萬囑要他們看好的食盒隨便放在小徑邊，根本沒注意到傷了腳本該走不順當的紫曦猶如沒事人一般，悄無聲息地靠近食盒。

掀開蓋子後，她將一包藥粉撒在湯裡，隨後又照原樣蓋好，分毫不差。

二狗子與德子暗自較勁，都希望自己比對方先找到繡鞋，好在紫曦面前表現一番，全然不曉得他們已經落入一個精心設下的圈套中。

「啊！找到了！」埋頭苦尋的德子終於在一棵大樹後面找到了紫曦遺落的繡鞋，在二狗子羨慕的目光中獻寶似地捧到紫曦面前。望著紫曦如花似玉的面容，他嚥了口唾沫，試探道：「我……我幫妳穿上好不好？」

紫曦俏臉微紅，不過還是點了點頭，任由德子替她穿上繡鞋。在顫抖地握住紫曦嬌小的足踝時，儘管尚隔著一層襪子，德子依然激動得整個人如在夢中一般，不知今夕是何年。

二狗子不甘落後，上前關切地道：「紫曦姑娘腳受了傷，要不要我送妳回去？」正所謂近水樓臺先得月，只要知道了紫曦是哪院的侍女，他盡可以尋機會接近。

德子也搶上去說要送紫曦回去。哪知紫曦卻面露異色，猶豫了一會兒，咬著飽滿如玫瑰的嬌唇道：「不敢再勞煩二位大哥，我自己回去就行了。」

說著，紫曦就要離開，然還沒走幾步，身子一歪險些摔在地上，虧得見機快，扶住旁邊的樹才沒有摔倒。

然她這一伸手，卻令二狗子他們看直了眼。倒不是別的，而是因為直到此刻他們才發現原來紫曦左手食指上竟戴了一個通體由翡翠雕琢而成的戒指，碧綠無瑕，在夕陽餘暉下散發著溫潤的光澤。

紫曦有點慌張，連忙收回手拉了拉袖子，將戴了戒指的手指掩藏在袖子中，旋即回過頭來朝二狗子他們勉強一笑道：「放心吧，我真的沒事，可以自己回去呢，二位大哥還是趕緊去忙事吧。」

第二百一十七章　失蹤

兩人心不在焉地抬了食盒往東菱閣而去，待到那邊時，夕陽已經徹底隱入山後；另一邊，彎月亦爬上天際。

東菱閣的侍衛是一日兩班，輪流守衛，如今正是夜間那班當值。他們輪流用過晚餐後，精神抖擻地守在四周，警惕地注意周邊動靜。

都是訓練有素之人，就算守上一夜都不會犯睏，可是這一回，才到兩更天他們就開始頻頻打哈欠，儘管強振精神，但上下眼皮依然不停黏在一起，待到後面越發不對，竟然倒地而睡。

有了第一個就有第二個，侍衛紛紛倒地，不到半個時辰，整個東菱閣竟然沒有一個人是清醒的。

過了約莫一盞茶工夫，幾道黑影偷偷摸摸地靠近東菱閣，在確認那些侍衛都昏睡過去後，方才悄無聲息地進入那個平日裡不允許人隨意踏足的地方。在寢居中，他們找到了同樣昏睡不醒的鄭春華。

幾人相互點頭示意後，將鄭春華套進麻袋裡，然後由其中一人背上肩，沿原路退出去。

這一切皆落入隱在暗處的李衛眼中。今兒個主子派小路子來傳話，讓他這幾天要特別注意，佟佳氏很可能會有動作。所以他連晚上都沒有回去，一直守在此處，沒想到竟然真的讓他守到了。儘管看不清那些人的樣子，但想必應該跟佟佳氏有關係，他要立刻將這件事告訴主子才行。

李衛這個念頭剛轉完，尚來不及邁步，腦後便挨了重重一下，緊跟著暈倒在地，不省人事。在他身邊不知何時多了一個人影，若李衛此時醒著，一定會認出襲擊他的人是佟佳氏的小廝長壽。

長壽冷哼一聲，將木棒往遠處一扔，拍拍手跟上那幾道抓走鄭春華的人影，避開可能會有人的地方直奔後院。那裡有一道後門，由於沒什麼人出入，所以平常都是鎖著的；不過此刻卻不知被何人撬開，大鎖虛虛地掛在那裡，一推就開。

長壽第一個跑到後門處，左右看了一眼，確定沒有不相干的人後，吊著嗓子學了幾聲貓叫。很快的，門外也傳來貓叫聲；與此同時，雍王府後門外出現一大群與夜色相近的身影。

得到回應的長壽暗暗點頭，與背著裝有鄭春華麻袋的人一道從後門出去。剛一踏出門，就被眼前密密麻麻的人影嚇了一跳，他沒想到八阿哥那邊來了這麼多接應的人。一道身影越眾而出，帶著幾許冷意居高臨下地盯著，他回過神來，忙不迭命人將麻袋放下來，露出猶在昏睡中的鄭春華。

胤禟藉著火把的亮光，仔細確認是鄭春華後方才點點頭，揚手示意身後的人接過。

長壽顯然認識胤禟，垂首道：「九爺，主子要奴才轉告一聲，說八爺交代她辦的事已經辦成了，希望八爺以後不要再讓人來找她。」

胤禟和藹地拍著長壽肩膀，道：「八爺也有句話要我轉告你家主子，他說佟福晉能夠在短短五天之內神不知、鬼不覺地將人從雍王府中弄出來，足證其能力非凡，既然她這麼能幹，往後自然少不了要多多倚仗！」

聽完這番話，長壽在心裡嘆了口氣。他知道主子的願望落空了，八阿哥並不準備就此放過她。

胤禟微微一笑收回手。任務達成，是時候回去了，想來八哥會很高興。

這夜，胤禛歇在凌若處，約莫睡到三更時分，外面忽地傳來一陣陣嘈亂的聲音以及奔跑聲。胤禛睡眠不深，嘈亂剛起就被驚醒，霍然睜目，隔著簾子瞥見窗外隱隱有火光閃爍，心知必然是府中出了事。當下探手掀開簾子，低聲喚道：「狗兒，出什麼事了？」

他話音剛落，門便被人推開。狗兒將插在鎏銅燭臺上的蠟燭點燃後，近前小聲道：「四爺，東菱閣那邊可能出事了，具體還不清楚，周庸剛剛趕過去。」

一聽「東菱閣」三字，胤禛睡意全無，連忙起身讓狗兒替他更衣。那廂凌若也醒了，披衣起身，以一支白玉簪子綰了披在身後的青絲，隨胤禛一道去了東菱閣。

還未到，便聽到一陣亂哄哄的聲音，通明燈火中可見一干侍衛垂頭喪氣地站在旁邊。見到疾步而來的胤禛，他們又羞又愧，在侍衛頭領安洛凡的帶領下皆跪在胤禛面前。「屬下等人有負四爺所託，請四爺降罪！」

見到這一幕，本就忐忑了一路的胤禛越發感覺不安，沉聲問：「鄭春華人呢？」這是他最關心的事情。

安洛凡一張俊臉漲得通紅，低頭道：「屬下……屬下不知道！」

「不知道？」聽到這個回答，胤禛怒極反笑，冰冷的目光從一干垂頭不語的侍衛頭上掃過，冷笑道：「我把人交給你們看管，如今才幾天工夫，你們居然告訴我不知道，你們這當的是什麼差事！」

「屬下該死！」安洛凡叩首，不停地請罪。他沒有解釋其中的緣由，因為縱然有一千、一萬個理由，也推脫不了他們失職的事實。

胤禛冷哼一聲不說話，轉臉看向正從裡面出來的周庸。不待胤禛發話，周庸已三步併作兩步，小跑上來打了個千兒道：「四爺，裡面沒人，鄭主子不知所蹤。」

尾隨胤禛而來的凌若暗暗吃驚，直至這一刻才終於明白佟佳氏的目的。佟佳氏做這麼多，竟然是為了鄭春華這個人！

第二百一十八章　追查

「混帳！」胤禛強行按捺的怒意在這一刻驟然爆發出來。他好不容易才將鄭春華從辛者庫裡弄出來，祕密安置在府中，又派重兵把守，可眼下人居然莫名其妙地不見了，怎能讓他不發火！

見他發怒，周庸等人忙不迭跪下，請他息怒。凌若亦在一旁勸道：「事已至此，四爺還是暫息雷霆之怒，先將事情原委弄清楚要緊，妾身相信鄭氏斷不會無緣無故失蹤。」

就在他們說話的工夫，又有急促的腳步聲傳來，卻是那拉氏與年氏、佟佳氏先後到了。想是都得了消息，曉得東菱閣出了大事，所以匆匆趕來。這一下子，府中的嫡、側福晉可都是齊了。佟佳氏身後還跟著伊蘭，在瞧見凌若後，她猶豫了一下，似想過來，然腳剛挪了半步就又低著頭收回去。

那拉氏瞥見這跪了一地的人頭，面色一緊，上前一福，憂聲道：「王爺，出什麼事了？」

見胤禛一言不發，凌若只得欠身道：「回嫡福晉的話，東菱閣的鄭氏失蹤了。」

那拉氏倒吸一口涼氣，柳眉下意識皺緊；那廂年氏亦如是。不說東菱閣守衛重重，就是雍王府也不是任由人出入的地方，鄭氏一個弱女子怎可以做到神不知、鬼不覺地消失呢？

雖然她們不曉得鄭氏的真實身分，卻曉得胤禛對這個女子異乎尋常的重視。

略一思忖，年氏清越的聲音在重重夜色中響起：「鄭氏手無縛雞之力，斷不能走出戒備森嚴的東菱閣，想必另有他人參與其中，就不知是何人如此膽大妄為，視雍王府如無人之地。」

佟佳氏撫胸憂聲道：「如此說來，咱們姊妹豈不是也不安全，住所縱是被人闖了進去也不知道。」她越說越害怕，面露惶恐之色。「這……這可如何是好？」

凌若冷眼相看，若非事先有所察覺，可真要被她這番模樣騙過去了。佟佳氏，真是一個天生的戲子，唱作俱佳。

那拉氏睨了她一眼，安慰道：「現在事情還不清楚，妹妹莫要自己嚇自己。」說完這句她又朝胤禛看去。

胤禛曉得她意思，就著凌若命人端上來的椅子坐下後，對尚跪在地上的安洛凡喝道：「還不快把事情原委細細說清楚！」

安洛凡慌忙磕了個頭，羞愧地道：「回四爺的話，屬下與平常一樣換了白日裡守衛的兄弟們在此看守，近夜時分，廚房的人抬了晚餐過來，輪流用過後繼續巡邏；不想到了兩更左右，屬下們開始先後犯起了睏，到最後更是支撐不住昏睡倒地。等屬下們醒過來的時候，就發現鄭主子已經不見了，至於裡面的東西則是一點也沒動過。」

胤禛頓時皺起了眉。起先還道是安洛凡那群人鬆懈，沒有仔細看守，如今聽來，分明是另有隱情。

這些人大多是從他身邊抽調過去的，他們的能力胤禛最清楚，一個個皆受過比普通軍士更嚴酷的訓練，斷不可能因犯睏而睡過去，何況還是所有人盡皆如是，分明是被人下了藥，最可疑的莫過於他們所吃的那頓晚餐。

每日送到東菱閣的飯菜都是廚房管事洪玥親自瞧著做的。洪玥是以前伺候孝懿仁皇后的，自小看著胤禛長大，與他感情極深，胤禛出宮開牙建府後，就將已經有年紀的她接到府中享清福。無奈洪玥閒不住，所以胤禛就讓她做了廚房的管事，而她也成了雍王府唯一一名女管事。

對於她的忠心及辦事能力，胤禛從不曾有半點懷疑。若飯菜當中真被人下了藥，那也絕不可能是在廚房所下，必是在送到東菱閣的中途被人鑽了空子。

「去，將負責送飯的人喚來。」

隨著胤禛一聲令下，二狗子和德子睡眼惺忪地被帶了過來。看到東菱閣前那麼大的陣仗，兩人心裡打起了鼓，不知究竟出了什麼大事。

與他們一道被帶到的還有東菱閣當時吃剩的晚餐，本是廚房的人躲懶想等明天再倒，如今卻成了鐵證。

早在胤禛派人傳二狗子他們的時候，那拉氏已經命人去府外請大夫，正是那位常替雍王府瞧病的賀大夫。他按著那拉氏的吩咐仔細嘗了所有剩餘的飯菜後，指了其中一碗山藥燉豬骨湯，道：「回稟王爺與各位福晉，其他的菜都沒什麼異樣，唯獨這碗湯裡被人下了分量不輕的蒙汗藥，按著這藥量來看，足以讓人昏迷。」

聽到自己送的飯菜裡有蒙汗藥，二狗子兩人嚇出一身冷汗，忙不迭替自己叫屈，說他們只負責將飯菜送到東菱閣，這當中絕對沒有碰過，更不曾下過什麼蒙汗藥，如有虛言教他們遭天打雷劈！

年氏撫臉冷笑道：「這種話聽的可是太多了，口口聲聲說自己是冤枉的，不過最後證明十有八九都是謊言。」在夜色中依然顧盼生輝的眸子冷冷掃過驚慌不安的兩人，對胤禛道：「王爺，這些人平日裡謊話連篇，唯有在板子底下才會說真話。」

佟佳氏面露不忍之色，猶豫道：「萬一他們說的是真話可咱們不信，到了板子下為了活命亂說一通，豈不是屈打成招？若傳揚出去，未免有損王爺形象。」

年氏素來看她不慣，一個官女子竟與她平起平坐，於她而言，無異於奇恥大辱。相較於凌若，她更恨這個整日裡就知道裝可憐、博同情的虛偽女子，對方所倚靠的無非就是那張像極了納蘭湄兒的臉。她當下冷笑一聲道：「妹妹此言，可是有袒護之意？莫非……」

她故意頓住話頭，然已足夠令佟佳氏為之色變，切聲道：「姊姊什麼意思？」

年氏把玩著淺粉色的絹子，淡淡道：「沒什麼，我只是想說，這鄭氏在王府中失蹤，是一件大事，而今問題出在他們兩個身上，自然是要本著寧枉勿縱之心細細追查。若像妹妹這樣，他們說什麼就信什麼，只怕查個十年、二十年也查不出個所以然來。」說到此處，她轉而問胤禛：「王爺您說是嗎？」

第二百一十九章　戒指

胤禛緩緩點頭，對佟佳氏道：「梨落妳心性善良，不知這世間多有險惡奸詐之人，這兩個人讓素言處置就是了。」

佟佳氏嘴脣動了動，終是沒說什麼，而是委屈地點點頭退到一邊。幾乎無人注意到，一抹隱藏極深的得意在那雙眼底閃過。

一切都按著她的計畫進行，相信這一次鈕祜祿凌若絕對難逃死劫。

年氏看也不看跪在地上瑟瑟發抖的兩人，側頭對跟隨她而來的小廝全寧道：「去拿廷杖來，好讓這兩個奴才知道在主子面前說謊的下場！」

「王爺饒命！福晉饒命！」聽得這話，二狗子兩人三魂不見了兩魄，忙不迭地叩首求饒，想逃過這頓皮肉之苦。

不多時，全寧帶著兩個身強力壯、手執廷杖的小廝前來，朝年氏行了一禮道：「請問福晉，杖責多少？」

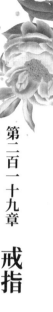

年氏本就掌著府中的大小事務，而適才胤禛又親口說了由她處置，眉眼微微一抬，說出令二狗子他們魂飛魄散的話：「打到他們肯說實話為止，生死勿論！」

全寧領命，在他的示意下，有人上來將二狗子兩人按在長凳上，隨即廷杖準確無誤地落在他們背上。手起杖落，才剛打了幾下而已，兩人就開始在那邊涕淚橫流、哭號不止。劇痛往往能令人頭腦清醒，二狗子他們亦如是，幾乎在同一時間，兩人皆想起了今日送飯時唯一與往日不同的地方，當下大叫：「王爺、福晉，奴才……奴才們有話要說！」

年氏揚手，在兩人因痛楚而抽涼氣的聲音中冷冷道：「你們接下來說的最好是有用的實話，否則，下一回這廷杖可不會再停了！」

二狗子如蒙大赦，從長凳上翻下身來，忍痛道：「回王爺與福晉的話，奴才們這一路送去當真未曾碰過食盒……」不待年氏發怒，他緊跟著又道：「不過奴才們在路過花苑時遇到過一名叫紫曦的侍女，她傷了腳倒在地上，奴才們看她行動不便，又想著同是在府裡當差的，所以就上前幫了幫她，後來……」

他小心地睨了皆將目光集中在他身上的主子們一眼，低低道：「後來她說繡鞋不見了，奴才和德子就一道幫著她去尋繡鞋，當中，曾離開過食盒一陣子。」

二狗子越說到後面越小聲，德子更是低著頭不敢出聲。顯然他們都想起每日送飯前，洪管事一再叮嚀的話：雙眼萬不可離了食盒半刻！可眼下他們卻去替人找鞋，隨意將食盒放在地上，無疑是犯了大錯！

紫曦？所有人都對這個名字無甚印象，不曉得是哪院的侍女，當即傳了高福前來。然而高福將整本名冊翻了個遍，也未找到紫曦這個人，之後又命府中所有侍女前來讓二狗子他們一一辨認，依舊一無所獲，這人根本不存在。

如此一來只剩下一個可能，那就是二狗子他們在撒謊！胤禛本就因為鄭春華失蹤一事心情極差，不過是強耐著性子罷了，此刻再也忍不住，冷意在眉心迸發，望著一臉呆滯的二狗子等人，冷笑道：「你們好大的狗膽，居然敢戲弄本王，來人！」

見胤禛目光掃向執杖之人，面如死灰的二狗子嚇得當場跳起來，腦子飛快地轉著。那個侍女明明親口說自己叫紫曦，可高管家卻說名冊中沒有，若不是他們見鬼，就是那侍女說的是假名，這可如何是好？若再不能證明有這麼一個人，他們可就死定了！

正當二狗子六神無主之時，已被人按在地上的德子卻突然目光一亮，趕緊道：「王爺，奴才記得那個侍女手上戴了一只戒指，是由一整塊翡翠雕琢而成。」

區區一個侍女絕不可能戴得起這般名貴的戒指，唯一的可能就是主子所賜。德子也是病急亂投醫了，希望能透過這只戒指，尋出紫曦的主子來，以證實確實有這麼一個人，他們不曾謊言相欺。

戒指！一直安靜垂落的睫毛因這兩字飛揚而起，凌若眸光如箭，冷冷射在佟佳氏身上。事到如今，她已能猜出十之八九來，蘭兒……果然是被她利用！

伊蘭臉色微微發白，飛快地掃了神色自若的佟佳氏一眼，神色甚為複雜。

幾乎在同一刻，胤禛目光亦隨之落下。德子描述中的翡翠戒指他只賜過一個人，那就是凌若。所以德子話音剛落，他就下意識地想到凌若。

難道一切是凌若所為，從東菱閣帶走了鄭春華？只是她為何要這麼做？

凌若沒有躲避他的目光，任由那道帶有審視意味的目光望穿自己一切，然在坦然的外表下是忐忑不安。

胤禛，曾經你的誤會間接害死了我們的孩子，那麼這一次呢？這一次你會信我嗎？

儘管胤禛什麼都沒說，但他曾賜凌若一只翡翠戒指的事卻有不少人知曉，眼下聽得這話，頓時都將目光對準凌若，想看她怎麼說。

年氏第一個開口，抬一抬弧度優美的下巴道：「凌福晉，王爺賜給妳的那只戒指能否拿出來讓我等鑑賞一番？」

凌若不理會她，只是緩緩走上前，在胤禛始終不曾移開的目光中一字一句道：「妾身並不曉得什麼叫紫曦的侍女，更不曾指使人下藥，請王爺明鑑！」

心，在這一刻緊張到了極點。她在等，等這個繫了自己一生一世的男人答案，究竟是信是疑……

年氏對她無視自己的舉動甚是不滿，深吸一口氣，加重了語氣：「妳有沒有做過，王爺自會判斷。如今我只問妳一句，戒指呢？」

見胤禛始終不說話，苦澀自凌若心底慢慢滋生。他……始終是不信自己的嗎？

第二百二十章　自私

嘆息在心底無聲掠過，凌若望著一直站在佟佳氏身邊的伊蘭一眼，不知在想什麼，直至年氏等得不耐煩時，方有聲音響起：「戒指，我在今兒個上午蘭兒來淨思居時給了她。」

年氏譏笑一聲，顯然對她的話並不盡信，不過依然轉頭問：「伊蘭，妳姊姊說戒指在妳這裡，是真的嗎？」

伊蘭的心「怦怦」一陣劇跳，張嘴剛要說話，佟佳氏已搶在她之前道：「伊蘭從昨夜到現在一直都待在蘭馨館中，並不曾離開過一步，怎麼可能去淨思居呢？姊姊莫不是記岔了吧？」

凌若臉色微微一變，復又如常，望著欲言又止的伊蘭，柔聲道：「蘭兒，不用緊張，只管告訴王爺，妳今天究竟有沒有來過淨思居。」

「我……」

伊蘭用力絞著手裡的帕子，正不知該怎麼回答是好，佟佳氏已握了她的手道：「蘭兒，鄭氏一事非同小可，妳可一定要想清楚再回答，千萬莫要答錯了。」

這話旁人聽著是好心勸慰，然伊蘭卻清楚，佟佳氏是在警告她，戒指是她問凌若要的，不論中間有怎樣的緣由，都難脫這個事實。若此時將真相說出來，佟佳氏固然會有麻煩，但她也難脫身，何況那只戒指……

人，在牽扯到自身時，往往都是自私的。

權衡許久，伊蘭咬牙說出了令凌若痛心的話：「我……我不知道姊姊在說什麼，今兒個一天我都在蘭馨館中，怎可能去淨思居問姊姊討要戒指呢！」

「蘭兒，妳可知妳在說什麼？」凌若簡直不敢相信自己的耳朵，伊蘭竟然睜著眼睛說瞎話，她瘋了嗎！

伊蘭低著頭不敢看她，然適才那句話卻是清清楚楚傳到眾人耳中。年氏冷笑一聲，諷刺道：「凌福晉打的可真是好算盤，自己拿不出那枚戒指，就想將責任推到親妹妹身上，虧得伊蘭深明大義，沒替妳圓這個謊。」

不等凌若辯解，她已朝一直未語的胤禛道：「王爺，儘管眼下尚無證據證明鄭氏失蹤是鈕祜祿氏所為，但兩者之間必有脫不了的關係。妾身以為，應當好好審問鈕祜祿氏才是。」

胤禛的眸光在燭光下明滅不定，令人難以瞧真切。許久，方才有低醇的聲音在夜色中響起：「動機呢？妳認為凌若這樣做是為了什麼？」

「這……」胤禛的一句話竟令年氏無話可說。是啊，鈕祜祿氏這麼做的理由是什麼，嫉妒？這顯然說不通。

胤禛沒有再給她繼續想下去的時間，淡淡道：「在沒有真憑實據前，不要妄下定論，一切等找到鄭氏後再說！」

此言一出，莫說是年氏，就是那拉氏與佟佳氏亦是驚愕莫名。在這種形勢下，胤禛說出此話分明是有意偏袒鈕祜祿氏，這當中意味著什麼，彼此心裡都清楚，這對她們而言可不是什麼好事。

那拉氏第一個回過神來，點頭附和：「王爺說的是，現在最重要的是找到鄭氏，其他的可以慢慢查。」

「不如，派人將這東菱閣前前後後搜查一遍，或許會有線索也說不定。」

佟佳氏的提議得到了胤禛的認同，命狗兒與周庸各領一隊從別處抽調來的侍衛，仔細搜查東菱閣。

儘管佟佳氏在說完這句後就靜靜站於一側，不再言語，然凌若還是從她神色間捕捉到一絲細微的期待。

狗兒和周庸都是胤禛身邊的人，最講究效率，不到半個時辰已經搜查完畢，只差掘地三尺。東菱閣附近並無任何可疑之處。

這個回答大出佟佳氏意料，藏在袖中的十指微微一抖。不可能，長壽明明說將李衛打暈了，怎會找不到他呢？難道李衛在他們來之前就已經醒轉離開了？不可能，長壽說他下手很重，李衛根本不可能在他們來之前醒來。至於他們到來後，燈火通明，又布下侍衛看守，李衛就算醒了也斷不可能消無聲息地離開。

事情進展到這裡，第一次出現了脫離佟佳氏設想的事，令原本篤定的心起了波瀾。懷疑的目光在凌若身上掃過，而後者只是保持著慣常的寧靜之色，令她瞧不出任何端倪。

只要他們發現李衛，而他又無從解釋，鈕祜祿氏身上的疑點就會不斷擴大；再加上她後面的布置，鈕祜祿氏絕對難逃與八阿哥勾結串通的罪名。

可偏偏就在這個時候出了岔子……

正在這個時候，傳來一陣有節奏的奔跑聲，卻是負責看守王府大門的侍衛，跑到胤禛面前時，單膝跪地肅然道：「啟稟王爺，十三阿哥與九阿哥各帶了人馬正在朝陽門附近對峙。十三阿哥派人來說事關重大，請王爺即刻過去。」

聞言，胤禛今夜一直未曾舒展的雙眉皺得越發緊。老十三在搞什麼？上回剛在宮裡鬧過一回，還好沒傳到皇阿瑪耳中，怎麼剛消停幾天就又鬧上了？而且一次比一次大，都帶了人馬……

胤祥與胤禟間的氣氛已是緊張到了劍拔弩張的地步。

「老十三，好狗不擋道，上回已經饒你一次，你竟還不識相，難道非要與我動手不可嗎？」在搖晃的火焰下，胤禟一臉戾氣地瞪著胤祥，握刀的手一緊再緊。

他走到此處時被突然出現的胤祥攔住，這一點令他百思不得其解。今夜之事他們做得極為隱蔽小心，怎麼會突然殺出一個胤祥來呢？而且還帶了不少人，彷彿早有準備的樣子。

長刀同樣握在胤祥的手裡，他還是一臉散漫無忌的笑容。「狗？九哥說這話的時候似乎忘了你與我的關係吧。你說我是狗，豈不是也在說你自己，還有……」他故意放慢語調，緩緩說出後面那三個字：「皇阿瑪！」

第二百二十一章　兵刃相見

胤禟乃是皇子之尊，平日裡前呼後擁、一呼百應，少有人敢當著他的面說一個「不」字，也就胤祥敢如此肆無忌憚地調侃他。

儘管身上流著一半相同的血，可是胤禟此刻恨不得一刀斬掉胤祥的頭顱，讓他再也不能露出礙眼至極的笑容。

「我說過，改日有機會一定要與九哥再比一場。」胤祥緩緩抬起執刀的手，笑容不改地道：「今日既有這個機會，就請九哥指教一番，看看這些日子我的武藝有沒有進步。」

「好！」隨著這個字，胤禟亦抬起刀，猶如午門那次一般，兄弟執刀相向，殺機四溢。「你既想一心尋死，我就成全了你！」

原本站在胤禟身後按刃不動的人影在聽到這句話後，齊刷刷地拔出雪亮的鋼刀，一起指向胤祥。跳躍的火光映照在錚亮無痕的刀身上，縱是在夏夜當中，依然令人感到一陣森冷之意。

九哥終於不耐煩要兵刃相見了嗎？胤祥脣邊的笑容微微一滯。今夜他雖然成功截住胤禟，但在人手方面估計卻遠遠不足；何況原本就是以防萬一才在此處守候的，帶來的人尚不足胤禟的一半，如果真火拚起來，吃虧的必然是自己。八哥他們對鄭春華還真是重視。

他已經讓人去通知四哥了，只是現在還沒有回應，不過……已經等不了！

刀柄，驟然一轉，在沙場軍營中鍛鍊出來的鐵血氣息驟然爆發。在他身後，一股不弱於胤禟那方的戰意沖天而起，雖人數懸殊，然戰意不屈。

到了這一步，彼此已無話可說，為了各自利益兵刃相向，誰也不肯退讓半步。天家之中，兄弟才是真正的生死大敵，唯有踩著流有與自己一樣血脈的兄弟白骨，才能踏上那個九五至尊的寶座。

這一戰看似是胤祥與胤禟對決，實際上卻是胤禛與胤禩的第一次對決。帝路之上，無退不讓！

兩邊合在一起足有上百的人馬廝殺成一團，刀劍碰撞之聲不絕於耳，更有鮮血飛濺在黑暗之中。這是一次真正的無情廝殺，沒有任何可留情之處。

順天府尹一早已經趕到，帶了人在遠處勸阻，無奈根本無人聽他勸；又或者在這一片嘶喊拚殺中，他的聲音傳不入耳。順天府尹急得團團轉，但始終不敢上前。那可是真刀真劍，刀劍無眼，萬一往他身上招呼可怎麼辦。

如今在他的地盤上鬧出這麼大的事，必難逃一個失職之罪。最可怕的是萬一兩位皇子受傷出事，他莫說頂戴不保，連性命都難說。

話說回來，這二位皇子發的是什麼瘋，大半夜的不在府中睡覺，在這裡帶人拚殺。縱然真有不合，也當顧及一下身分，難道就不怕此事傳到皇上耳中嗎？

順天府尹並不曉得，此刻在當中殺到發狂的兩人根本是騎虎難下，為了各自的利益必然要分一個勝負。

鄭春華已經醒了，從麻袋中脫身後，看到眼前混亂的一幕，手足無措，不知如何是好，更不知道為何自己會在這個地方。

儘管胤祥的人一個個驍勇善戰，曾隨他多次出生入死，但雙拳難敵四手，在數倍於自己的敵人面前，始終處於下風。一個接一個的人影倒地，生死不知。

另一邊的混戰中，胤祥手臂被胤禟出其不意的刀鋒劃過，殷紅血珠自鋒利的刀刃滴落塵埃；不過胤祥也趁這機會在胤禟腿上留了一刀，算是勢均力敵。

這一幕看得順天府尹心驚肉跳，果然還是出事了，無奈他不掌兵權，只靠他手下那群閒散慣了的衙役，根本不頂事。

胤禟吃痛，臉色越發難看。他活了二十多年還從沒吃過這麼大的虧，這個老十三，簡直就是找死！

刀帶著呼呼的風聲在狂怒中砍下，毫不留情，讓胤祥壓力倍增。這一刻他們不是兄弟，而是生死相向的仇敵！

派人去求援的不只胤祥一人，雖然胤禟在人數上占優，但為求慎重，還是暗中派人去通知胤禩。正當他們殺得難分難解時，胤禩帶人到了，不過他並沒有露面，而是遠遠站在黑暗中冷眼注視著這一切。

今夜之事，不出意料的話，必然會傳到皇阿瑪耳中，搭進去一個胤禟已經夠了，他若再牽扯進去，到時候連幫胤禟說話的人也沒了。

「去，將鄭春華帶過來！」今夜一切起因皆在這女子身上，只要將她帶走，沒了目標胤祥自然會停手。至於後面，呵，胤祥若敢來廉郡王府鬧事，他正好藉此機會在皇阿瑪面前參他一本，除去這個威脅。胤禎失了左膀右臂，想必會十分煩惱。

他身邊的守衛垂首領命，快步來到鄭春華身邊，粗魯地抓住茫然的鄭春華手臂，拖向胤禩所在的方向。

胤祥雖在激戰中，卻一直有注意鄭春華的情況，眼見胤禟一夥的人要帶她走，頓時眼眸通紅，想過去阻止，無奈被胤禟死死拖住，分不開身；至於他這邊的人已經倒了一大半，剩下的那些人也被數倍於自己的對手圍住，苦苦支撐。

守衛剛邁出數步，腦後忽地傳來一陣破空之聲，他下意識將腦袋往旁邊一偏，緊跟著就看到一支黝黑的利箭貼著他的腦袋飛過去，「錚」的一聲插入不遠處民屋的牆上。整個箭頭沒入，箭尾翎羽顫抖不止。

守衛嚇出一身冷汗，鄭春華突然爆發出一聲扭曲的尖叫，因為在她肩膀上插著一支同樣的箭。鮮血順著箭身涓涓流下，在地上匯聚成一攤令人心驚的血泊。

根本沒有人看到箭從何處來，彷彿是平空出現，滅世而來！

胤禩平靜的神色因這兩支箭而打破。站在這個角度他看得很清楚，箭是射向鄭春華的，射向守衛那一箭是誤發，有人想要鄭春華的命，守衛是被牽連！

「取千里鏡來！」隨著胤禩話落，立時有人小跑上前，將千里鏡遞到他手中。

儘管此刻是深夜，不過在胤禟他們拚殺的地方滾落著不少火把，藉著火焰之光，胤禩將千里鏡放在眼前，仔細查看四周，他倒要看看究竟是誰放的箭。

第二百二十二章　射殺

千里鏡清晰地將遠處的事物映照到眼中，在看到某一處時，胤禩身子一震，停在那裡。

胤禛！他看到了一臉冷酷的胤禛以及……已經拉滿的硬弓，在弓弦上搭著一支與適才射殺鄭春華等人一樣的箭。

是胤禛，適才竟然是他在暗中放箭！

正當胤禩震驚於這個事實時，胤禛似乎察覺到他窺視的目光，朝胤禩所在的方向望來，脣畔微微勾起，露出一個寒意湧動的笑容。

胤禩神色一凜，猜到胤禛的打算，迅速放下千里鏡，急聲道：「快去將鄭春華帶過來！快！」

然他這話還是說晚了，又一支箭從遠處疾飛而來，這一次沒有任何偏差，準備無誤地插入鄭春華的咽喉！

「咕……咕咕……」鄭春華捂著流血不止的脖子似想說什麼，只是剛一張嘴，立刻就有無盡的血沫從嘴裡湧出，將話語淹沒在鮮血中。

這輩子她再也沒有機會說話了。

鄭春華緩緩摔倒在滿是血泊的地上，她死了。這個曾經榮極一時，卻因一步走錯而被廢辛者庫，隨後又成為兩邊拉太子下臺籌碼的女子，終於真正化成了一具屍體，最後留在人世間的是那雙至死都大睜的雙眼，眼裡有無休止的驚恐。

鄭春華一死，胤禟與胤祥自沒有再打下去的必要，虛晃一招各自分開。打了這麼久，兩人早已是氣喘吁吁，要以刀拄地，方能支撐住身子；但依然死死盯著對方，哪個都不肯先示弱。

胤禟雙目通紅幾乎要滴下血來，他忙了一夜，身上更是挨了幾刀，受盡肌裂血流之痛，可鄭春華居然當著他的面被不知從哪裡射來的箭殺死了，讓一切都變成了無用功，怎能不恨之欲狂！

「怎樣，九哥沒力氣了嗎？咱們可還沒分出勝負呢！」明明自己也是強弩之末，胤祥卻還在那邊嘴硬。至於鄭春華，人都死了，他還能怎麼樣？總之只要鄭春華不落入胤禩手裡、讓他用來對付四哥，就一切好說。

胤禟冷哼一聲，拚命扼制手腕的發抖想要再次抬起刀來，不過在刀尖即將離地時，一個人影跑上來在他耳邊低語：「九爺，八爺讓您即刻停手。」

胤禟儘管心有不甘，卻還是聽了胤禩的話，鬆開刀柄，死死捏著拳頭看了胤祥一眼後，吐出一個令他覺得憋氣的字：「走！」

隨著胤禟的命令，所有人都迅速退下，倒在地上的同伴亦被抬離此地，片刻工夫就已經走得不見人影。

儘管這場爭執廝殺落幕，順天府尹卻半點不覺輕鬆，強打了精神與胤祥拱手告辭後離去。他要好好去想一想該怎麼寫這本摺子，唉！

待人都走乾淨後，胤祥身子微晃，險些摔倒，虧得被人扶住。

「十三爺沒事吧？」

胤祥搖搖頭。這一戰雖不是沙場殺敵，卻也是凶險萬分。跟隨他來的人，現在僅剩下十之三四還站著，餘下的皆受傷倒在地上，當中還有兩人已經斷氣。

「把兄弟們都抬回去吧，好好治傷，需要什麼好藥材就儘管用著，不必替我省銀子。至於死的那兩人，好生安葬完後，再拿五百兩銀子給他們的家人，就當是我的一點心意。」這些人忠心替他賣命辦事，他自不能虧待了去。「還有鄭春華……」他搖搖頭道：「賞她一口棺木入土為安吧。」

「十三弟！」這個時候，胤禛從暗處走出來，身後跟著狗兒還有一群侍衛。

「是四哥殺了鄭春華！」看到胤禛握在手裡的硬弓，胤祥眼皮子猛地一跳，失聲驚問。

「不錯！」胤禛將硬弓交給狗兒拿著，拍了拍驚疑的胤祥道：「別奇怪，我固然是早就到了，可是老八也到了，一直在暗中盯著呢。如果我出手，他同樣不會袖手旁觀。鄭春華他志在必得，絕不會讓咱們帶走！」

「所以四哥乾脆殺了鄭春華？」直到此刻，胤祥才曉得，原來胤禛之所以不露面，是在暗中與胤禩對峙。他與胤禟是明刀明槍，胤禛與胤禩雖不見刀光劍影，但當中的凶險一點也不比他們低。

虧得四哥當機立斷，才沒讓胤禩有機會帶走對方，否則後果不堪設想。

「可惜，鄭春華一死，太子的位置就穩了。」胤祥頗有些可惜地說。辛苦這麼久，到最後卻一無所獲。

在命人替胤祥包紮好傷口，確保傷口不會再流血後，胤禛拍拍他肩膀安慰道：「算了，來日方長，終會再有機會的。相比之下，我更擔心明日早朝。」

胤祥他們鬧出這麼大動靜，身上又負了傷，想瞞也瞞不住，不知皇阿瑪會如何處置胤祥。

「對了，你怎麼知道今夜會出事，提前帶了人在這裡等？」胤禛也是直到鄭春華從麻袋中鑽出來，才知道竟是胤禩他們從自己府中劫走了鄭春華，那胤祥怎麼會提前知曉呢？

胤祥嘿嘿一笑道：「四哥，這你可就得謝謝小嫂子了，要不是她細心發現佟佳氏的侍女一直盯著東菱閣，直覺當中有古怪，只怕鄭春華此刻已經落在九哥他們手裡了。」

「梨落？」胤禛詫異不已。他自然明白雖然此事是老八他們所為，但在自己府中一定有他們的內線，只是怎麼也想不到會和梨落扯上關係。

「不錯！」當下，胤祥將凌若的懷疑與擔心一五一十道來。「儘管不知道真假，但為防萬一，我與小嫂子商議後，還是決定在這裡布下後手，即便真出了事也來得及。果不其然，今夜胤禟那小子動手了，要不是我來得快，還真攔不住他們！」

「這種事為什麼不告訴我？」胤禛不悅地責問。

「那麼四哥會信嗎？」

胤祥的反問一時間竟令胤禛不知如何回答。是啊，如果提前告訴他，他會相信梨落與胤禩他們勾結嗎？

見胤禛不答，胤祥無奈地攤了攤手。「我與小嫂子就是怕這個，所以才未對四哥提起；再而言之，我們都希望一切是自己多疑……」他知道胤禛不喜歡聽接下來的話，但還是要提：「而非佟佳氏當真暗中與八哥勾結。」

胤禛的神色難看至極，寂夜中晚風吹過，將衣袍吹得翻飛不定，猶如飛舞在黑夜中的蝴蝶……

第二百二十三章 處置

「四哥。」胤祥忽地嘆了口氣，對默然不語的胤禛道：「我知道你喜歡佟佳氏，可是現在事實證明這個女人居心叵測，與八哥相互勾結，背叛於你。這樣的女人絕對不能姑息，否則她遲早會害了你。」

胤禛看著他，跳躍的火光下，眸中似有不定的流光在閃動。許久，他吐出一句：「那麼佟佳氏這麼做的動機是什麼？」

與之前問年氏時所差無幾的話，同樣問倒了胤祥，無從回答。佟佳氏是四哥的女人，這個事實一世皆不會變，照理來說，她應盼著四哥好，如此她自己才能跟著好，斷沒有出賣四哥的理由。可這回他可是抓了個正著，這總不會有假吧？

在苦思許久無果之後，胤祥乾脆道：「可她出賣四哥總是事實吧，至於理由，四哥你把她抓起來一問不就知道了！」

胤禛仰頭看一眼籠在濛濛光澤中的明月，神色寂寥無比。他已經失去了一個湄兒，好不容易尋得一個替身，卻又這樣……

他閉一閉目，再睜開時，已掩去一切，只剩下近乎冷酷的平靜。「行了，這件事不要再提，我自有定論。」不待胤祥說話，他已拂袖轉身，不容置疑地道：「你身上有傷，縱然已經包紮了也還要找大夫看看，先回府吧。順道想想明日早朝上該如何應對，老八他們一定會咬住你不放的。」

在回到王府後，胤禛再度來到東菱閣。由於他突然離去，半句交代也沒有，是以那拉氏等人皆不敢離去，依舊等在那裡，此刻見他回來，忙上前重新見禮。

他目光緩緩掃過眾人，在看向佟佳氏時，有片刻的停頓，耳邊不斷迴響胤祥所說的話。梨落，她真的是胤禩安插在府中的內應嗎？

「王爺，依您看，這事該怎麼處置是好？」見胤禛回來後始終未說話，那拉氏小心地問了一句，目光有意無意地掃過在眾人心中嫌疑最大的凌若。

胤禛收回目光，不論此事是否與佟佳氏有關，至少與凌若是毫無關聯的，當即輕描淡寫地道：「我已找到鄭氏了，此事與任何人都無關，是鄭氏自己所為，讓大家都回去吧。至於你們……」

發現胤禛目光掃向自己時，二狗子兩人趕緊哀求不止。

胤禛對一直垂手候命的周庸道：「打斷這兩個狗奴才的雙手雙腿，然後趕出府去，不要再讓我看到他們！」

在渾身癱軟的二狗子兩人被拖下去後，安洛凡低頭跪下，主動請罰：「屬下等人未及時發現飯菜有問題，被人鑽了空子，亦有錯在身，請王爺處置！」

「虧得你們還曉得自己有錯！」胤禛這般喝斥，不過面色卻緩和了幾分。「身為侍衛如此粗心大意，實屬不該，罰俸三月，好好反省！」

丟下話後，胤禛來到凌若面前，執起她的手輕聲道：「走吧，我陪妳回去。」

直到他們兩個消失在視線中，那拉氏等人才如夢初醒。為什麼從府外回來後，胤禛的態度會一下子轉變如此之大？之前守衛報稱九阿哥與十三阿哥在朝陽門的對峙又是為了什麼？

這當中，臉色最為難看的莫過於佟佳氏，甚至帶了絲絲害怕。在場者沒一個比她更清楚適才守衛的通稟意味著什麼。

世間何來這麼多無緣無故的巧合，若非事先得了消息，胤祥怎可能恰好在今夜今時截住胤禟？

此事做得這樣隱祕，胤祥是怎麼事先得到消息的？難不成與鈕祜祿氏有關？

萬一……萬一他真的得悉一切，又將此事告訴胤禛，以胤禛眼中容不下一粒沙塵的性子，她不敢想像自己會有怎樣的下場。

可是，適才胤禛的話又令她揣測不透。為何要騙眾人說是鄭氏自己所為？

疑問一個個接踵而至，壓得佟佳氏喘不過氣來，偏偏旁邊還有一個滿臉憤意的伊蘭。

伊蘭就算是蠢人，也看出佟佳氏是在利用自己對付凌若。雖然她對親姊姊有很多不滿，但也不代表可以任由別人利用她，何況這個人還是佟佳氏。難道佟佳氏一直以來對她的好都是裝出來的嗎？

她們是怎樣的心思，胤禛並不在乎，他只是一路牽著凌若的手，走在回淨思居的小徑上。兩邊是盛開到極致的花木，不時有探出的枝葉碰到兩人。

「謝謝四爺。」在走到一半時，凌若突然這樣說。

胤禛覺得奇怪地看了她一眼。「為什麼要謝我？」

凌若停下腳步，看著胤禛在月色下依然俊美英挺的面容，認真道：「謝謝四爺肯信妾身。」

一世不疑……再想到這四個字，凌若心中泛起淡淡的溫情，也許胤禛真的可以做到也說不定。

「傻丫頭！」胤禛臉上浮起一抹少見的好看笑容，握緊了凌若的手，道：「妳是我的福晉，我自然要信妳。何況就如我適才問素言那般，妳根本沒有理由那樣做，若妳真有二心，當初就不會提出假死的辦法讓我們帶鄭春華出宮。」

佟佳氏知道的畢竟不全，更不曉得鄭春華的事凌若也曾參與其中，所以她的計畫看似周全，實則有不少漏洞。

提到鄭春華三字，凌若忙問：「鄭春華現在怎麼樣了？」適才當著眾人的面，胤禛只說了一句「鄭氏已找到」。

在替凌若拈去髮間的一片樹葉後，胤禛沉聲道：「她死了，我親手射殺了她！」

在聽胤禛說完當時的情況後，凌若的震驚漸漸逝去。胤禛做了他當時所能做的最正確決定，鄭春華死了比活著更好！

第二百二十四章　巧言令色

「老八狼子野心，鄭春華絕不能落在他手裡。」在說這句話時，胤禛語調平靜得猶如一潭死水，彷彿只是在訴說一件極簡單的事。

胤禛是信佛的，佛家講究眾生平等，雙手不沾血腥，可是胤禛要帝路爭雄，就註定雙手染滿血腥。

佛家與帝家，明明是對立卻又相互依生，縱觀歷朝歷代，皇室之中佛家的蹤跡都若隱若現，實在是矛盾至極。

「妾身對四爺有所隱瞞，請四爺恕罪。」於漫天星月灑落在人間的光輝中，凌若抽出手，端端正正地朝胤禛行了一個禮。

胤禛的神情有些發冷。「妳將一切看在眼中，卻寧可告訴胤祥也不願對我透露半分。若兒，這是妳的不該！」

「妾身知道，不過十三爺知曉此事，實是巧合。至於不告訴四爺……」凌若抬頭看了他一眼道：「一則是妾身怕妄自揣測會傷了姊妹情誼，二則也是怕四爺難過。佟妹妹她……」

「連妳也認為這一切是梨落所為？」胤禛的聲音聽不出是喜抑或是怒。

凌若嘆了口氣道：「妾身怎麼認為並不重要，重要的是四爺怎麼看。」

她嘆息，是因為聽出了胤禛深藏在話語間的不忍。儘管有自己與胤祥的證詞，於那張臉，胤禛依然心有不忍。

許久，胤禛的聲音再一次傳來：「在我查清楚此事的來龍去脈之前，不得將此事洩漏半分。」

「妾身遵命。」除卻答應之外，凌若清楚知道自己並不能再說什麼，否則只會引來胤禛的反感。

「陪我看星星吧。」心境紛亂複雜，胤禛抬頭看向那片美麗無遮的夜空。

「好。」凌若的回答很簡單，與他並肩而立，執手共望星空之美。

天地間，彷彿只剩下彼此……

佟佳氏帶著伊蘭回了蘭馨館。一路上伊蘭都沉著臉一言不發，直至踏入蘭馨館，她終於忍不住一掌掃落奉到自己面前的茶，質問坐在椅中的佟佳氏：「妳存心利用我對不對？」

佟佳氏壓下心裡的不耐煩，好言道：「我不明白妳在說什麼，還有為什麼要發這麼大的脾氣。」一邊說話，一邊示意侍女將散了一地的碎瓷片收拾乾淨。

伊蘭卻不像她這樣沉得住氣，氣極道：「是妳勸我去淨思居，是妳告訴我姊姊有一只極好看的翡翠戒指；是妳說讓我去試試姊姊是否會因為看重姊妹情誼，從而將這只價值不菲的戒指借與我。如今妳卻和我說妳不知道？妳當我是三歲小孩可以任妳耍著玩嗎？」

扔下這句話，伊蘭又一陣風一樣跑進她平日裡所睡的寢居，從中捧出一個妝匣，用力擲在佟佳氏面前，任由滿滿一匣子珠釵首飾滾落於地。「戒指呢？我拿來的那只戒指妳告訴我此刻在哪裡？」

說到最後，伊蘭已是痛心落淚。自相識以來，佟佳氏對她照顧有加、無微不至，在她心中早已將佟佳氏視作親姊，誰想，原來一切都是假的。佟佳氏所有的好皆只是為了利用她，利用她去對付凌若，讓她如何不傷心難過。

佟佳氏低頭看著滾落於腳邊的首飾一眼，幽幽嘆氣，隨後睨了畫眉一眼。畫眉會意地離開，再回來時，她手上多了一只在燭光下翠到讓人心驚的戒指，正是伊蘭從凌若那裡要來的那只，雍王府中獨一無二。

見到這一幕，伊蘭「蹬蹬」往後退了幾步，滿心皆是苦澀，連最後那點兒希望也成了空，澀澀地道：「這麼說來，妳是承認了？」

原來，這世間當真沒人對自己是真心，一切皆只是假象罷了……

「傻丫頭！」佟佳氏起身想要去拉伊蘭的手，卻被伊蘭避開，她只得收回手，徐徐道：「我視妳如妹，又怎會害妳呢？恰恰相反，我所做的一切都是為了妳啊！」

「為了我？」伊蘭滿臉盡是諷刺的笑容，指著自己的胸口一字一句道：「妳讓我陷害自己的親姊姊，現在卻反過來說是為了我，妳這話不是很可笑嗎？又或者妳當真認為我愚蠢到可以任妳擺弄！」

畫眉見她言詞激動，上前勸道：「主子這樣說必定有她的理由，伊蘭小姐還是先聽主子解釋……」

「閉嘴！」伊蘭大聲打斷她的話，厲聲喝道：「我不需要妳一個奴才教我怎麼做！」縱然畫眉再得佟佳氏信任也不過是一個奴才罷了，如何有資格插嘴。

畫眉被她這番喝斥嗆得臉色微變。自在佟佳氏身邊伺候以後，還從沒人這樣與她說過話。她待要再說，佟佳氏的目光已經橫過來，示意她不要多嘴。

「蘭兒。」佟佳氏輕聲道：「妳喜歡四爺對嗎？」

伊蘭萬萬料不到她會突然在這個時候點出自己隱藏在心中的祕密，避開佟佳氏目光，慌亂地道：「妳、妳胡說什麼！」

佟佳氏一臉憐惜地撫著伊蘭柔軟的長髮。「喜歡一個人又不是什麼錯事，有何好否認的。」見伊蘭沒有躲開自己，她又道：「妳在我院裡的這些時日，每次四爺來的時候，妳眼中都會閃起平日裡沒有的光彩，我不是瞎子，怎可能看不出來？至於妳姊姊那邊，遲早也會發現的。」

佟佳氏溫軟好聽的聲音徐徐響徹在安靜的屋內：「記得妳曾與我說過，妳姊姊希望妳不入宮廷，不入帝家，嫁與一個普通人為正妻，安度此生，所以她是絕不會允許妳入府的。就這樣庸庸碌碌地過一輩子，妳甘心嗎？」

伊蘭被她說得意動，但仍嘴硬。「就算這樣，與妳又有何關係？」

嘆息在佟佳氏唇齒間響起：「自小，我就盼著能有一個妹妹，直至遇到了妳，也不知為何與妳特別投緣，彷彿真像親姊妹一樣。我實不願見妳痛苦難過，更不想與妳分開。蘭兒，我盼著與妳的福緣一直持續下去，直至一輩子那麼久。」

「妳到底想說什麼？」伊蘭狐疑地打量著佟佳氏。

「我希望妳留在府裡，我們姊妹一道陪伴在四爺身邊。」說完這句話，佟佳氏將戒指放在她掌心，看著在燈光下流光溢彩的戒指，鄭重道：「這只戒指我現在交還給妳，若妳想拿著去告訴王爺真相，也由妳。蘭兒，妳長大了，有自己的想法，我相信妳一定會做出一個最正確的決定。」

第二百二十五章　自保

伊蘭心亂如麻，不知如何是好，良久她跺腳別過身道：「我不知道，我什麼都不知道！」潛意識裡，她已經接受佟佳氏的說法，所以才會感到左右為難。

佟佳氏目光有所鬆弛，握緊了伊蘭纖秀的十指道：「蘭兒，凌福晉固然是妳親姊姊，但她心胸狹窄，容不得猶如明珠一般耀眼的妳留在府中，更仿效不了娥皇、女英。明年選秀，她必會從中作梗，讓妳落選，好隨便找個人將妳嫁了了事。蘭兒，想要得償所願，就一定要除去這個阻力。」

伊蘭驚疑不定地盯著她。「所以妳就以鄭氏為引，戒指為計，從而達到陷害她的目的？」

佟佳氏點點頭，言詞誠懇地道：「我承認這件事瞞著妳是不對，但歸根結柢，都是為了妳好。倘若到現在妳還要怪我的話，我也絕不會有半句怨言。」

「妳……真的希望我留在府中？」這才是伊蘭最在意的事。三年前種下的那顆種子，如今已經長成盤根錯結的大樹，難以拔除。

佟佳氏目光一動，連忙道：「這是自然！」

伊蘭點頭。「我想一個人靜一靜。」在說完這句話後，逕自往寢居行去。

在確認伊蘭不在了之後，畫眉上前扶住佟佳氏，小聲道：「恕奴婢直言，凌福晉的妹妹年紀雖小，心卻不小，奴婢怕主子留她在身邊，遲早是一個禍害。」

「我知道。」佟佳氏卸下一直偽裝在臉上的溫和，略顯疲憊地道：「原本想除了鈕祜祿氏後就將她當成棄子解決，無奈今夜出了這麼大的變故，令我精心布下的局變成了無用之功，連鈕祜祿氏的一根寒毛都不曾傷到，所以這枚棋子暫時還不能棄。要對付鈕祜祿氏，從她身上下手無疑更簡便一些。」

至於讓伊蘭留在胤禛身邊，那可真是笑話了。留下這樣一個小小年紀就有野心的人，無疑是自尋死路。連親姊姊都可以為利益而出賣，怎值得信任？不過是暫時的安撫罷了，鈕祜祿氏失勢之日就是她除去伊蘭之日！

翌日一早，徹夜未眠的伊蘭在猶豫許久之後，終是一咬牙來了淨思居。雖然佟佳氏昨夜與她說了很多，而且句句都說是為她著想，希望她可以留在府中，但她始終對佟佳氏的話將信將疑。

若真想幫她，以佟佳氏的身分有很多辦法，需要用這種激烈到讓她與姊姊翻臉的法子嗎？

而且當中還牽扯到一個鄭氏。她雖然不曉得鄭氏是什麼身分，卻也直覺這個女人不簡單，否則何至於對方一出事，胤禛就連夜趕到東菱閣？還發那麼大的脾氣，之後更是出了九阿哥與十三阿哥在朝陽門附近對峙的事。兩件事情之間必有幾分牽連，可是佟佳氏對這些隻字未提，顯然是存心隱瞞。

既然有了這麼多問題，那麼佟佳氏已經不足為信，她不能再依靠佟佳氏了，否則何時被賣了只怕還蒙在鼓裡。

天底下除了自己，根本沒人能相信。

只是眼下自己無根無基，想生存下去，必然要重新找一個可以依靠的人，而凌若這個嫡親姊姊無疑是最好的選擇。

所以即使知道淨思居的人可能會說三道四，她依舊來了。

伊蘭剛到院門口就與水月撞了個正著。往日裡，水月縱使不喜歡也瞧著凌若的面上對伊蘭恭恭敬敬，然這一刻卻是難以再有好臉色相待。昨夜的事他們可是全知道了，曉得眼前這位睜眼說瞎話，幫著佟佳氏陷害自家主子。

伊蘭曉得她不待見自己，不欲與她多說，抬步想要入內，卻被水月伸手攔住，毫不客氣地問：「二小姐有什麼事嗎？」

「我來找我姊姊，讓開！」

伊蘭扔下這麼一句話就要繞過她，不想水月竟然不依不撓，執意擋在她跟前，還一臉冷笑地道：「怎麼，二小姐害了主子一次不夠，又想法子來害第二次了嗎？」

這話一下子將伊蘭的怒氣勾了上來，冷著臉道：「我做什麼不用跟妳這個奴才解釋，現在立刻給我讓開，否則休怪我不客氣！」

水月柳眉一豎，正待出言，忽地身後傳來水秀漠然的聲音——

「水月，讓她進來吧。」

「她……」正在氣頭上的水月哪肯依，回頭要說話，卻看到凌若與水秀一道站在自己身後，不由得生生嚥下了已經到嘴邊的話，轉而退到一邊。

伊蘭比水月更早一步看到凌若，神色有些窘迫難堪，然還是走到一身胭脂撒花旗裝的凌若面前，低頭盯著自己腳尖，輕聲道：「姊姊。」

凌若直直盯著她，神色比伊蘭更複雜百倍，許久，終於有聲音從唇間逸出：「還知道我是妳姊姊嗎？」

伊蘭是頭一次聽到她用這樣冷漠的聲音與自己說話，頭更低了幾分。「姊姊在怪我是嗎？」

「難道不該嗎？」在說到這句時，凌若已是痛心疾首。「妳是我親妹妹啊，卻幫著佟佳氏來對付我。若不是王爺深明大義、明察秋毫，妳覺得我還有機會站在這裡嗎？」

聽到這裡，伊蘭忙替自己辯解：「姊姊，我當真不是存心。昨夜裡，我只是被嚇到了，怕如果承認，他們就會懷疑到我頭上，所以才被迫撒謊，根本沒有與佟佳氏合謀，回去後我也很後悔。姊姊，妳原諒我好不好？」

說到最後，伊蘭已是兩眼含淚，滿臉悔恨之色。她取出緊緊握在掌中的翡翠戒指遞給凌若，聲淚俱下地道：「往後蘭兒一定會乖乖聽姊姊的話，只求姊姊別不要蘭兒！」

凌若既沒有接戒指也沒有說話，她的態度令原本篤定的伊蘭漸漸不安。難道姊姊這一次真不打算原諒自己？若真這樣，自己該怎麼辦，難道繼續回去與佟佳氏虛與委蛇，然後整日提心吊膽她什麼時候又會利用自己？

許久之後，凌若終於動了，從她黏溼的掌心裡拿起翡翠戒指，在陽光下比了比。戒指通透如碧水，一眼望去，沒有任何雜質。

只可惜，翡翠能通透無瑕，人心卻不行……

第二百二十六章　原諒

在無聲的嘆息聲中，凌若重新將戒指放回到伊蘭掌心，淡淡道：「妳既喜歡，這戒指就送給妳吧。我說過，只要妳喜歡，姊姊的任何東西妳都可以拿去，因為妳是與我流著相同血脈的親妹妹。」

「姊姊！」只憑這一句話，伊蘭便曉得凌若原諒了自己，雖是計，但還是有所感動，踮起腳尖抱著凌若的肩膀，含淚道：「謝謝姊姊。」

伊蘭終於放心，不論凌若想要將她嫁給何人，都要等明年選秀之後，她還有一年多的時間可以慢慢籌謀。

雍王府，還有俊美無儔的胤禛，她都志在必得，此生絕不退讓半步！

在送伊蘭離去後，凌若回到正堂，瓜爾佳氏正坐在裡面徐徐剝著紫紅色的葡萄。見凌若進來，她微微一笑，將剝盡了皮的葡萄遞給凌若道：「我剛才嘗了一個，很甜呢，而且又無籽。」

凌若接過咬了一口，真的很甜，可是再甜的東西如今吃在嘴裡都是索然無味了，如同嚼蠟。

瓜爾佳氏將她的樣子看在眼裡，輕輕嘆了口氣道：「既然放不下，何必還要原諒。不論她說得再好聽，都掩蓋不了曾經害妳的事實。」

昨夜的事鬧得那般大，她雖沒過去，卻也被驚動了，是以一早就過來問凌若情況。方才她們正說著話，忽聽到外面傳來伊蘭的聲音，凌若便走了出去，所以雖不曾露面，卻也將兩人之間的對話聽得一清二楚。

凌若苦笑一聲，挨著她手邊坐下後道：「不原諒又能如何，難道當真從此翻臉不來往嗎？」

「妳啊，就是顧忌太多。」瓜爾佳氏搖搖頭道：「伊蘭固然是妳親妹不錯，可是恕我說句實話，她未必將妳當成親姊來看待，即便今日過來，只怕也不見得存了多少真心。妹妹，我不相信妳會看不出這一點。」

「姊姊說的我都知道，只是我就算不顧及伊蘭，也得顧及一下阿瑪、額娘。他們年紀大了，一輩子最大的心願就是盼著我們兄弟姊妹四人能夠和和睦睦。如果我與伊蘭反目，姊妹相殘，要他們兩個老人家如何承受得了這種打擊？」

「可是妳又能瞞多久？」瓜爾佳氏放下手裡的銀籤子，拍拍手道：「人啊，一旦有了二心就很難拉回來了。」

「現在只能走一步看一步了，只盼伊蘭能明白我這番苦心。」凌若無奈地說著，拈了一顆葡萄在手中把玩。

停了片刻後，瓜爾佳氏又問：「伊蘭可以暫且放過不說，那佟佳氏呢，妳準備怎麼辦？」

提到這個名字，淩若的眉眼驟然冷卻，手慢慢握緊，任由葡萄黏甜的汁水從指縫間流出。「這個女人居心險惡，留她不得！」這是淩若第一次說出這般狠辣無情的話語，不過相較於佟佳氏對她所做的一切，怎樣狠辣都不為過。

直到現在，想起昨夜的事她依然心有餘悸。若非昨日她疑心佟佳氏發現了李衛蹤跡，從而讓小路子在暗中注意李衛，也無法發現長壽將李衛打暈，更不能在胤禛他們到來之前將李衛帶走；之後胤祥又成功截住胤禟，才令佟佳氏的詭計不能成功，當真是險之又險。

瓜爾佳氏對她的話自是贊同。留這樣一個對手對淩若來說太危險，何況還有一個那拉氏在那裡虎視眈眈。

「照妳之前所說，王爺應該已經對佟佳氏起疑，只是尚未有足夠的證據而已，若咱們在後面再推一把的話……」瓜爾佳氏明眸微瞇，有冷意閃爍。好不容易抓到這麼一個機會，自然要好好把握。

「暫時不要。」淩若搖搖頭。「王爺是一個疑心極重的人，我越過他找十三爺幫忙的事已經令他有所不悅，若再讓他發現我們參與其中，只怕會弄巧成拙，得不償失，還是先看看再說。」將手中已經乾癟得只剩下一張皮的葡萄擲到用來盛果皮的瓷碟中，她就著水秀端上來的清水一邊淨手一邊道：「與之相比，我倒更好奇佟佳氏為何要幫八阿哥做事，這顯然不合常理。」

瓜爾佳氏皺了好看的雙眉，思忖道：「佟佳氏是王爺的人，理應與王爺一榮俱榮、一毀俱毀，而今她幫八阿哥只有三個可能，一個是八阿哥給了她極大的誘惑，譬如嫡福晉之位等等；不過這個可能性微乎其微，誰都曉得八阿哥待八福晉如珠似寶，不太可能廢了八福晉另立一個。再一個，就是佟佳氏與八阿哥有私情，所以佟佳氏才會心甘情願替八阿哥辦事。至於最後那個可能……」

瓜爾佳氏撫著自己光亮的護甲，疑聲道：「是否是八阿哥抓到了佟佳氏什麼把柄，逼迫她替自己辦事？」

利、情、把柄，將所有的可能都包括在這三點中，除此之外，凌若亦想不到其他，思來想去，前面兩點都有些不合實際。

其一，八阿哥怎可能立一個別人的側福晉為嫡妻？就算他肯，皇上那邊也過不了關。其二，依她對佟佳氏的了解，這是一個利益為先的女子，情與義在她眼中根本算不得什麼，為情而不顧一切，顯然不合她的性子。唯有第三點很有可能。不過一個在雍王府，一個在廉郡王府，就算八阿哥抓住了把柄想要脅佟佳氏，也得能互通消息才行啊，他們是怎麼做到的呢？

凌若食指輕輕敲在光滑的桌面上，發出「叩、叩」的輕響。當瓜爾佳氏剝完第三個葡萄時，她終於停下這個動作，轉臉對水秀道：「讓李衛去查查最近有什麼人入府，又有什麼人去見過佟佳氏。」

李衛在天未亮時就醒了，除了腦袋起了個大包之外，身子並無其他不適之處；不過被打暈的那口氣他可是一直憋著呢，險些就陰溝裡翻船了。

見瓜爾佳氏將剝完皮、果肉細膩的葡萄放在一個專門的小碟中並不食用，凌若不由得好奇地道：「姊姊這是在做什麼？」

「原本溫姊姊是要一道與我過來看妳的，無奈涵煙那丫頭鬧得很，只好晚些過來。涵煙那丫頭最喜歡吃葡萄，我先剝幾個給她備著，省得她到時候吵鬧。」如此說著，瓜爾佳氏脣邊泛起一抹溫軟的笑容。

第二百二十七章　入秋

這邊話音剛落，便聽得涵煙嬌嫩的聲音傳入耳中，凌若抬眼看去，果見溫如言正抱著涵煙朝她們走來。正如瓜爾佳氏所說，涵煙一看見葡萄就眼睛發亮，一眨不眨地盯著，那小饞樣逗得凌若直笑，叉了一顆剝好的葡萄放到她嘴邊。

這丫頭一點兒也沒客氣，忙不迭地張開已經長了七、八顆小牙的嘴用力咬下去，一下子就咬去半個，心滿意足地抿著小嘴。待得將半個葡萄咬碎嚥下去後，又開始張嘴討要，要是餵得晚一點，就張著小手四處抓人餵，那著急的小模樣實在可愛。一直到吃了四、五個葡萄後，她方才打了一個小小的飽嗝。

溫如言將她交給乳母抱下去，坐下來與凌若她們說起了話，這話題自然離不開昨夜的事。

不多時，李衛進來打了個千兒，朝眾人一一行禮後道：「主子，奴才打聽到前幾日有一個自稱王十二的人來投奔佟福晉，說是佟福晉的表舅，想在京裡謀個差事。他進府的那一日，恰恰就是咱們發現蕭兒與柳兒盯著東菱閣的日子。」

這麼巧？凌若一頓，問：「那個王十二人呢？」

李衛回答：「在離開王府後，那個王十二從此就再沒有露過面。最奇怪的是，佟福晉也沒有指他在哪裡當差。」

聽到這裡，凌若幾人哪還有不明白的道理。王十二很有可能是八阿哥的人化名而來，否則他千里迢迢來投奔佟佳氏，怎可能沒得差事就離開？

「主子，要毛氏兄弟在外面將這個王十二找出來嗎？」李衛小聲地問了一句。

毛氏兄弟回京後，凌若雖不曾與他們見過面，卻透過李衛對他們多方資助，尤其是在銀錢方面，令他們在短短時間內就在京城裡建立起幾分人脈，雖然都是一些市井之徒，但也頗有些用處。

凌若想一想道：「他既然用了化名，就是不想咱們找到他，何況晚了這麼些天，還是別費那個勁了。與其如此，倒不若盯著佟佳氏，如果八阿哥當真握住了她的把柄，絕不會就此甘休，早晚會有第二次，等著吧。」

溫如言眸光一動，點頭道：「守株待兔固然不錯，不過以佟佳氏的狡猾只怕未必會讓咱們抓到。其實她有沒有錯，並不取決於咱們或她做了什麼，而是在於四爺的態度如何，那張臉，始終是她最大的護身符。」

聽到這裡，瓜爾佳氏亦不說話了。確實，那張酷似納蘭湄兒的臉，不只讓佟佳氏青雲直上，也讓她擁有一張無人可及的護身符。

「也許吧。」凌若彈一彈青蔥似的指甲道：「不過王爺的性子我也略知一二，多疑而容不下一粒沙子，何況還是與八阿哥勾結這麼大的事。既起了疑，就斷不可能當成什麼都沒發生過，咱們且看著。」

凌若說得沒錯，經過昨夜那事，胤禛心裡確實對佟佳氏起了疑。畢竟那是胤祥的言詞，胤禛此生最信任的人，沒有之一。

凌若能查到的事，胤禛亦同樣查得到，而且他憑著掌握在手裡的龐大人脈關係，比凌若查得更徹底清楚，連王末的真實身分都查到了，唯有胤禩用來威脅佟佳氏的把柄尚不清楚。

至於佟佳氏，命長壽暗中出府去了一趟胤禩府邸，知悉了當時在府外發生的一切，更知道是胤禛親手射殺鄭春華。

曉得這一切後，她一直忐忑不安，唯恐胤禛追問她關於鄭春華一事，不過等了許久都不見胤禛問起，對她的寵愛亦一如往日，並不見薄待。

康熙得知那夜的事後，龍顏大怒，將胤禟與胤祥好一頓怒罵，罰了半年的俸祿不止，還命他們去宗人府各領十下廷杖。

至於起衝突的起因，兩人皆識趣地沒有提鄭春華，只推說是因之前口角積下了私怨，一時衝動才會做出如此荒誕之事。

順天府尹雖然看到當時的情景，但一來離得遠，二來他並不認識鄭春華，儘管曉得當中有一個女子，身分、名字卻是一概不知，所以才能讓蒙混過關。

不過究竟是蒙混過關，還是康熙有意放他們一馬就不得而知了。總之鄭春華已經徹底成了一個死人，胤礽依舊是監國太子，住在毓慶宮中。

過了月餘，夏日到了終點，樹葉開始泛起黃色，經常可見樹下落了一地或綠或黃的樹葉，提醒著諸人，秋季已經在不知不覺中開始。

八月初的某一日，佟佳氏正與上次選秀時指到府中的陳格格說話，蕭兒捧了一封書信進來，說是外頭送來的家書。佟佳氏信手接過，卻不拆開，一雙好看的眸子在陳格格臉上打了個轉。

這陳格格也是個聰明人，瞧見這一幕立時起身行了個禮，軟聲道：「叨擾福晉這麼久，妾身也該告退了，改明兒再來給福晉請安。」

佟佳氏也不挽留，客氣地命畫眉送她出去。待畫眉折身回轉後，佟佳氏方才拆開了拿捏有一陣子的書信，只一眼，臉色就微微有些變色，等到全部看完後，佟佳氏恨恨地將書信往桌上一拍，面有怒意。

畫眉與蕭兒面面相覷，不曉得主子何以發這麼大的火。直至她們看到那封書信上龍飛鳳舞的墨字，那哪是什麼家書，下面落款分明是八阿哥胤禩。

書信內容則是說，刑部前些日子接到一起匿名舉發的案子，有人暗中以因輕罪而被抓入牢房、無錢無勢的平民，代替那些被判死刑或罪大惡極、或貪贓枉法的官員而死。

死囚行刑之前都會有專人驗明正身，以避免差錯，怎可能代人而死呢？何況若真有這種事，無故被殺的人也應當會當眾喊冤才是，怎可能安靜等死。

原以為這只是無稽之談，直至一次康熙微服出宮，恰好碰上菜市口行刑，竟然見到一個以前曾遇過的人。康熙記性極好，雖隔了一些時日依然記得他姓張，可插在他脖子後面的那塊木牌卻寫著另一個字，顯然名不副實。

第二百二十八章　書房

那人被救下的時候昏昏沉沉，問他叫什麼名字都不知道，形同白痴。直至帶回宮裡，召來太醫診治後，才曉得他被人下了迷藥，藥效過後才漸復正常，對於自己險些被當成另一人處死的事情一無所知。

此事引起康熙的重視，將之交給胤禛追查。而胤禩要佟佳氏做的，就是設法查知胤禛在這件事上的進度。

雖然信中沒提，但想來也能猜到，此事必與胤禩有關，說不定就是他從中牟利，才會在意胤禛查到了些什麼。

佟佳氏眉眼間凝起了冰霜寒意，冷聲道：「胤禩，他還真將我當成了捏在他手裡的麻雀，想要怎樣就怎樣！」

被人操縱的感覺令她深惡痛覺，深悔自己當初年少不懂事，以致現在被人抓了把柄。

傅從之！想到這個曾經深深愛過的人，浮現在佟佳氏心中的不是繾綣纏綿，而是深深的厭惡。若沒有這個人，自己何至於如此被動！

「主子消消氣，切莫傷了身子。」畫眉在一旁小聲地勸著。

佟佳氏深吸一口氣，然不論她怎麼努力，這腔怒意都壓不下去。任人擺布從不是她佟佳梨落的性子，她也絕不要成為胤禛的傀儡，親手葬送自己眼下所擁有的一切。

上次鄭春華的事，雖然胤禛再沒問過她半句，但並不代表她從此就高枕無憂。這些時日，總有一種不安的陰影籠罩在心頭，隱約覺得這件事並沒有過去。

蕭兒換了一盅熱茶端到佟佳氏冰涼的手裡，憂心忡忡地道：「主子，咱們現在該怎麼辦，當真要按八阿哥的話做嗎？」

佟佳氏低頭撫著溫熱的白瓷描花茶盞不語，心思飛快地轉著，良久，她彷彿下了什麼重大的決心，抬起頭道：「讓長壽進來，我有事讓他去辦。」

是夜，佟佳氏親自炒了幾道清爽可口的小菜，裝在食盒中後，帶著畫眉往書房而去。走到一半時，天突然下起了雨，雨水一滴接一滴打在不曾帶傘的佟佳氏身上，溼了精心妝扮過的衣與髮。

畫眉睨了黑沉沉的天空一眼，指著不遠處的亭子道：「主子先去裡面避一避吧，奴婢去借把傘來。」

佟佳氏的目光同樣停佇在漆黑無光的夜空中，不知在想什麼，片刻後才收回目光道：「不必麻煩，咱們趕緊過去就是了。」

如此，兩人快步趕在雨下大之前到了書房外。守在外頭的周庸遠遠看到佟佳氏過來，連忙行了個禮，讓到一旁。

佟佳氏微一頷首，推門而入。書房裡燃著晉州上貢的蠟燭，在燃燒時有淡淡的香氣飄散在空氣中。

「妳來了。」胤禛從案桌上抬起頭，朝佟佳氏微微一笑，招手示意她近前。藉著橘紅的燭光，看到她身上溼了一大片，不由得奇道：「外面在下雨嗎？」

佟佳氏一邊將帶來的小菜放到旁邊的小几上，一邊道：「是啊，中途突然下了雨，虧得不大，否則妾身這些菜可就白做了，四爺過來嘗嘗。」

「好，等我看完這幾份卷宗就過來。」胤禛微微一笑，清朗的目光掠過一絲意味不明的幽光。胤禛看得很快，不多時便已經將卷宗悉數看畢，擱筆於架上，起身動了一下有些痠麻的手腕。

他正待坐下，發現佟佳氏身上還溼著，逐撫著她溼溼的頭髮，柔聲道：「天涼了，妳這樣很容易被風寒所侵，我讓周庸去拿塊乾帕巾給妳擦擦，再換身衣裳。」

不待佟佳氏說什麼，他已經走了出去。見屋中只剩下自己一人，佟佳氏目光一動，躡手躡腳走到書桌前。案桌上攤著胤禛看完後不曾合攏的卷宗，恰巧就是關於以平民代替死囚行刑一事。想是胤禛手下的人蒐證追查而得，詳細記載了事由經過，並指出這件事背後的勾當。

狡兔三窟，那些貪官抑或惡人，往往都有不薄的家財，而且絕不會放在同一個地方。朝廷沒收的只是明面上的家財，暗地裡還有多少，藏在何處，不得而知。

那些人，為了活命、為了求生，自然願意拿錢買命，這些銀子動輒數萬兩，多者甚至達到了十餘萬兩。最教人怵目驚心的是，整個刑部大牢上下竟然都被人打通，上下一條線，怪不得可以做到神不知、鬼不覺。

至於部堂一級官員乃至胤禛，尋常是不會到大牢中的，對於這種暗箱操作之事，自然不清楚，要不是這一回被揭發出來，否則還不知瞞到什麼時候呢。

怪不得經常有人來刑部找人，說他們的親人被抓進來後一直沒見放出來，查獄錄卻都是早已放出去了，只道是他們出獄後沒有即刻回家。因人數不多，所以並未當成一回事，頂多只是記錄在案，言道會替他們尋找便作罷。直至這一次頂死案爆出來，才知道原來還有這等內幕。

在卷宗的最後還記載，他們已經查到刑部一個正五品郎中身上，他與幕後主使者應有不少聯繫，相信只要扯住這根線，遲早可以揪出幕後主使者。至於當中牽扯的銀錢，當有百萬兩之巨，這數額即便放在大清立國以後也是極少見的。

卷宗到這裡結束了，並未提及這名郎中究竟姓甚名誰。佟佳氏曾聽胤禛無意中提過，刑部共有郎中三人，卻不知是這三人中的哪一個。

正自猜測之時，聽得身後有門開之聲，佟佳氏忙假裝替胤禛收拾案桌，將卷宗合起來整整齊齊地放到一邊。

背對著胤禛的她並未看到閃過他眼底的複雜情緒，直至胤禛拿著乾帕巾替她擦著溼溼的頭髮，方才回過身來，柔婉一笑，接過帕巾道：「妾身自己擦就是了，四爺快些用膳吧，莫要餓著了。」

見胤禛坐下來用膳，佟佳氏方去偏房換下一身溼冷的衣裳。

待胤禛用過之後，她一邊奉了用來漱口的茶給他，一邊覷著他的神色道：「四爺，您上次說起圓明園，妾身一直沒機會去，對那裡的美景頗為嚮往，又聽聞園中種了不少月季、秋菊，甚至連楓樹也種了許多，如今正值盛放之際，必然美景如畫，所以妾身想去園中住上幾天，不知可否？」

第二百二十九章 設局

「哦？」胤禛沒料到佟佳氏會突然提出這個要求，微微一怔，旋即道：「妳喜歡，自無不可之理。我說過，妳隨時可去那裡。改明兒讓人收拾一下，過去小住就是了，到時候我得空了過去看妳。」

聽聞胤禛答應，佟佳氏臉上泛起一抹欣然的喜色，笑意明媚如春，嬌聲道：「謝謝四爺。」

待佟佳氏收拾碗筷出去後，周庸閃身入內，行禮後道：「四爺，奴才已經派人盯住了佟福晉的一舉一動。」

只是前後腳的工夫，胤禛臉上的溫和已經悉數退去，取而代之的是冷漠難測。他取過放在最上面的那封卷宗緩緩打開，上面的內容他已經看了無數遍，閉著眼睛都能背出來。不過對於某些人來說，卻是迫不及待想要知道上面究竟寫了些什麼，譬如老八……

胤禛緩緩握緊手，原本平整的卷宗在他手裡皺成一團，最後更是被狠狠擲在地上。他眼皮不住跳動，有陰冷的怒氣在俊美的臉上蔓延成災，縱是跟在他身邊多年的周庸也有些受不住，悄悄往後挪了半步。

「佟、佳、梨、落！」

胤禛一個字一個字唸出這個他寵幸至今的名字，近乎咬牙切齒。

今夜的一切是一個精心設下的局，一個針對日間那封所謂家書的局。

鄭春華一事，胤祥言之鑿鑿，指稱佟佳氏是胤禩安排在他身邊的人。他儘管知道佟佳氏在整件事中嫌疑最大，但並不希望這是事實，何況他也想弄清楚她替胤禩辦事的原因，所以一直隱忍不發，直至胤禩再一次聯繫她。

那封信早在送到佟佳氏手中之前，就已經被他截住閱覽過當中的內容，之後又照原樣封好派人送到佟佳氏手中，為的，就是看她究竟會怎麼做。

胤禛不是想知道他們查到什麼地步了嗎？那他就故意將關於這樁案子的卷宗攤在桌上，然後藉口出去，但他自己一直站在門外，透過不曾關嚴的門縫往裡看，果見佟佳氏小心翼翼地走到案桌前偷看，發現自己進來後又假裝收拾。

卷宗上記載的事都是真的，之前他還不確定胤禩就是幕後黑手，如今卻是確信無疑，否則何至於如此。

這是一個一箭雙鵰之計，如果佟佳氏將此事告知胤禩，那麼胤禩一定會為了確保自己的身分不曝光而派人除掉那個正五品郎中。只要事先設下埋伏，必可將他們一舉成擒，就算不能將胤禩定罪，至少也要徹底斷了他們這條昧良心的財路。梨落，這是我給妳的最後機會，如果妳能懸崖勒馬，我可以當成什麼事都沒發生過，否則……

周庸睨了神色木然的胤禛一眼，低聲道：「奴才照著四爺的吩咐查過佟福晉的事，發現她在入宮為宮女子之前，似乎與一名戲子有過一段情，還曾私奔過，幸而被佟大人他們找了回來。」

「似乎？」胤禛目光一頓，不悅地盯著周庸道：「你什麼時候也學會用這些模稜兩可的詞來敷衍了？」

「奴才不敢！」周庸連忙垂首道：「實在是奴才尋遍京師也找不到那名戲子，所以不敢妄下定論，興許是謠言以訛傳訛也說不定。」

聽得他解釋，胤禛面色稍緩，冷聲道：「往後想清楚了再回答，下去吧。」

周庸如蒙大赦，顧不得擦不知何時冒出來的冷汗，躬身退出了書房。他沒顧得上看路，與正要進去的凌若撞了個正著，兩人皆是一陣「哎唷」。

墨玉趕緊扶住捂著額頭的凌若，對同樣疼得直捂喉嚨的周庸埋怨：「周哥這是怎麼了，出來也不看路，瞧把主子給撞的，萬一要是撞得頭暈噁心了可怎麼辦？」

周庸被撞到的是喉嚨，那一陣生疼讓他半晌說不出話來，只能不住垂首以示歉意。

凌若放下手，額前除了有些紅之外並無大礙。「不礙事，莫聽墨玉胡說，這丫頭就愛大驚小怪。四爺可是在裡面？」

周庸緩了口氣提醒：「在裡面。適才佟福晉來過了，四爺心情不太好，福晉進去的時候小心些。」要不是剛才被胤禛罵了一句，他也不至於心中驚慌，衝撞了凌若。

凌若點點頭，留下墨玉在外面後，自己走了進去，剛一踏入便聞到殘留在空氣中的脂粉香氣，注意到扔在地上的紙張。

她走過去撿起，細心地將之撫平，然後放在一言不發的胤禛面前，柔柔道：「四爺何故生這麼大氣？」

「沒什麼。」胤禛不欲多說，這件事他想一個人解決，不與任何人言，以免影響自己的判斷。「過來替我揉揉肩膀。」

小手在肩膀上輕輕揉動，胤禛緊繃一天的身子緩緩鬆弛下來，不只身子，還有精神。這些日子為著頂死案，他原就不曾好好休息過，何況當中又摻了胤禩與佟佳氏，哪怕偶爾有時間上床歇一會兒，也經常轉瞬即醒，根本休息不好。

如今精神一放鬆下來，睏意就漸漸湧了上來，不知不覺就睡過去。等他醒來時，發現自己身上蓋了一件深絳軟毛厚披風。燈臺上的蠟燭已經燒去一大半，燭光因為燭芯蜷曲而略微有些發黯，可見他睡了有些時候。

胤禛發現身邊沒了凌若的身影，想是在自己睡著的時候回去的，正待起身動一下，忽地感覺腿上壓著什麼東西，低頭看去，一張安靜美好的側臉映入眼裡。長而捲翹的睫毛覆住秋水明眸，在溫潤剔透似皎潔白玉的臉上投下一小塊鴉青色的陰影。

不曉得為何，睇視著這張側臉，胤禛心裡格外平靜，手輕輕撫過她猶如杏花一般嬌美的眉與眼，唇畔爬上一絲連他自己都沒有發現的溫柔微笑。若洪管事在，一定會認出胤禛此刻的笑，像極了他小時候養在孝懿仁皇后膝下時的笑，純粹自然，由心而發，這樣的笑能讓人沉醉。

胤禛彎下腰，輕輕抱起睡得正酣的凌若，忍著腿上的痠麻走到偏房，將凌若安置在平日自己用來歇息的床上。待要直起身，卻發現不知什麼時候，凌若在睡夢中牢牢抓住他的衣裳。

無奈之下，胤禛只得和衣躺在她身邊，嗅著她身上散發出來的幽香再次陷入睡眠。這些日子他實在太累了，適才那一覺根本不足以補全。

秋雨，簌簌而落，書房的夜卻是無比靜好……

第二百三十章

所謂心願

翌日一大早，長壽早早就起來了，拿著佟佳氏的手令去高福處領了腰牌，說是家人生病要出府探望。離開雍王府後，他左右看看無可疑之人，遂腳步一轉，往廉郡王府而去。

他在偏廳見到了胤禩，恰好胤禟也在，瞥見他進來，兩人停下交談，胤禟一抬下巴問：「你主子讓你來這裡有什麼事嗎？」

長壽打了個千兒道：「主子讓奴才來告訴八爺一聲，信已經收到，只要一查到有用的東西就會立刻來告知八爺，請八爺放心。」

胤禩不置可否地點點頭，脣角勾出一縷深遠的笑意。「還有呢？你主子特意差你出來，不只是為了告訴我這個吧？」

長壽心中一顫。這位八阿哥果然如主子說的那般精明似妖，想要瞞過他只怕很難很難。如此想著，口中已道：「是，主子還有一件事想請八爺成全。」

胤禩把玩著茶盞蓋，似笑非笑地道：「說來聽聽。」

長壽靜一靜神，將來之前佟佳氏教自己說的話一五一十述了出來：「主子說，她與傅相公相別數年，頗為惦記，只是身在王府一直無法得見，如今知道他得蒙八爺照顧，甚是放心。主子還說她過幾天就要去圓明園暫住了，想趁這個機會再聽一聽傅相公唱的戲，希望八爺能夠成全主子這點兒心願。」

早在當初央宜妃將佟佳氏指給胤禛時，胤禩為了以防萬一，已經將傅從之祕密軟禁起來，所以周庸才查不到傅從之這個人，無法確定傳言真假。

「說完了？」胤禩笑意不減地問了一聲，待長壽點頭後，他將茶盞蓋往盞口上一扔，發出「叮」的一聲輕響。「回去告訴你主子，傅從之並不在京城，所以她的心願一時之間怕是難以完成了。」

長壽不想他會以這樣的理由拒絕，不由得一陣傻眼，愣了好一會兒才道：「那能否煩勞八爺讓傅相公入京一趟，主子真的很想再見一見傅相公。」

胤禩不以為然地拂一拂金線滾邊的銀藍長袍，長身而起道：「機會總是有的，何必急於一時呢。」他不再給長壽繼續說下去的機會，逕自命人送客。

長壽雖不甘卻也無可奈何，他人微言輕，縱然再力爭也不會有用。幸好來之前主子已經料到會有這樣的結果，所以提前布置下後手，希望這個後手可以成功。

出了廉郡王府後長壽並未離開，而是隱在一旁，等見到胤禟出來，忙尾隨而去。待走到一條人跡少見的小巷時，他快走幾步，跑到穿了一襲寶藍繡八寶團花紋的胤禟面前，打了個千兒道：「奴才給九爺請安，九爺吉祥！」

「是你？」胤禟一眼就認出他，訝然道：「你在這裡做什麼？」

長壽暗吸一口氣道：「奴才知道九爺是菩薩心腸，所以斗膽來求九爺賜個慈悲，成全主子唯一的心願。」

「你是說傅從之？」胤禟皺了皺眉道：「八哥不是說了傅從之不在京城嗎？就算再求我也無用。」

「他在與不在京城都只是二位爺一句話的事，主子知道八爺是在提防她，所以藉故不肯讓她見傅相公。不過主子真沒有別的心思，純粹只是想見一見傅相公，再聽一聽他唱的戲，畢竟相識一場。」見胤禟不語，他又跟著道：「頂死案的事，主子已經設法在查，相信很快能得到消息。主子說了，只要二位爺能讓她完成這個心願，她以後必一心替二位爺辦事，雍王府在二位爺面前將再無祕密可言。」

「哦？」胤禟劍眉微微一挑。聽長壽的話，佟佳氏往後似乎會心甘情願替他們辦事，而非像現在這樣被脅迫，若當真如此，自是最好。不過他直覺事情沒那麼簡單，何況對付胤禛，對佟佳氏並無好處，她何以突然轉變態度？

當胤禟以此相問的時候，長壽略有幾分遲疑，隔了一會兒方吞吐道：「不瞞九爺，其實主子對傅相公一直未能忘情……」

只憑這一句就夠了。想是那佟佳氏念起了昔日的舊愛歡好，動了心思，什麼喜歡聽他唱戲，什麼再見一面，不過是藉口罷了，真正的原因是她想再續舊情。

想到這，胤禟漸漸露出一絲笑意。老四不是一直自詡嚴謹嗎？如果他曉得自己被人戴了綠帽子不知會是怎樣一副表情，想來十分精采，真是迫不及待想要一觀。能讓胤禛難過的事，胤禟自然不會放過。何況若佟佳氏當真做出淫亂之事，那麼她握在八哥手中的把柄就更重了，永生永世都休想擺脫。

如此想著，胤禟心中一陣舒爽，略一思忖道：「既是這麼一回事，那好吧，我會讓傅從之回到他原來的戲班，至於怎麼入圓明園，那就是你主子的事了。」

長壽大喜過望，連連作揖道：「多謝九爺成全，主子必會感念九爺恩德！」

如此，事情定了下來，胤禟將被軟禁在郊外園子中的傅從之放回朝雲戲班，不過依然派人時刻盯著他，以免出意外。

八月十五中秋過後，佟佳氏收拾了東西前往圓明園暫住。就在入園的前一天，她藉口想看戲，傳了整個朝雲戲班，一切皆如她所設想的那般。

唯一令佟佳氏不悅的是，入園的並不只她一人。凌若在得知她要去圓明園後，竟也說要去，如此一來，竟像是引發了連鎖反應一般，年氏、瓜爾佳氏等人皆言稱從不曾去過圓明園，想去一觀。到最後，竟是浩浩蕩蕩十餘輛車，府中但凡有些恩寵的女子皆去了圓明園。

這樣多的人，對想在暗中進行某些事的佟佳氏而言絕不是一件好事，無奈這是她唯一的機會，錯過了往後就再也抓不住了。

第二百三十一章　入園

在去圓明園的路上，凌若與瓜爾佳氏同坐在緩緩行駛的朱紅色油壁馬車上。暴露在碎金色秋陽暖光下的車廂內略有些悶熱，凌若遂將兩邊的車簾打了起來，用一條暖煙色的絲繩束起，任由秋風吹拂在臉上，帶起柔軟的髮絲在空中自在飛揚，猶如頑皮的小孩。

瓜爾佳氏一邊搖著團扇一邊似笑非笑地道：「怎麼突然又想去圓明園了，可別告訴我是惦念那邊的風景。妳可是才回來沒多久，縱使風景再好再美，也不用著趕這麼一時半會兒，還非要拉著我與溫姊姊也過來。」她與溫如言先後與胤禛說起想去圓明園，並不是當真好奇想見見園子的風景，而是凌若暗中授意。

凌若把玩著團扇下用核桃雕成八仙過海式樣的扇墜，秋陽在她身上灑落一身明媚金色。「姊姊不曾去過那園子，自然不曉得園子的好，其景色優美清麗，非尋常所能見。」

瓜爾佳氏聞言，用扇子輕輕拍了凌若一下，嗔道：「在姊姊面前還說這等話，快從實招來，到底是為了什麼？可是為著佟佳氏？」

「姊姊既然已經知道了，何必再問我呢。」凌若捋一捋不時吹拂在臉上的頭髮，淡淡道：「李衛一直盯著佟佳氏，曉得她數次派長壽出府，之後又莫名提及想去圓明園的事；再然後就是人還沒到，先招了個戲班子。這一切，姊姊不覺得有些奇怪嗎？」

「妳是說佟佳氏做這一切另有目的？」瓜爾佳氏亦有一副七竅玲瓏心，自是一點就透。

「興許吧。」凌若瞇一瞇眼，從車廂暗格中取出一個繪有梅花圖案的酒壺還有與之相配的兩個酒杯，倒滿後遞了一杯給瓜爾佳氏。「佟佳氏做事很小心，心思又縝密，所以許多事情我都猜不透，不過可以確定一點，她絕不是單純去賞景那麼簡單，很可能是想做什麼。她刻意跑到圓明園去，無非是怕府中人多嘴雜，想尋個清淨地方；而今我們這麼多人都去了，她縱是想清淨也淨不了。」抿了一口清酒，有梅花的香氣在脣齒間蔓延。香不在酒中，而在杯壺之中。

這套寒梅傲雪酒具，是康熙賞下來的，其特別之處在於任何東西倒在其中，都會染上梅花清雅的香氣。據說是因在燒製這套酒具時，用了可以擺滿整整一個房屋的梅花所致，成形後又浸在從梅花中提煉出來的花液當中，日久天長，梅花之香已經徹底融在這套酒具之中。

尋遍天下，也尋不出第二套來；而且燒這套酒具的師父已經過世了，具體燒製方法無人知曉，近乎絕跡，更顯得這套酒具珍貴非凡。

太子曾問康熙討要過這套酒具，康熙未給他，卻在病好後的一次召見中賜給凌若。凌若很是喜歡，所以這次去圓明園亦帶了過去。暗格四周皆鋪有厚厚的軟墊，不論馬車怎樣顛簸都不會傷到酒具，何況胤禛他們走的皆是官道，想要尋一個顛簸的地方出來也難。

瓜爾佳氏抿脣一笑道：「眼下可是如妳所願了，聽得咱們要去，妳瞧瞧府裡哪個主子坐得住，一個個皆要去，眼下連嫡福晉也去了呢。」

那拉氏與胤禛一道坐在最前頭象徵親王身分的金頂朱帷馬車之中。

凌若聞言，嗤笑一聲道：「她自是要去盯著，不然怎麼放心得下，咱們這位嫡福晉可是細心關懷得很呢！」

提到那拉氏，瓜爾佳氏亦是一陣嫌惡。看似慈眉善目的外表下是一顆癲狂嫉妒到扭曲的心，她失去的東西也不許別人擁有，譬如孩子，譬如恩寵。那拉氏才是這個王府中最可怕的人。

當下她擺擺手道：「算了，不說這個人了，再說下去，我連妳這世上罕見的梅花杯所盛的酒也喝不下去了。」

凌若笑笑不語。

待日上三竿之時，終於到了圓明園。在車中坐了一上午的諸位主子們在各自隨從的攙扶下下車，初看圓明園外已頗覺不錯，待入內時，依然被迷花了眼。圓明園二十四景，每一處都美輪美奐，令人目不暇接。

這一次除了王府中的諸位福晉，靈汐、伊蘭、弘時、涵煙，包括才剛滿三個月不久的福沛都來了。年氏視其如寶，自是走到哪裡帶到哪裡，左右有那麼多乳母伺候，也沒什麼影響。她一聲令下，連福沛平日裡睡的搖床都搬了過來。

胤禛自是住鏤月開雲館，至於凌若則還是住了上次住過的萬方安和，那拉氏住了方壺勝境，年氏則是杏花春館，佟佳氏是月地雲居，溫如言是魚躍鳶飛。

圓明園二十四景固然各有千秋，但上述幾處無疑相對略勝一籌，能住在裡面的，不是膝下有子嗣就是特別得恩寵者，旁人只有豔羨的分兒。

稍事休整後，凌若便將李衛和小路子喚過來，命他們暗中盯著佟佳氏所住的月地雲居，不要放過任何異常之處。臨了，她望著兩人道：「這些日子要你們日夜盯著佟佳氏，實在是辛苦了，不過除了你們，我也找不到更合適的人選。待查清楚佟佳氏來這裡的目的，你們就不必這麼辛苦，可以好好歇息一番。」

兩人連忙搖頭稱自己無事，李衛更是道：「能替主子剪除這個心腹大患，奴才們就算再辛苦百倍也值得。」

凌若點點頭，命兩人下去後，又喚來阿意道：「如何，可從妳哥哥口中問出什麼來？」

狗兒與周庸一樣，是胤禛的貼身奴才，他們與胤禛在一起的時間，遠比自己這些人長得多，知曉的也更多。所以她讓阿意暗中去問狗兒，看看有什麼事是自己不知道的。

儘管過去有些年了，阿意臉上的傷疤依舊很明顯，也正是這塊疤令她無心於婚娶之事。

這一次，阿意竟然意外地搖起了頭。「哥哥說有些事他現在還不方便說，主子耐心等下去就知道了。總之這次對主子絕不是什麼壞事，主子盡可放心。」

聽得阿意依樣畫葫蘆唸出來的話，凌若心中微動。儘管狗兒沒說什麼實質的東西，但卻透出一個訊息，那就是胤禛對佟佳氏的疑心並未消去，這就足夠了。

第二百三十二章 傅從之

這一夜，佟佳氏點了朝雲戲班在曲院風荷中開戲，點的是《長生殿》與《牡丹亭》。

天還未暗，曲院風荷已經燃起盞盞絹燈，將這一處照得猶如白晝一般。戲臺之上，戲子、樂師乃至打雜的正不停地忙碌著。

在早早來到此處的佟佳氏起身後，她和顏悅色地問：「聽說這個戲班有一個頭牌姓傅，很是不錯，不過有些年沒見他出來唱戲了？」那拉氏牽著已經四歲的弘時來到曲院風荷，身後還跟著與伊蘭同年的靈汐。

佟佳氏微微一笑，神色如常地道：「回嫡福晉的話，正是呢。以前妾身尚在家中時去聽過幾回，那傅姓戲子演得極好，活脫脫就是一個從戲中走出來的人。前幾年說是家中老父病亡，所以守孝墳前，直至孝期滿了才重新回到戲班。」

「倒是一個孝子。」那拉氏微微點頭。今夜的她悉心打扮過，一襲絳紅錦服，重重金銀絲線繡出纏枝寶相花，間綴以珍珠；散發著淡淡菊花香氣的烏髮盤結成髻，髮間插著一套赤金雙鳳紅翡滴珠步搖，垂下累累珠絡，明月之下，光華耀眼。精心修飾過的妝容大方得體，無一絲不妥之處，盡顯嫡福晉的風華。

那拉氏剛在最前排的椅中落坐，就有侍女奉了茶上來。佟佳氏先接過試了試茶盞的溫度後，方才小心地遞給那拉氏。「水溫剛剛好，嫡福晉請喝茶。」

那拉氏對她的恭謹甚是滿意，伸手接過茶，剛抿了一口就聽得弘時小聲道：「額娘，孩兒想去玩一會兒可以嗎？」他眼巴巴地看著放於水面上的花燈，從剛才來時就一直盯著呢。

曲院風荷顧名思義，自是有荷有水，不過眼下早過了荷花盛放的季節，蹤跡無處可尋，所以便放了一些荷花燈在水中，極是漂亮，還有侍女撐著小舟穿行於水面花燈之中。

柳眉微不可見地皺了一下，那拉氏望著一臉渴求的弘時，柔聲道：「戲就快要開始了，弘時聽話，乖乖坐著好嗎？你若喜歡花燈……」她話音一頓，看向靈汐道：「去撈一盞來給弟弟玩耍吧。」

「是。」靈汐乖巧地答應一聲，起身離去，不多時捧了一盞精緻美觀的花燈遞給弘時。弘時儘管不樂意，但還是聽話地接過花燈，悶悶低頭坐在椅中。

隨後，人一個接一個而來，不多時椅子已經坐滿了七七八八。胤禛是與年氏一道來的，待他們都坐定後，戲開場了。

「七月七日長生殿，夜半無人私語時。在天願作比翼鳥，在地願為連理枝。」這是《長生殿》開場時的一段話，述說了唐明皇與楊貴妃這段堪稱不倫又催人淚下的愛情故事。

從楊貴妃的由生到死，再到唐朝的由盛至衰，還有楊貴妃死後，唐明皇對她的哀思之情，皆演得絲絲入扣，看得人聚精會神，因戲而悲歡喜樂，連胤禎也極是入神。

戲臺之下，唯一覺得無趣的，怕就是弘時了。對於年僅四歲的他而言，情愛悲歡太過深奧，根本看不懂。坐在那拉氏下首的佟佳氏怔怔望著戲臺上化身唐明皇的那個男子，儘管化了妝，但還是能一眼認出他是傅從之。那個自己曾經以為深愛的男子，年少的自己為了他，甚至不惜在入宮前相約私奔。

不過很可惜，最終被家人在一所破廟中找到帶回了家。臨走前，她聲淚俱下地告訴傅從之，讓他等著自己，二十五歲年滿出宮之時，就是他們團聚之日。

曾經那段刻骨銘心的愛戀，如今再回想起來，只有一個感覺——荒謬可笑！昔日的自己真是太天真了，居然會以為情愛就是一切，相信什麼情愛無價、天荒地老，那種虛幻不可捉摸的東西能填飽肚子、享有錦衣玉食的生活嗎？

戲子終歸是戲子，終其一生亦難登大雅之堂！

幸好，幸好阿瑪將自己找了回來，又幸好自己省悟過來，清醒認識到什麼才是對自己真正有利的，沒有繼續錯下去。榮華權勢，才是她現在想緊緊抓住的東西，若連飯都吃不飽，還談什麼情與愛。

一齣《長生殿》作罷，眾人紛紛叫好。尤其是那個演唐明皇的戲子，情意相融，彷彿真是李隆基跨越千年而來，胤禛還特意命狗兒拿五百兩銀子賞那個戲子。

直至絲弦聲盡落，傅從之依然久久不能從戲中抽身。那段愛戀儘管在當時為人不容，儘管李隆基以帝皇之尊生生壓下反對的聲音，然這並不能掩蓋帝妃之間那份世所罕見的痴戀真情。

「從之，晚點卸妝，先去謝謝雍王爺賞銀！」

傅從之退到臺後，年過半百的班主忙不迭地過來催促，他手裡牢牢握著一張五百兩的銀票，嘴都快咧到耳後了。

前幾日，離開數年的傅從之突然出現，還說要重回戲班唱戲；第二日，已經許久不曾出入過達官貴人府中的朝雲戲班突然接到雍王府傳話，命他們在今日來圓明園唱戲，酬銀是平日的五倍，唯一條件就是傅從之必須要去。

班主雖然奇怪雍王府的人怎麼會知道傅從之回到戲班，不過這筆銀子對他來說太重要了。有了這筆錢，不只可以交了這一年的租金，還可以在很長的一段時間內不用憂心銀兩之事，所以沒顧著多想就來了。

至於傅從之這些年去了哪裡，班主也問過，傅從之回答是老父突然病亡，他當時悲痛難耐，顧不上向班主辭行就回去奔喪，之後又守了幾年的孝，直至如今孝期滿了，才想回來重新登臺。

第二百三十三章　中計

今日傅從之的第一次登臺令班主很滿意，離開三、四年時間的他並沒有將功底落下，依然演得唯妙唯肖，令人讚嘆。這不，剛第一場就得了幾百兩的賞銀，傅從之當真是他的福星。

且說傅從之在班主的陪同下來到胤禛面前，還沒來得及行禮，那雙眼尾略彎、形若桃花的眼睛掃過胤禛身邊的女子，頓時如遭雷擊，忘卻了一切，滿眼都只有那名容色婉約如蘭花的女子。她……她怎麼會在這裡？她不是以官女子的身分入宮為宮女了嗎？為何……

「從之，還不快跪下謝雍王爺賞！」班主催促了他數次都不見他有反應，不由得心下奇怪，抬眼順著他近乎呆滯的目光望去——初見時還不曾反應過來，待得仔細一想，班主頓時大驚失色。這……這不是當初那個曾與從之私奔，最後又被找回來的女子嗎？怎麼會在這裡遇見，還坐在雍王爺旁邊？

見傅從之一直呆呆地盯著自己，佟佳氏儘管心中不悅，卻不便發作，只低頭撥弄著護甲上的珍珠。

倒是年氏看到這略顯怪異的一幕，拿絹子掩嘴笑道：「這戲子好生奇怪，一過來就盯著佟妹妹不放，莫不是曾經相識吧？」

她這話聲音不小，旁邊的人皆聽見了。幾乎是同一時間，凌若與那拉氏的眼皮跳了一下，不過皆沒有出聲。

至於佟佳氏，簡直猶如聽到悶雷在耳畔滾過，驚出一身冷汗。她怎麼就忘了還有這事，傅從之乍然見她，必然難以自持，萬一他說出什麼不該說的話來，對自己可是大大不利。

她心中焦急，面上卻不敢露出絲毫，慢悠悠抬起頭，一臉茫然地道：「姊姊是在說我嗎？」不待年氏作答，她又認真地看了傅從之一眼，搖頭道：「並不認識呢。你見過我嗎？」

見佟佳氏如此問話，傅從之心中極不好受，再加上剛才年氏又喚她妹妹，傅從之縱是再笨，也猜得到佟佳氏此刻的身分。雍王府福晉，胤禛的女人！

傅從之心亂如麻，幸得此刻臉上猶帶著妝，旁人並不能看清他神色間的變化。直至班主暗中拉了拉他的袖子，他才回過神來，垂目低聲道：「是小的眼拙認錯了，誤將這位福晉認作小的以前認識的一名女子。」

聽到這裡，凌若突地開口：「那人與佟福晉相貌很相似嗎？」

傅從之飛快地看了佟佳氏一眼，艱難地道：「確有幾分相似，不過小的所認識的那人並沒有佟福晉這樣的福氣，不過是一個普通女子罷了。」

「那她現在人呢？」在問這話時，凌若一直在暗中注意佟佳氏面部表情。

「不知道，她只是來看過幾場戲而已，已經很久沒見了。」儘管氣佟佳氏食言，也氣她不認自己，但他始終狠不下心拆穿她的謊言。

凌若點點頭，沒有再問下去。班主見狀，趕緊拉了傅從之謝過恩賞，退回到後臺，準備另一場《牡丹亭》。

在開場之前，胤禛睨了神色沉靜的佟佳氏一眼，淡淡道：「我記得這個戲班是梨落專程請來的吧？」

佟佳氏心中一跳，忙回道：「是，妾身以前尚在家中時聽過他們的戲，極為不錯，所以便派人去請了來。四爺這麼問，可是有什麼不對的地方？」

「沒有，我隨便問問罷了。」胤禛隨意回了一句，這個時候臺上的布幕再次拉開，他遂又將目光轉回戲臺。「看戲吧。」

這齣戲傅從之沒有出現，不曉得是原就如此，還是臨時換的。戲依舊極好看，只是佟佳氏再沒了看戲的心思，滿腦子想的都是胤禛剛才問的那幾句。難道他知道了什麼？話幾次到嘴邊都忍了下來。

好不容易熬到這齣戲也唱完，弘時已經睏得直點頭了。

那拉氏正欲抱了弘時回去，一回頭，胤禛已然抱起他，同時對那拉氏道：「我陪妳回去吧，有陣子不曾去看妳了。」

「嗯。」那拉氏有些受寵若驚，牽了靈汐的手一道往方壺勝境而去，留下一眾心思各異的人。

廉郡王府中，胤禟在談話中無意說起他放了傅從之回戲班，胤禩一聽之下立刻臉色大變，追問他究竟是怎麼一回事。

待聽完事情始末後，胤禩連連頓足道：「傅從之是咱們控制佟佳氏的一顆重要棋子，你怎麼能放他走呢？老九你平日裡那麼精明，怎麼此次這般糊塗啊！」

胤禟不以為然地道：「八哥怕什麼，一個戲子難道還敢跑了不成？他若真敢動那個心，就算是跑到天涯海角我也要把他揪回來。再說了……」陰冷的笑意浮上臉龐。「八哥不想看看老四知道自己戴綠帽子時的表情嗎？」

這才是他放傅從之回去的主要原因。等他們利用夠佟佳氏之後，就將她與人私通的消息傳揚出去，到時候，胤禛必將淪為天下人的笑柄。

「糊塗！」胤禩氣急敗壞地喝斥一聲，負手在屋中踱了幾個來回，方才勉強壓下心中的怒氣。「我擔心的不是傅從之，而是佟佳氏！」

「她？」胤禟被他說得一陣糊塗。「她怎麼了？」

胤禩目光一陣閃爍，盯著胤禟一字一句道：「我擔心她會殺人滅口！」

這話驚得胤禟起一陣身冷，霍然起身道：「這不可能吧？」

胤禩冷聲道：「有什麼不可能？佟佳氏可不是蠢女人，相反的，她聰明得很，早在派人來前就摸清你我的心思，否則那下人何至於被我拒絕後還特意去找你？那番話不過是為了迷惑你，讓你以為可以抓到她更深一層的把柄，從而將傅從之送到她面前，好讓她親手除掉，從此就再沒有人可以控制得了她了！」

第二百三十四章　月地雲居

「她曉得可能騙不過我，所以事先做下兩手準備。老九啊老九，你中了那個女人的計啊！」胤禩痛心疾首地說著。也怪他，當時沒想到這一點，所以不曾交代老九，現在說什麼都晚了。

胤禟聽得一陣發愣，良久才找回自己的聲音：「是否是八哥想多了，傅從之好歹與她有過一段情，不至於要下這麼狠的手吧？」

「怎麼不可能？」胤禩冷冷掃了他一眼。「這世間多少人為了一口飽飯將妻女賣入青樓，連至親之人都能夠推入火坑，何況是一個曾經愛過的人。老九，對於佟佳氏，你知道的還是太少了。這個女人心機極深，而且目的性很強，相信我，只要能保她自己安然，殺一個傅從之絕不會手軟。」

聽到最後，胤禟已是怒不可遏，一掌拍在茶几上，震得茶盞跳起老高。「好一個佟佳氏，吃了熊心豹膽的賤人，居然敢耍我？不行，我要立刻把傅從之抓回來，以免讓她有機可乘。」

「沒用的。」胤禩輕輕嘆了口氣，喚住已經走到門口的胤禟：「傅從之一回去，佟佳氏應該就已經以聽戲為名召他入園，你現在去也不過撲個空。此事，是咱們輸了。」說到此處，他盯著自己掌紋清晰的手掌。佟佳氏本是一顆極好用的棋子，可惜一時疏忽，給了這顆棋子跳出掌控的機會。

「那咱們就這麼算了？」胤禟生生止住腳步，憋屈地問道。從來只有他算計別人的分，不想這回卻是讓人算計了，還是一個女人，這口氣實在嚥不下。

「事已至此，回天無力，只能往後再尋機會了。」扔下這句話，胤禩離開了此地，留下一臉陰沉的胤禟。

翌日一早，班主正在小院中督促戲班的人練功，忽見畫眉走進來。他雖然不認識畫眉，卻曉得這府裡哪一個人都不是他能得罪的，當下殷勤地迎上去道：「不知這位姑娘如何稱呼？可是有什麼事吩咐小老兒等人？」

畫眉抬一抬下巴，倨傲地道：「我是誰你不用知道。傅從之在嗎？我家主子讓他過去一趟。」

「不知妳家主子是哪位貴人？」班主小心地問了一句，見畫眉目光橫過來，趕緊低下頭，唯恐惹她不悅。

「我家主子是佟福晉。」畫眉答了一句，不耐地催促：「快叫傅從之隨我一道過去，莫讓我家主子久等。」

聽得是佟福晉的人，班主心裡咯登一下，不敢多問，答應一聲，快步來到傅從之屋內。

見不透光的簾幔依舊垂落在地，他不由得暗嘆一聲，上前掀開簾子讓追隨在身後的陽光灑落，望著直直躺在床上的那個人，低聲道：「從之，佟福晉要見你。」

突如其來的光線令傅從之很不習慣，抬手遮住睜了一夜的眼，發出譏諷的笑聲。佟福晉……她是佟福晉了……

「我不想見。」他別過頭，淡淡地說著，透著無盡的心灰意冷。

「唉！」班主重重地嘆了口氣，在床邊坐下道：「別嘔氣了，人家現在是福晉，高高在上，她要見你，你還能說不見？」見傅從之不理會，他又勸道：「去吧，總歸是相識一場，去見一見也好。難道你不想問清楚她為何突然成了雍王府的福晉嗎？」

傅從之痛苦地閉上眼，靜默半晌後，勉力從床上撐了起來。

傅從之隨畫眉前往月地雲居的事，被一直在留意佟佳氏動向的李衛看在眼中。直至無法再跟蹤，方才暗自回了萬方安和，向凌若稟告此事。

彼時，凌若正在裁剪一塊桃紅色的料子。她準備做一件小衣給涵煙，對於這個溫如言好不容易得來的孩子，她視若己出。

「昨夜演唐明皇的那個戲子？」凌若眉梢一提，停下了手中的銀剪子。昨夜她瞧傅從之看佟佳氏的目光就覺著有些不對，此刻再聽到這個消息，越發覺得當中有蹊蹺。

見凌若不說話，李衛又道：「另外奴才還打探到一些事，原來傅從之在三年前曾離開戲班，直至數日前才回來。一回來，佟福晉就請了朝雲戲班來園中唱戲。」

三年前……也就是康熙四十五年。想到這裡，凌若忽地心中一動，她記得佟佳氏就是這一年入的府，兩者是否有什麼聯繫？

「能查得到傅從之離開是為了什麼嗎？」凌若追問道，眼前一直浮現昨夜傅從之看佟佳氏的眼神。

「聽戲班的人說，當年傅從之離開時很匆忙，和誰都沒說。正因為他突然離開，才令戲班陷入困境。直至再度出現時，方才說是因老父去世，急於回去奔喪，並且在老父墳前守孝三年。」

原本在替凌若比著裁下來的小衣片的墨玉聽到李衛這席話，抬頭道：「這不該吧？就算再急也不至於連說一聲的時間都沒有啊。」

凌若讚許地看了墨玉一眼，低頭摸著銀剪子冰涼鋒利的刃口，沒有立即說話。倒是李衛問：「聽說傅從之的老家在宿州，要不要奴才讓毛氏兄弟派人到宿州去打探打探？」

「宿州離這裡兩百餘里，一來一回太耗時間，而且人海茫茫，想要打探一個人哪有這麼容易。」在否決了李衛的提議後，凌若起身在屋中走了幾步。

阿意走進來，手中捧了一束新鮮摘下來的秋杜鵑，仔細地插在粉彩大花瓶中。手指撫上開得正豔的秋杜鵑，嬌嫩的花瓣上還帶著清晨的露珠。望著瑩白指尖那一點兒溼潤，她緩緩道：「不必捨近求遠，一切根源都在傅從之身上，盯住他就行。月地雲居有很多人……」笑意在凌若臉上浮現，銀剪子重新落在錦緞上，沿著之前畫好的線，準確無誤地將一片袖子剪裁成形。

「奴才明白了。」李衛何等乖覺，聽到這半句話立刻反應過來，含笑垂手退下。他們固然收買不了佟佳氏身邊親近之人，可是月地雲居眼多人雜，林子大了什麼樣的鳥都有，不見得每一個人都會對佟佳氏忠心耿耿。

第二百三十五章　戲子

暫且不提李衛如何安排，只說傅從之到了月地雲居後，在門口磨蹭許久方才鼓起勇氣踏進去。甫一跨過門檻，便看到那個牽動自己所有悲歡喜樂的女子站在那裡，明眸間似有水氣氤氳。

看到傅從之進來，佟佳氏揮手示意眾人退下，待四稜朱門重重闔起，只剩下他們彼此相對時，她輕呼了一聲：「傅哥哥！」

傅哥哥……曾經，這個稱呼承載了所有的歡樂美好，可是如今再聽到，只覺得無比諷刺。

傅從之強捺住心中的刺痛，後退一步，與佟佳氏拉開些許距離後，冷聲道：「草民不敢當福晉如此稱呼。」

佟佳氏睫毛輕動，一滴透明無瑕的淚珠滴落衣襟，眉眼間是無言的悲傷。「傅哥哥，你在怪我是不是？」

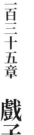

明明恨她背叛了彼此的誓言，可是看到她落淚，他依然心痛如絞，不覺語氣放緩了幾分。「不敢，只是很多事我不明白。」

「唉。」佟佳氏輕嘆一口氣，不顧傅從之的反對，拉了他的袖子同在椅中坐下，含淚道：「傅哥哥，我知道你怪我，但是你一定要相信我。在梨落心中，從未有一刻忘記與你的誓言。」她以手撫心，鄭重道：「只要這顆心還在跳動，就永遠不會忘。」

傅從之愣愣地看著她，那雙形若桃花的眼眸浮起陣陣迷茫。梨落……她是說真的嗎？真的從不曾忘嗎？

不得不說佟佳氏很懂得揣測他人心思，只這幾句話就令傅從之的心重新有了死灰復燃的跡象。

她螓首微低，有更多的淚落下，猶如一樹帶雨梨花，我見猶憐。於朦朧淚眼中，她摘下別在髮間的金鳳展翅步搖，厭棄地摜在地上。「你道我真願意做這個福晉嗎？」

步搖墜地，發出「叮鈴」的一聲脆響。「傅哥哥，我寧願與你一起平平淡淡過一輩子，也好過在這裡當勞什子的側福晉。」

「妳、妳說真的嗎？」傅從之顫聲問道，臉上有難掩的激動。一直以為梨落為了榮華富貴背棄了他們曾經的約定，如今聽來，似乎並不是這麼一回事。

異光在佟佳氏眼中一閃而逝，身子不住顫動，彷彿承受著極大的痛苦。「我何時騙過你？傅哥哥，你不知道，我真的好想你，在這府裡的每一日我都在盼著能再見你。」

淚不斷滑過臉頰，滴落在華衣上，痛了傅從之的心。他手不自覺地伸出去，撫去她臉上的淚痕，低低道：「不要哭了。」

手未來得及抽離，已被佟佳氏緊緊握住，貼在溫熱溼潤的臉頰上。她低低啜泣道：「傅哥哥，不要離開我好不好？我真的不想再一個人了！」

傅從之沒想到她會有這樣的舉動，一時竟不知說什麼是好，良久方有聲音從薄薄的唇間傳出：「妳怎麼會是一個人呢？雍王爺那樣寵妳。」

儘管他聲音很輕，還是一字不落地傳入佟佳氏耳中，她用力地搖頭道：「那不一樣，他再寵我、喜歡我，我對他都沒有任何感覺。在我心中，永遠只有傅哥哥一個人。」

這番話令傅從之悸動不已，看向佟佳氏的目光漸露溫柔。「既然如此，妳為何要嫁給雍王爺為妾？」

見他終於問出這句話，佟佳氏心裡一鬆，曉得傅從之已經上鉤了，面上則露出悲苦之色。「傅哥哥，你當我願意嗎？只是身不由己罷了。我入宮之後，被宜妃娘娘指來雍王府伺候，原想等到年滿二十五就離開，不想卻被雍王爺看中，要納為我妾。我自是不肯，百般拒絕，無奈雍王爺心意已定，根本容不得我說一個不字，甚至以我父母兄弟之命來要脅，為了保全家人，我才委身於他。其實我心中對他根本沒有愛意，在雍王府度日如年，生不如死……」
說到後面，佟佳氏已嚶嚶哭了起來。「昨夜我之所以不敢與你相識，也是怕雍王爺會遷怒於你。他這人喜怒無常，嫉妒心又重，平日裡沒事都要疑東疑西，若讓他曉得你我相識，縱然不提其他，也必然不會放過你。」
隨著她這句話，傅從之心裡最後一根刺也軟了下來，睇視著她滿是淚痕的臉龐，歉聲道：「對不起，梨落，是我誤會妳了，以為妳為了側福晉之位而忘了我們的海誓山盟。只是，妳這樣讓人傳我來，萬一他動了疑心——」
「我顧不得那麼多了！」佟佳氏打斷他的話道：「在雍王府的每一日我都在想你，我曾讓人去朝雲戲班找過你，可是他們說你離開了戲班，不知去向。之後我每隔一段時間都讓人去打聽你是否回來，總算皇天不負苦心人，讓我又再見到了傅哥哥。」說到這裡，她故作迷茫地道：「對了，傅哥哥，你這幾年到底去了哪裡，為何不聲不響就走了？」
聽到這個問題，傅從之一陣苦笑。「說實話，連我自己都不曉得。」見佟佳氏訝異，他回憶道：「康熙四十五年，妳入宮沒多久，有一日我睡醒後突然發現自己身在一個陌生的園子裡。那裡有專人負責我的衣食起居，好吃好喝，但就是不讓我離開，也不告訴我這是在哪裡。我所能走動的範圍僅限於那個園子，門外有許多人把守，我想盡辦法也無法避過他們的耳目，這一軟禁就是整整三年。」
「在那裡沒有人可以說話，也做不了任何事，只能每日唱戲解解悶。直到前幾日，有人來告訴我可以走了，但往後若有人問起我這些年在哪裡，都必須說是回家奔喪，不允許透露在那裡的一個字，否則必將殺之。」

儘管只是回想，但憶起那人在說這句話時的狠厲表情，傅從之依然一陣心驚，將此事掩藏了下來，直至今日方才提及。臨了，他叮囑：「妳是第一個知道的人，萬萬不可告知他人。」

「竟然有這等事？傅哥哥可知軟禁你的人是誰？」佟佳氏故意這般問。

「不曉得，但能有這樣的園子與下人，身分非富即貴，我並不記得自己與這樣的人打過交道。」縱然以前曾去那些高宅大院唱戲，也不過是唱完就走，他一個小小戲子根本不可能與那些達官貴人有交集，實在令人百思不得其解。

第二百三十六章　請君入甕

佟佳氏安慰道：「只要人沒事就好，這三年就當作夢一場吧。」

傅從之定定地看著她，許久，一聲無奈的嘆息響徹在月地雲居：「是啊，一切皆當夢一場。」

在佟佳氏尚未明白這句話的意思時，傅從之已經抽身站起，朝佟佳氏深深作了一揖。「草民明白了，從今往後，草民會將一切都忘記，絕不會吐露與福晉的任何關係，福晉儘管放心。」

他抬眼，那雙桃花眼中已浮起一層朦朧的霧氣。「草民每日都會在佛前為福晉上香三炷，乞求佛祖保佑福晉一生平安富貴。」

當佟佳氏聽到傅從之這句發自肺腑的話時，有那麼一瞬間的感動，然很快就被利益壓倒。看到傅從之要走，她上去從背後緊緊抱住他，急切地道：「不要走，傅哥哥，不要離開我！」

「請福晉自重，萬一讓人瞧見了，福晉跳進黃河也洗不清了。」傅從之艱難地拉開佟佳氏的手。天知道他有多麼不捨，可是他必須要壓抑住自己的感情，否則只會害了梨落。

「我不管！」佟佳氏不住搖頭，任性地又抱上去，死死抱住傅從之溫暖的身體。「傅哥哥，我再也不要放手，我愛的始終只有你一個！」

笑話，傅從之若就此一走了之，她後面的戲要怎麼演下去。

一個「愛」字，瞬間讓傅從之的鼻息粗重起來，手握緊又鬆開，狠不下心再去掰開佟佳氏的手。「梨落！」

時隔三年之後，她再一次聽到他喚她的名，手指溫柔地覆上她冰涼的指尖。

「我也捨不得與妳分開，可是一切皆回不到過去，妳已貴為雍王府福晉，如何還能與我這個小小的戲子在一起。」

「我不聽！」她撲進轉過身來的傅從之懷裡，泣聲道：「總之我一定要與傅哥哥在一起。」

「明知不可為而為之，梨落妳這又是何苦。」他每一個字都像是有刀從心間狠狠劃過，痛至五臟六腑。

佟佳氏從他懷裡抬起頭，淚眼迷離地說出她準備許久的話：「傅哥哥，你帶我離開這裡好不好？離開這個籠子一樣的王府，我想與你過自由自在的日子，哪怕吃糠嚥菜我也願意，只要能與你在一起。」

傅從之被她的話嚇了一大跳，趕緊捂住她的唇。「不要胡說！萬一讓人聽見了可不得了。」

「不是！」佟佳氏掙開他的手急急道：「我是說真的，傅哥哥，你帶我離開這裡吧。好不容易才將你盼來，我死也不要再與你分開，求你！求你帶我離開好不好？再這樣待下去，我會發瘋的。」

「梨落，妳知不知道妳自己在說什麼？」睇視著那張動人心魄的臉龐，傅從之不知該如何是好。

佟佳氏認真地回答：「我很清醒地知道自己此生只想與傅哥哥在一起！」

帶梨落逃離雍王府？這個念頭在她說出口之前，傅從之連想都沒想過，可是看著她的臉龐，他又無論如何說不出拒絕的話。

佟佳氏並不著急，仰頭靜靜等待著傅從之的回答，她有信心會聽到自己需要的那個答案。連偌大一個雍王府她都可以過得游刃有餘，區區一個傅從之又怎麼逃得出她的掌心？

果然，傅從之道：「可是，那很危險，如果王爺發現妳不見了的話，一定會派人四處追尋，若讓他找到我們……」他嘆口氣，緊一緊握著佟佳氏的手道：「我倒是無所謂，不過是性命一條罷了。可是妳呢？梨落，王爺不會放過妳的。」

「可是如果沒有被他找到呢？傅哥哥，那我們從此就可以過著男耕女織的日子，生一堆孩子，除非……」佟佳氏目光一黯，垂下頭低聲道：「除非你嫌棄我已非清白之軀。」

「傻瓜。」傅從之動容地道：「我傅從之不過是一名小小戲子罷了，也不知幾世修來的福氣能得妳追隨，甚至連側福晉的尊榮都可以棄如敝屣，感動還來不及，又豈會有半分嫌棄。」

「那就帶我走！」

佟佳氏的一再哀求，終於令傅從之下定決心，咬牙道：「梨落，妳仔細想清楚，是否當真要放棄一切隨我走？」

「是！」佟佳氏想也不想就用力點頭。「此生我只願做傅哥哥一人的妻子。」

她這句話令傅從之眼中爆發出從未有過的光彩，攬了佟佳氏的香肩，凝聲道：「好！梨落，為了妳，甘冒殺身之險。」

埋首於傅從之胸前，佟佳氏露出一抹詭異的笑容。

婊子無情，戲子無義。一個戲子的情義能值幾斤幾兩，豈可與雍王府福晉之位相提並論，不自量力！

不過，能以他一命，換自己往後無憂，也算值了。

傅從之，去了陰曹地府不要怪我，要怪就怪你自己太蠢，連真話假話都分不清！

在傅從之離開前，佟佳氏收拾了一包金銀細軟讓他拿著，之後她有事先行離開，臨行前讓傅從之一定要將她親手沏的柚子茶喝完後再走，約好今夜子時在離圓明園不遠處的一座荒廟中見，隨後一起離開京城。

一直等回到暫居的屋中，傅從之還有一種如在夢中的感覺。半天之間，大起大落，從谷底到雲端。

握著手裡那包沉甸甸的細軟，傅從之的心漸漸安穩下來。一切都是真的，不是自己白日做夢，梨落真的願意拋下榮華富貴隨自己一起離開。

傅從之是歡喜的，他並不知道，這將是他生命中的最後一點兒歡喜，接下來等待他的將會是煉獄一般的未來，沒有色彩、沒有陽光，灰暗成為了他生命中永恆不變的色彩。

第二百三十七章 放火

在夜幕來臨之前，狗兒踏進了鏤月開雲居。彼時，凌若正陪胤禛坐著看摺子，見狗兒進來後卻不說話，她識趣地站起來，微笑道：「妾身去看看燉著的燕窩好了沒有。」

待凌若離開後，胤禛掃了狗兒一眼道：「如何，老八那邊有什麼動靜嗎？」距離他上次故意讓佟佳氏看到頂死案的卷宗已經有些時日，若佟佳氏真是胤禩安在他身邊的眼線，這些日子足夠她把消息傳出去了。

狗兒趕緊一五一十答：「回四爺的話，佟福晉身邊的長壽曾分別去找八阿哥和九阿哥，談什麼奴才無法得知；不過迄今為止，幾位阿哥府都風平浪靜，彷彿不知道咱們已經查到了王郎中身上。」

胤禛皺眉，還未來得及說什麼，忽聽到叩門聲，卻是周庸。

周庸打了個千兒道：「啟稟四爺，那名戲子的身分查清楚了，是宿州人氏，自小被送入戲班學唱戲，後來成了朝雲戲班的臺柱，有不少人為了他專程去看戲……」周庸聲音一頓，壓低了聲音小心道：「佟福晉未入宮前也是其中之一。」他與狗兒都奉了胤禛之命在暗中追查此事。

胤禛眼皮驟然一跳，握緊手中的上等狼毫筆，毫無感情地道：「繼續說下去，一字不許漏。」

「嗻！」周庸繼續說下去。他手下有許多人，比李衛所查到的無疑要詳細許多，甚至連當年發生在傅從之與佟佳氏身上的事也查了個一清二楚。

「喀嚓！」這個聲音令周庸和狗兒不約而同地嚇一跳，偷眼望去，只見胤禛手裡的狼毫筆已經斷成兩截。

周庸硬著頭皮說下去：「奴才等人還發現傅從之在佟福晉入宮後失蹤了整整三年，直到前幾天才出現，而時間差不多就是佟福晉派人去找過九阿哥之後。」

胤禛面無表情地鬆開手，任由斷了的狼毫筆骨碌碌滾落在案桌上。「這麼說來，傅從之的失蹤與九阿哥他們有關？」

「奴才不敢確定，不過在時間上確讓人有點懷疑。」在將所有事稟明後，周庸暗鬆一口氣，低頭退到一邊。自從開始查佟福晉，四爺冷臉的時候越發多了，經常讓他們這些做奴才的心驚膽顫，唯恐觸了霉頭。

聽到這裡，胤禛多少已經心裡有數了。胤禟是胤禩的人，自己能查到的事，以胤禩的人脈同樣也能查到，只怕他就是拿梨落曾經與傅從之的事來威脅她。只是不知為何胤禛會放了傅從之，這是他唯一想不通的一點。

暮色四合，無聲地吞噬著天光，直至天地皆化為一片漆黑。藉著夜色的掩護，傅從之偷偷摸摸來到佟佳氏事先告訴他的一處狗門，扒開擋在洞口的雜草，彎腰從那裡鑽出去，虧得他身形瘦長，否則還不一定爬得出去。

圓明園有許多門，不過不是上了鎖就是有人把守，再加上出了鄭春華一事後，守衛更加森嚴，想要神不知、鬼不覺地出去根本不可能。佟佳氏考慮半晌，始終覺得還是這個狗洞能掩人耳目。

佟佳氏並不曉得，早有數雙眼睛一刻不離地盯著她與身邊人的一舉一動。

傅從之在離開圓明園後，按著佟佳氏之前交代的位置一陣快跑，果然看到一座佇立在黑暗中的廟，瞧那破敗的樣子，應該是荒棄很久了。

進去後，傅從之小心地取了一根蠟燭點燃，令廟裡透出一絲微弱的亮光。他抱著那個裝滿細軟的包裹坐在蠟燭邊等佟佳氏到來，渾然不知自己身後多了好幾條尾巴。

周庸一路尾隨傅從之，在他進荒廟之後躲在外頭監視，想知道他大半夜來這裡做什麼；另一邊，李衛同樣在監視傅從之，兩人相距不遠，卻彼此不知。

不知過了多久，周庸忽地感覺有東西砸了自己一下，令他一下子警覺起來，回頭看去，藉著廟內微弱的燭光，隱約看到一個人影在自己眼前閃過。

「什麼人？」他低喝一聲，趕緊追過去。

原本正聚精會神注意傅從之的李衛聽到熟悉的聲音，渾身一激靈，頭皮發麻，暗叫一聲「不好」。若被周庸發現他在這裡，就是有一百張嘴也說不清了，當下顧不得多想，撒腿就跑。

周庸好不容易才發現原先消失的那個身影，哪肯放過，連忙跟著追下去，一逃一追，緊咬不放。

傅從之聽到外面有動靜，只道是佟佳氏到了，不想打開門一看卻發現外面空無一人，只得失望地重新將門關起。

就在門關閉的同一刻，黑暗中出現一個身影。若周庸和李衛在這裡就會認出，他正是佟佳氏的親近小廝長壽。只見他陰陰一笑，取出火摺子吹亮後，輕輕扔在地上。

火摺子剛一觸地，立時就聽得「呼」一聲，火光騰起，迅速地開始朝兩邊蔓延。幾乎就是眨眼工夫，火光已經將荒廟整個包圍，而且火勢極盛，光靠一些木柴根本達不到這個效果，分明是有人在這裡預先埋下了硫磺一類的易燃之物。

火剛起的時候傅從之就發現了，慌忙打開門想要逃出去。可是火勢太大，根本無法跑出去，剛一靠近，無情的火舌就順著他的衣角燒上去，傅從之慌忙用隨身包裹拍熄了已經燒到腰間的烈火，饒是如此，大腿上也感覺到一陣灼痛。

長壽離開後沒多久，周庸就因追不到人而折回，見到突然間燒起的大火不由一陣發愣。

猛烈的火勢阻止了他想進去一探究竟的欲望，搖搖頭離開了此處。

他聽到了傅從之的呼救聲，可是這樣大的火，根本不可能有機會逃出，他進去也不過白搭一條命罷了。

至於找人來救……只怕傅從之堅持不到那個時候。

第二百三十八章　救人

李衛是最後一個出現的，看著熊熊燃燒的大火以及聽著火場中越來越絕望微弱的呼救聲，他猶豫不決。這場火，他可以斷定必是有人刻意放的，否則只憑他離開的那點兒時間，根本不可能燒得這麼大。

傅從之，主子一直想從他身上找到扳倒佟佳氏的辦法，如果他就這麼死了，他們所做的一切豈不全化成了泡影？可是火勢這麼大，自己根本進不去。

正當李衛急得團團轉時，眼角餘光瞥見不遠處有一點流光在黑暗中閃動，頗像是水。莫非是一個湖？李衛忙跑過去一看，雖然不是湖，但也是一個不算小的水池。

他大喜過望，忙整個人跳進池中，待得渾身浸溼後爬出來，飛快地往荒廟奔去。他一邊跑一邊脫下外衣蒙在頭上，冒著令人卻步的烈火奔進去，忍著灼身的痛楚，在火場中四處尋找，終於在供桌下找到了彎身窩在那裡的傅從之。傅從之不住咳嗽，情況看著十分不好。

李衛跑過去一把拉起他往外跑，困在這裡早晚是死，還不如放手一搏，看上天肯不肯賜他們一條生路。

主子，您可一定要保佑奴才！

李衛在心裡唸了一句，把心一橫，拖著傅從之就往外衝。大火無情燃燒，焚盡世間萬物百態。

此時，如果有人在，就會看到兩個渾身起火的人影衝出熊熊燃燒的火海。他們奔過的地方，可以看到一路燃燒過去、猶如一條延伸的火線。

李衛咬牙忍著身上彷彿要灼燒到骨子裡的痛苦，用盡所有力氣往水池的方向跑，拉著傅從之撲到水中，讓冰涼的水燒熄他們身上的火焰。

不知在水中泡了多久，李衛終於緩過來，手腳並用艱難地爬到池邊，撐起半個身子在岸上用力咳嗽著，咳了半天忽地又大笑起來，連眼淚都笑了出來。他還以為這回死定了呢，幸好自己命硬，閻羅王一時半會兒還不肯收他。

抹了把臉，李衛想起傅從之，他跟自己一起跳進水裡，怎麼沒見人影，莫不是淹死了吧？自己好不容易才將他救出來，若這樣死了，可真是太不值了。

「傅相公！傅相公！」李衛叫了幾聲見沒有反應，越發著急，正準備鑽到水裡，忽地聽到一陣嘩啦破水聲，一個人影從水裡鑽了出來，除了傅從之還會有誰？見他還活著，李衛的一顆心總算放下來了，游到傅從之身邊將他一道拉上岸。

這一下，將李衛殘餘的力氣也悉數用光了，趴在地上不住喘粗氣，正想歇會兒，哪知卻看到傅從之跌跌撞撞地爬起來，不知想去哪裡。無奈剛走了幾步，他就再次摔倒，掙扎不起。

「傅相公你要去哪裡？」李衛趕緊爬過去問。

「我要回廟，我要回去！」傅從之甩開他抓著自己的手，努力想要爬起來。

李衛哪裡肯放手，死死握著他勸道：「傅相公你瘋了嗎？那裡已經燒成一片火海了，如何還能回去。」

「我要回去！我要回去！」傅從之根本沒有聽進李衛的話，只是不斷重複著相同的話：「那裡有人在等我，我一定要回去！」

等他？什麼人會在破廟中等他？適才一路跟來的時候，李衛就覺得很奇怪，傅從之要離開雍王府並不難，何必要大半夜偷偷摸摸地走，還跑到這荒廟中？

一個大膽至極的念頭忽地冒出來，猶如悶雷在頭上滾過，他瞬間冒出一身冷汗。難不成佟福晉約了傅從之在這裡見面不成？

但這個念頭剛冒出來就被他否決了。不對，他在外面監視了這麼久，根本沒發現佟福晉的身影，反倒等來一場大火。

而且荒廟外，除了自己與適才追了一路的周庸外，分明還有第三人，就是這個人放火要置傅從之於死地！

恰恰也是那個人引周庸來追他，如此行徑分明是有預謀、有計畫，除非早就知道傅從之會來荒廟，否則根本來不及布下如此周密的布置。

想到這裡，答案已經呼之欲出——佟佳氏。唯有這個女子才能做到一切，她與傅從之果然有不為人知的關係！

正當李衛激動於這個答案時，傅從之也不知哪裡來的力氣，居然用力將他推開，執意要回到荒廟。李衛見再三勸阻他都不肯聽，急切之下脫口道：「傅相公，佟福晉不會來的，你就算在那裡等上一輩子也沒用！」

「胡說！」傅從之的激動進一步證明了李衛的猜想。「梨落會來，她一定會來！她答應了我就一定會來！對，梨落會來的，說不定她現在已經等在那裡了，我要趕緊過去才行，你給我放手！」

他沒有去問李衛為什麼會知道自己等的人是佟佳氏，只是執拗地認定佟佳氏一定會來。

傅從之手臂胡亂揮著，有好幾次都重重打在李衛身上。原本被燒到的地方就一陣陣灼痛，再被這麼一打，更是痛上加重，縱是李衛也忍不住悶哼出聲，不過雙手就像是生根了一樣，說什麼也不放開。

「傅相公你醒一醒，佟福晉如果要來的話，就不會派人放這場火了，她根本就是要殺你滅口！」

李衛的話令傅從之渾身一震，隨即目露凶光，一拳打在李衛臉上，厲喝道：「不許你侮辱梨落，她本性純良，答應了要與我遠走高飛，怎麼可能會放火？再敢胡說，我殺了你！」

李衛被他打得眼冒金星，鼻梁更是痠痛難言，但那雙手愣是不肯放開。顧不得已經流到嘴裡的腥鹹液體，大吼：「傅從之，你想清楚！是誰讓你來廟裡？還有那場火，分明是早有預謀，除了佟福晉還會是誰！」

他這句話像是抽掉了傅從之所有的力氣，傅從之愣愣地站在那裡，良久，突然爆發出比哭還難聽的笑聲。

梨落……梨落……他多麼不願意承認這個事實，可是連別人也看出來了，他如何還能自欺欺人。

第二百三十九章 雙眼

早在跳到水裡的時候，傅從之就已經想到了，火來得突然，根本不是意外。至於說放火，他從不曾得罪過別人，何須手段如此狠辣，而且火勢幾乎是在一瞬間就大了起來，分明是要置他於死地，不給任何逃脫的機會。

他來這裡是佟佳氏授意的，除了她，誰還能預先設下埋伏？只有佟佳氏，只有這個口口聲聲要與他遠走高飛的女子可以做到！

正因如此，所以他在水中遲遲不願浮上來，恨不能是自己想錯了，恨不能就此死了，如此就可以不用面對生不如死的折磨。

李衛一直在旁邊靜靜地看著，直到傅從之停下了笑聲，方才拍拍他的肩膀同情地道：「走吧，不要再為這種狠毒女子傷心，我帶你離開這裡。」

傅從之木然地盯著他，不想剛走了幾步就被地上凸出的石頭絆了一個踉蹌，之後又接二連三被絆倒，短短一段路竟然絆了六、七次。

「傅相公，你怎麼了？」李衛瞧出不對來。這地上儘管不平整，亂草雜石，但也不至於如此頻頻被絆倒。

傅從之茫然地看了他一眼，又低頭盯著自己被燒得發黑的手掌。此時天上星月高懸，不遠處荒廟正燒得厲害，不說亮如白晝卻也差不多了，可他居然看不清自己手掌，只能模模糊糊看到一個大概。

「我的眼睛……」適才只顧著傷心，如今才感覺到除了體表的灼痛外，連眼睛也是痛的。他又曾笑得流了淚，鹹澀的淚水一刺激，痛意更深。

「眼睛怎麼了？」李衛緊張地問。

傅從之用力眨了眨眼，可任憑他怎麼眨，眼前都是朦朧一片，縱是不遠處被大火吞噬的荒廟也只能看到一團亮光。「看不清，我什麼都看不清。」

李衛仔細看了看他的眼睛，發現眼白的地方紅得嚇人，曉得他必是被煙火弄傷了眼，忙安慰道：「傅相公莫怕，我帶你去一個地方，到了那裡自然會有人替你治眼睛，不會有事的。」

李衛牽著傅從之的手跌跌撞撞離開。此處是京郊，地廣人稀，又是在皇家御園範圍內，根本不會有百姓居住。他們一直往東走了數里，終於在黑暗處看到了人影以及停在那裡的馬車，忙出聲示意。

待得走近了，方才發現那人竟是毛二。他一見到李衛兩人的慘相，頓時倒吸一口涼氣，顧不得多問，扶著兩人上了馬車，一路疾馳而去。

凌若得知佟佳氏召傅從之去月地雲居，而傅從之又拿了一包東西走，隱約覺得可能會出事，所以除了命李衛隨時盯著傅從之以外，還讓人傳話給毛二，讓他駕馬車在圓明園東邊等候，萬一真有事也好接應。

本是為了以防萬一，不曾想竟真派上用場，否則李衛他們縱然走到天亮也到不了毛二他們所在的地方。

「吁！」馬車在疾馳了半個時辰後停下來，毛二一收韁繩跳下車，跑到前面一處小小的四合院前敲門。「大哥快過來扶一把，李哥出事了！」

其實不用毛二說，提著風燈出來的毛大已經從掀開的簾子中看到了兩人的慘狀，趕緊一人一個扶他們進去。

一路上李衛不知倒吸了幾口涼氣，實在是疼得不得了。毛二是好心扶他，可碰到被燒傷的地方那就是一個鑽心的疼。

安頓好他們之後，毛二又去找大夫，大半夜的硬是將大夫從被窩中拖了起來，帶著他到這裡替李衛還有傅從之包紮傷口。

至於傅從之的眼睛，果然是因為起火時被煙火熏傷了。大夫看過後連連搖頭，說這病他治不了，最後毛氏兄弟好說歹說，才勉強開了幾服敷眼的藥。不過他也說了，效果不大，能否保住視力要看傅從之造化，最壞的結果就是雙目失明。

李衛摸著手上纏了一層又一層的紗布，對一言不發的傅從之道：「傅相公莫要擔心，就算這個大夫治不好，天底下還有那麼多大夫呢，總有一個可以醫好你的眼睛。」

傅從之掃了李衛一眼，聲音冷冰地道：「你是誰，為什麼要救我？有什麼目的？」

起火的時候，李衛不顧危險衝進火海將他救出來，之後又帶他到這裡療傷，口口聲聲稱他為傅相公，分明是認識他，可是他對這個聲音並沒有印象。

不會有人無緣無故連命都不要地去救自己，若非至親至愛，只有一個可能——他需要自己活著，活著去做什麼事。

見傅從之對自己的身分起了疑，李衛也不隱瞞，斟酌了一下言詞後道：「不瞞傅相公，我是伺候凌福晉的奴才，名叫李衛。主子看了傅相公的戲後很喜歡，本想讓奴才請傅相公到萬方安和說幾句話，不想恰好看到傅相公從月地雲居出來，還拿了什麼東西。主子知道佟福晉這人詭計多端，怕傅相公著了佟福晉的道，所以讓奴才暗中跟著傅相公，不曾想竟真的出了大事。」

說到這裡，他放緩了聲音，小心地問：「傅相公，佟福晉為什麼要殺你滅口，你們到底是什麼關係？」

第二百四十章 徹夜

凌福晉……傅從之記得那夜胤禛身邊坐了好幾個容色妍麗姣好的女子，但哪一個是凌福晉卻不得而知。

儘管李衛已經問得很小心了，但依然被傅從之聽出端倪，諷刺地笑道：「這就是你救我的原因吧。什麼擔心我著了道，說的可真是好聽。當真以為我是傻子嗎？高牆內院之中的爭鬥就算不曾見過，卻也有所耳聞。」

李衛沒想到自己的說辭沒有瞞過他，怔忡片刻後，心情複雜地看著傅從之。這個戲子不只不蠢，相反的還很聰明，可是這樣的人卻會上佟佳氏的當，任由她擺布，是該說佟佳氏太厲害，還是感情蒙蔽了他的雙眼？

想到這裡，李衛也沒了拐彎抹角的心思，輕咳一聲道：「不論怎麼說都是我與主子救了你，否則你已葬身火海，淪為佟福晉的犧牲品！」

「那我該說聲謝謝了？」傅從之臉上的諷意越發深重。「你們救我何嘗安了好心，無非是想借我來對付梨落罷了。」

「那麼你呢？她這樣害你，難道你不恨嗎？」李衛並不在意他戳穿自己的想法，這個戲子確有幾分聰明。

淚水無聲無息地從傅從之眼眶滑落，瞬間洶湧成災。李衛從未見過一個男人可以哭得這麼傷心，他沒有打擾，而是靜靜地等待傅從之開口。

過了許久，淚終於止住，冰涼如初雪的聲音在這間小院中響起：「你們想讓我怎麼做？」

「主子希望你可以指證佟福晉，讓王爺知道她的惡行，以免她再繼續害人！」對於聰明人，任何假話都是無用的，倒不如實言。

直到離開，李衛都沒有得到傅從之的回答，他需要時間好好想想。

李衛叮囑毛氏兄弟好生照顧他，三日後再來聽答覆。

沿著狗洞進到圓明園後，李衛一路回了萬方安和。凌若一直等在裡面不曾歇息，見到他渾身包著紗布，嚇了一大跳。「出什麼事了？怎麼弄成這副模樣？」

李衛苦笑一聲，將事情從頭到尾敘述一遍，凌若的臉色漸漸陰沉下來。

聽李衛這話，除了自己外，胤禛也有派人盯著佟佳氏。這不稀奇，鄭春華一事佟佳氏分明就是內應，胤禛若不疑心她才教人奇怪。

真正令人意想不到的是，佟佳氏居然知道有人在盯著她，而且趁這機會將計就計，引周庸發現李衛，虧得李衛跑得快沒被追上，否則正中佟佳氏詭計。

傅從之，他既是佟佳氏要滅掉的棋子，也是她用來對付自己的棋子。在這種情況下還想著一箭雙鵰，佟佳氏好深的心思、好大的魄力！

得虧李衛做事向來牢靠，不只避過周庸，還救出了傅從之，才沒讓佟佳氏的詭計得逞。

示意水秀端來一盞熱茶給李衛，凌若問：「傅從之現在情況怎麼樣？」

「不是太好。」李衛接過來，一邊暖著手一邊道：「他身上的傷與奴才差不多，就是那雙眼睛只怕要毀了，大夫說十有八九好不了。奴才若能早些進去就好了。」

凌若搖頭，溫言道：「火勢這麼大，你能救他出來已經是很難得了，無須自責。至於這些日子，他既行動不便，而毛氏兄弟那裡又沒有伺候的人……」手指在桌上輕敲了幾下，道：「就讓阿意去伺候他幾天吧。明兒個跟高福說一聲就是了，應該不成問題。」

水秀在一旁皺著鼻子道：「這個佟佳氏可真狠心，那個戲子待她那麼好，甘願冒被砍頭的危險帶她離開，她卻設下陷阱想要活活燒死他。這份心思，奴婢真是想起來都頭皮發麻。」

「佟佳氏從來都是一個心狠手辣之人，否則當初也不會自己跳到蒹葭池中陷害我。」說到這裡，凌若嘆了口氣。「我只是同情那個戲子，所愛非人，他此刻只怕寧願自己死了的好，也不必受這蝕骨之痛。」

「主子，萬一這個戲子不肯站出來指證佟福晉可如何是好？」水秀擔心地問。李衛剛才說傅從之一時間沒有答應，萬一傅從之拒絕的話，那他們豈不是白忙活一通，李衛還平白添一身傷。

凌若目光一閃，並不急著說話，而是看向李衛。「你一直與傅從之在一起，依你所見如何？」

李衛仔細回想一下，為難地道：「這個，奴才一時半會兒還真沒法說，不過傅從之絕對是一個聰明人，之前不過是感情用事才沒看穿佟福晉的詭計，想來他應該也不甘心自己被佟福晉利用。」

「不錯，沒有人會心甘情願成為別人的棋子，何況還是昔日愛過的戀人。這把火不燒則已，一旦燒起來輕易是不會熄的。」凌若掩嘴打了個哈欠，等了大半夜，她還真是睏了。「不過在此之前，我得先探探王爺口風才行。這幾日，王爺的性子越發不好捉摸了。」

她扶了水秀的手正準備回內堂，見李衛還畢恭畢敬地站在那裡，目光一軟，溫言道：「你早些回去歇著，這幾天不用當值了，好生養傷。我這裡有小路子他們伺候足夠了。」

此時距離天亮已不足兩個時辰，凌若只睡了一會兒就得起來，強忍著不斷湧上來的睏意，坐在銅鏡前由著墨玉和水月替自己梳洗打扮。

水月見凌若坐在椅中睏得有些睜不開眼，遂換了一盒香粉，打開香粉蓋後替她均勻地將香粉擦在頸後、手腕等部分。

原本昏昏欲睡的凌若忽地聞到一陣清新的香氣，而且這香氣似還有提神的功效，聞了一會兒她覺得頭腦清醒許多，不由得打起精神問水月這是從哪裡買來的香粉。以往蝶舞閣的香粉，香則香矣，卻沒有提神醒腦的功效。

水月笑著將香粉盒遞給凌若道：「這是奴婢閒著沒事自己做的，從來沒用過，適才見主子睏得很，所以斗膽用這個換了蝶舞閣的香粉。奴婢在裡面加了白蘭花與薊花，所以香氣有提神靜心的功效，只是稍微淡了些。」

第二百四十一章　請安

凌若仔細聞了一下，點頭道：「香粉也不是越濃越好，殊不知『過猶不及』。」正要將香粉還給水月，忽地起了一個心思，言語道：「我記得李衛說過，毛氏兄弟現在在做生意是嗎？」

墨玉將最後一綹頭髮盤好後道：「是有這麼一回事，聽說他們上回進了些緞子在賣，不過生意似乎不太好，只能勉強持平。主子問這個做什麼？」

凌若撿了一支銀蝶吊穗簪子在鬢邊比了比道：「我突然想到一樁好生意想要介紹給他們做，保準能賺銀子。」

「什麼好生意啊？」一聽有銀子賺，墨玉眼睛頓時一亮。

那模樣瞧得凌若一樂，刮了她小巧的鼻子道：「妳啊，怎麼跟個小財迷一樣，聽到銀子就兩眼放光。」

墨玉被她說得不好意思，不過還是催促著凌若快講，旁邊水月亦是一臉好奇。

凌若銜拿在手裡的香粉努努嘴，道：「喏，不就是這個了。」

見水月一臉不解，凌若道：「妳曾告訴我最大的心願就是重開六合齋，京中香粉店已有很多，想在百花齊放的京城立住腳跟不是一朝一夕能做到，但咱們可以一步步準備起來。妳這個香粉我覺得甚好，不只香味清雅，且還有提神醒腦的功效，應該會有不少人喜歡。既然毛氏兄弟要做生意，何不讓他們試著做一做香粉生意。京裡那麼多命婦、貴人，若能得到她們的認可，於妳、於六合齋這個牌子來說，都是一件好事。」

聽得凌若的打算，水月自是滿心願意，同時也充滿感激。

倒是墨玉一臉怪異地道：「主子，您讓兩個五大三粗的男人去做香粉生意合適嗎？奴婢怕別人一看到他們就沒了買香粉的欲望。」

「不一定非要他們露面，請個人來打理也是可以的。」凌若起身展一展蓮袖道：「水月抽空多做一些香粉，最好各種香味都做一些，然後帶出去給毛氏兄弟，讓他們先尋個合適的地方寄賣，等有些名氣後再考慮重開六合齋。」

「多謝主子成全！」水月跪地叩首。重開祖上一手創立的六合齋是她畢生心願，無奈自己一介女兒身，又是做丫頭的，怎有那本事去實現？而今主子這般成全，教她如何不感激涕零。

凌若微笑著扶起她。「等六合齋這個牌子重新掛起來時，妳再謝我不遲。」

「主子，時候差不多了，您該去嫡福晉那裡請安了。」墨玉在一旁提醒。

凌若點點頭，帶了她們兩人施施然往方壺勝境走去。

今兒個是九月初一。每月初一、十五兩日，按著規矩，府中所有女子都必須去含元居請安，如今雖不在府中，然規矩不可廢；至於平日裡雖說晨昏定省，倒也不是非去不可。

時近深秋，又是清晨，走在路上頗有幾分寒意。方壺勝境幾可稱圓明園中最美麗的建築，三座重簷大亭呈山字形伸入湖中，中後部是九座樓閣，當中供奉著兩百多尊佛像、十餘座佛塔，宏偉輝煌猶如仙山瓊閣一般，放眼圓明園二十四景亦是當中翹楚。

凌若在路上遇到陳格格，她是少數幾個跟到圓明園來的格格，容色雖不算頂尖，不過有一副好嗓子。凌若曾聽過她的歌聲，用繞梁三日來形容亦不為過，在胤禛面前頗有幾分寵愛。

她們到那裡的時候，那拉氏尚在佛堂中禮佛，足足等了半個時辰才得以進去。到了裡面，凌若向端坐當中的那拉氏欠身施禮。

「妾身給嫡福晉請安，嫡福晉吉祥。」

在她之後，陳格格亦跟著見禮。

「都起來吧。」那拉氏客氣地示意她們起來，又命三福端來繡墩，待各自座落後，方捻著一直拿在手中的佛珠，溫言道：「都說春睏秋乏，好幾位妹妹說每到秋時都感覺睡不夠似的，難為二位妹妹還能起得這麼早，如今才剛到卯時呢。」

陳格格笑道：「許是早起習慣了，所以妾身倒沒什麼感覺。再說今兒個初一，只是想著要來給嫡福晉請安，妾身就已經精神百倍了，哪還會困乏。」

凌若接過侍女端來的茶，微笑道：「是啊，原想著已是夠早了，哪想嫡福晉起得比咱們還要早，這會兒工夫，已是禮完佛了。說起來，還是咱們來晚了呢，不然還可以陪著嫡福晉一道禮佛。」

那拉氏微微點頭，面帶欣慰地道：「難得妹妹有心，不過妳們年紀尚輕，只怕靜不下這個心來。」

凌若笑而不語，只慢慢品著手裡清香的碧螺春。她與那拉氏心中都恨不得對方死，只是此刻哪一方都沒有十足的把握可以置對方於死地，所以才不得不裝出一副符合各自身分的溫和與謙卑。小心翼翼地掩藏自己，同時尋找著對方的失誤，一旦發現就會毫不猶豫地撲上去，用隱藏起來的利爪尖牙一口一口將對方咬得體無完膚！

在這深宅大院中，一旦恨上了，就必然要以性命來結束……

如此坐著說了會兒話後，其餘人等相繼到來。瓜爾佳氏在行過禮後，挨著凌若坐下，輕笑道：「妹妹來得好早。」

「早的豈止是我一個人。」凌若朝陳格格方向看了一眼，意思不言而喻。

瓜爾佳氏掩袖一笑，以只有彼此能聽到的聲音道：「她是趕著來向嫡福晉示好，那妳呢？」

「我嗎？」凌若揚眉，在與坐在對面的溫如言微笑示意後輕聲道：「自然也是來請安的，不過或許還能看一場好戲也說不定。」

傅從之已經不在府裡了，一個大活人莫名其妙不見，少不得要引起一場風波。而作為曾經單獨召見過傅從之的人，佟佳氏自然脫不了關係，為免被疑心，一手策劃傅從之失蹤的佟佳氏必會想盡辦法撇清關係。至於這個關係要如何撇清，她多少也猜到一些。

她們說話的這會兒工夫，翡翠的眼睛已經不動聲色地從在場諸人身上一一掃過，了然於胸後，垂首對那拉氏道：「主子，除了年福晉與佟福晉之外，其餘人都到齊了。」

綠意話音剛落，三福進來稟道：「主子，年福晉身邊的綠意求見。」

第二百四十二章 遭賊

那拉氏聞言一掀眼皮，放下端在手裡的茶盞，示意讓她進來。在眾人的注視下，穿了一身秋香色衣裳的綠意移步入內。

在受過她禮後，那拉氏和顏悅色地問：「怎麼不見妳家主子身影？」

綠意不卑不亢地道：「回嫡福晉的話，今兒個一早起來的時候，主子忽覺身子困乏，難以起身，所以無法來給嫡福晉請安，特命奴婢來向嫡福晉請罪。」

身子困乏，難以起身？聽到這八個字，底下諸人皆露出幾分異色。年氏這身子早不乏、晚不乏，偏偏挑在初一要來請安這日乏，可不是太巧了嗎？分明是有意推脫，不想來請這個安。

其實在場者不見得都是心甘情願來請安的，只是除了年氏，哪個也不敢這樣肆無忌憚地削那拉氏面子，她始終是府裡的嫡福晉，膝下還養著王爺的長子。

那拉氏臉色有一瞬間的陰沉，然在旁人有所察覺前，已經恢復成那副慈和的模樣，頷道：「福沛尚幼，年妹妹要照顧他自然比一般人辛苦些，身子困乏是在所難免的事。都是自家姊妹，哪用得著請罪這麼嚴重。回去告訴妳家主子，讓她好生歇著，晚些時候我去看她。」

「奴婢遵命。」綠意嘴角微微翹起。儘管那拉氏的回答大方得體，毫無破綻，然她還是從中嗅到一絲不悅。

在綠意退下後，那拉氏想起適才翡翠的話。年氏是存心不來了，那麼佟佳氏呢？往日裡就算不是初一、十五，她都殷勤地常來請安，怎麼今兒個不見她來呢？

正在奇怪間，佟佳氏卻是到了，低垂了眉眼朝那拉氏欠身請安。「妾身來晚了，請嫡福晉恕罪。」

「無妨，起來吧。」那拉氏剛想讓佟佳氏坐下，卻意外發現佟佳氏今兒個髮髻間只簪了一朵玉蘭花，旁的珠花、簪子竟是一件也沒有，不由得覺得奇怪地道：「妹妹今兒個打扮得好生素淨，是有什麼事嗎？」

佟佳氏咬著嫣紅的唇，欲言又止，彷彿有什麼難言之癮，半晌方低低道：「回嫡福晉的話，妾身……妾身那裡遭賊了。」

此言一出，眾人皆驚，起先還安靜無聲的樓閣內頓時響起一片竊竊私語。要知道這裡可是御賜圓明園，守衛森嚴，不是平民百姓居住的那種民宅，怎麼可能有賊潛進來呢？若真是這樣的話，那圓明園豈不是危險得很？

一直縈繞在凌若心頭的疑問終於解開了。佟佳氏果然好算計，既可以將自己摘得一乾二淨，又可以解釋傅從之為什麼會失蹤。

那廂，佟佳氏已經將事情緩緩說來。原來她今晨起來梳洗時，發現首飾奩竟然空了，原本裝了滿滿一奩子的珠釵首飾不翼而飛，一件也沒有留下。她當時第一個反應就是月地雲居中有人手腳不乾淨，趁人不備偷了她的東西，可搜遍整個月地雲居也沒有發現一件東西，而在這段時間裡又沒人出過園子，思來想去，只可能是有賊進園子裡偷東西。

眼見著時辰一點點過去，無奈之下，她只得簪了一朵花就匆匆過來。

「那些守衛是做什麼吃的，竟然連有賊進來了都不曉得，任人出入！」說話的是劉氏，她是康熙四十七年入的府，容色豔麗身材豐腴，甫一入府就被冊為庶福晉，凌若回府那日她也在場。

陳格格一臉慌亂地道：「那……那可怎麼辦是好？偷了一回就有下一回，他若再來，而咱們又睡著了，豈不是任他胡作非為？」還有句話她沒說，若光是偷些珠寶首飾也就算了，萬一那賊起了色心，毀人清白，豈不是要害了她們一輩子？

其實這樣想的又何止她一人，只要想到會有這樣的可能，眾人就是一陣心驚肉跳，慌亂害怕，不知如何是好。

瓜爾佳氏原本也有些擔憂，然看到凌若始終神色自若地坐在那裡飲茶，隱約意識到什麼，定了定神問：「妹妹不擔心嗎？」

凌若睨了她一眼，低聲道：「守在園中的侍衛哪一個不是精挑細選的，怎可能進了毛賊也不曉得。不過是一場戲罷了，姊姊儘管看下去就是。」

聽凌若的語氣分明是知道什麼，無奈此地人多嘴雜不便相問，瓜爾佳氏只能將疑問壓在心底，靜觀事態發展。

「此事得趕緊告訴王爺才行，讓他將這些侍衛都換了，否則咱們連覺都沒法睡了。」宋氏如此說道，其他人紛紛出聲應和。

那拉氏見眾人亂成一團忙出言安撫：「諸位妹妹莫急，現在還只是猜測，等有了定論再稟告王爺也不遲。」

待眾人情緒安穩些後，她轉向佟佳氏道：「東西丟了不一定就是有外人進來，妹妹仔細想想，昨日除了原本就在裡面的人之外，還有沒有人進去過？」

佟佳氏等的就是這句話，假意回想一下道：「倒是有那麼一個，前夜妾身聽了那齣《長生殿》後，覺得演唐明皇那人唱得甚好，又想起王爺喜歡看戲，有心學上幾句，所以就召他到月地雲居。在學了一陣子後，妾身有事出去一會兒，等再回來的時候，傅相公就已經走了。」說到此處，佟佳氏似想到什麼，睜大了雙眼愕然道：「嫡福晉莫不是懷疑傅相公他……」

那拉氏掃了她一眼，什麼也沒說，只讓三福去傳傅從之。

等了約莫一盞茶時間，三福快步走進來。「主子，傅從之並不在戲班住的院子裡，而且奴才問遍了戲班所有人，都說昨夜後就沒人見過他。另外有人看到他昨日從佟福晉處回來時，手中提著一個鼓鼓囊囊的小包袱。」

「不用問了，定是那個戲子偷的，倒害得咱們虛驚一場。」劉氏拍拍胸口，只要不是外賊瞞過守衛進來就好。「那名戲子如此可惡，絕不能就這麼放過他。」

佟佳氏遲疑地道：「是否當中有什麼誤會，依妾身看，傅相公不像是會做出這種事的人。」

「知人知面不知心，福晉莫要被他外表騙了。」劉氏見佟佳氏依舊是一副將信將疑的模樣，又道：「若他不曾偷東西，又怎會連人都不見了？分明是心裡有鬼，所以趁夜逃走。」

第二百四十三章　指桑罵槐

「是啊。」凌若突然出聲道：「佟福晉那一奩的東西，雖然於傅相公來說是唱一輩子戲都賺不到的財富，然若為此搭上一條命就未免有些不值了，佟福晉妳說是嗎？」

佟佳氏目光一動，聽懂了凌若的弦外之音，不過面上依舊不動聲色，幽幽嘆了口氣道：「唉，傅相公當真是好生糊塗。」

「哼，戲子就戲子，還什麼相公，沒得侮辱了這個詞。」劉氏沒有聽出凌若話中有話，逕自在那裡鄙夷地說著。

那拉氏心下已經有了決定，揚眉對候在一旁的三福道：「去，把此事告訴順天府尹，讓他即刻抓拿傅從之，並且抓到後從重處置，雍王府的東西可不是隨便什麼人都能偷的。還有那個戲班子，統統都給我送到順天府去，裡面說不定有傅從之的同黨，讓順天府尹好生盤問，若要漏了一個過去，我唯他是問。」

那拉氏身為親王嫡福晉，絕對有資格說出這番話來。

凌若在心裡嘆了口氣。偷盜王府物品本就罪名不小，再加上那拉氏這番話，朝雲戲班那些人只怕很難完好無缺地從順天府走出來。她雖同情卻心有餘而力不足，救一個傅從之已經是極限了。

從方壺勝境出來已是巳時，佟佳氏扶了畫眉的手徐徐往月地雲居走著，在經過一座琉璃八角亭時，瞥見凌若坐在亭中，遂走過去，帶著一縷笑意道：「好巧，剛分開沒多久就在這裡遇上姊姊。」

「圓明園統共就這麼大，哪裡不能遇見。」凌若淡淡地回了一句。見她在自己身邊坐下，抬眼望著天邊變幻莫測的浮雲，徐徐道：「倒是福晉一念之間就將那麼多人送進牢房，竟不覺得有所不安嗎？」

佟佳氏側頭，露出一個比鬢邊玉蘭更嬌媚三分的笑意。「姊姊是在對我說嗎？為何我竟然一句都聽不懂。」

凌若目光掃過佟佳氏笑意嫣然的臉龐，低頭忽地露出恍然之色，撫一撫額頭失笑道：「是妾身錯了，與畜生說人話，怎能指望畜生能聽懂。畜生始終只是畜生，哪怕穿得再光鮮亮麗也改變不了這個事實。」

被人當面罵畜生，佟佳氏就算心機再深也忍不住勃然色變，怒喝道：「鈕祜祿氏妳好大的膽，我敬妳年長稱妳一聲姊姊，妳竟敢以下犯上，出言侮辱，真當我好欺負不成？」

論品級，佟佳氏是側福晉，遠遠高過只是庶福晉的凌若，她自有資格問凌若的罪。不過這番聲色俱厲的斥責，換來的卻是凌若不減分毫的笑意。

「福晉誤會了，妾身又非得了失心瘋，怎敢侮辱福晉，妾身是在對那個畜生說話罷了。」

聽凌若依然口口聲聲畜生、畜生，佟佳氏臉色極為難看。站在旁邊的畫眉瞧見主子屢次受辱，氣不過道：「凌福晉休要砌詞狡辯，妳罵我家主子是……」她舌尖一顫，不敢說出那兩個字，略過後道：「總之妳罵我家主子的話我可是聽得一清二楚，妳若有膽，可敢與我到王爺面前說個明白！」

凌若瞧也不瞧她，轉而問墨玉道：「身為奴才卻在主子面前自稱『我』，該如何處置？」

畫眉神色一緊，頓時意識到自己剛才一時口快竟忘了自稱，眼下被凌若抓到錯誤，後悔不及。

「奴才目無主上，按府規當掌摑二十以示懲戒。」墨玉一本正經地回答，唯有閃過眼底的笑意洩漏了她此刻真實的心情。

畫眉心底一顫，不自覺地瞥了佟佳氏一眼。她還真怕鈕祜祿氏會借題發揮，當真行掌摑之事，雖然二十下掌摑要不了命，但皮肉之痛還有此事落下的笑柄，是她萬萬不願承受的。

佟佳氏雖然惱怒畫眉說話不當心讓人抓了把柄，但畫眉始終是她的人，若讓一個位分比她低的庶福晉責了畫眉，她的面子要往哪裡放？想到這裡，佟佳氏冷冷一笑道：「若要論罪，畫眉是不小心，姊姊卻是有意犯上，怎麼瞧著也是姊姊的罪更重一些，姊姊可別想著避重就輕！」

凌若勾一勾脣，在佟佳氏疑惑的目光中，她彎腰從地上撿起一隻撲著翅膀想飛卻又飛不起來的蝴蝶。秋陽下，蝴蝶身上細密的鱗片閃爍著五顏六色的光芒，極是好看。

「福晉當真是誤會了，妾身是在說這隻蝴蝶呢。妳瞧，蝴蝶縱然再好看、再美麗，始終都逃脫不了畜生的事實，更擺脫不了牠醜陋不堪的本貌。飛上枝頭的不一定是鳳凰，還有麻雀。」

適才正是因為見到了這隻在秋季很少見的蝴蝶，所以她才敢當著佟佳氏的面說那番話。罵人固然痛快，可若因此為自己惹上麻煩那就太不值了。

佟佳氏未料到她會突然來這麼一手，臉上青一陣、白一陣，難堪至極。憋了一肚子的氣卻不能發作，那感覺別提多難受。

畫眉見佟佳氏受氣，自不會放過這個討好主子的機會，柳眉一豎，指了凌若冷笑道：「凌福晉好生能言善道，黑的都能讓妳說成……」

「啪！」畫眉剛說到一半，臉上突然重重捱了一下，打得她眼冒金星，別在鬢邊的銀藍點翠珠花一下子就被甩出老遠，掉入花叢中不見蹤影。

她好半晌才回過神來，指著凌若顫聲道：「妳……妳打我？」

凌若用絹子拭一拭手，對墨玉道：「畫眉以下犯下，目無主子，掌摑二十，除了這一下還有十九下，妳來動手。」

「奴婢遵命！」聽得能親手教訓畫眉，墨玉哪有不樂意的理，上去抬手就要掌摑，不想手在半空中被人牢牢抓住，卻是佟佳氏。

她森然盯著神態自若的凌若道：「妳不要太過分了！」

「過分？」聽到這兩個字，凌若覺得一陣好笑，撥著耳下的金絲嵌珠耳墜，徐徐道：「論過分誰又比得了福晉？一句話就將整個戲班的人送進了大牢。明人面前不說暗話，福晉還是不要再提什麼傳從之偷盜財物了，究竟是怎麼一回事，妾身多少也知道一些。」不待佟佳氏發話，她又道：「福晉喜歡演戲，妾身自然管不著，但是畫眉對妾身不敬卻是事實，難道妾身連教訓一個不知尊卑的奴才資格也沒有嗎？又或許福晉想鬧到王爺面前，讓他來評個公道？」

第二百四十四章　尋死

凌若料定佟佳氏不敢。今時不同往日，從鄭春華一事起，胤禛就對佟佳氏起了疑心，再不是往日那般全然信任，否則也不會讓周庸盯住佟佳氏。在這種情況下，佟佳氏自然要極力低調，避免再鬧出事來。

果然，佟佳氏冷冷看了她半晌，終是放開手，任由墨玉用盡全力的巴掌狠狠摑在畫眉臉上。待二十下摑滿後，畫眉那張臉已經腫得不成樣子，跟當初的吳德有幾分相像。

在畫眉嚶嚶的哭泣聲中，佟佳氏走到凌若身邊，用低不可聞的聲音一字一句道：「莫以為昨夜逃過一劫就可以高枕無憂，鈕祜祿凌若，咱們走著瞧！」

「恭送佟福晉。」凌若欠身相送。

待她走遠後，墨玉啐了一口忿忿道：「等主子將她的醜事在王爺面前一稟，看她還怎麼擺這個側福晉的架子。」

凌若撫著掌中一直振翅欲飛的蝴蝶微微一笑。她與佟佳氏糾纏得夠久了，是時候該做個了結了。

是夜，胤禛來到月地雲居，不等佟佳氏哭訴失竊一事，已先問：「荒廟的火是妳放的？」

佟佳氏臉上的血色瞬間消失，那張嬌媚如花的臉龐變得比紙還要白，她怎麼也想不到胤禛一來就會戳穿她的祕密。儘管一早就曉得胤禛派人盯著自己，但總以為此事做得隱蔽，不會有人曉得，哪知……

嬌脣輕顫，想要替自己辯解，然在胤禛的目光下，她竟無一字可成聲。那雙眼容不下一絲謊言，從未有過的害怕肆意凌虐著她。

胤禛揮手命人退下，整個月地雲居除了彼此的呼吸聲再聽不到其他，異常的沉靜往往比暴怒更令人膽顫心驚。

「妾身……」好不容易吐出兩個字，卻耗光了她所有力氣，無法接續下去，只能被動地等著胤禛出聲。

「送到東菱閣的飯菜是妳讓人下的藥，鄭春華也是妳放走的對嗎？」胤禛沒有追問那枚翡翠戒指。到了這一刻，他若還看不出是佟佳氏有意嫁禍凌若，當真是白做了這麼多年皇子。

這兩句話，猶如晴天霹靂，震得佟佳氏兩耳嗡嗡作響，腳下更是踉蹌後退，彩繡紛繁的裙裾，像極了日間凌若握在手裡的那隻蝴蝶，美麗之中卻透著一絲灰敗……

「妾身……」她努力理著紛亂的思緒，讓自己鎮定下來，好生想想該如何化解眼前的危局。良久，她澀澀地落下淚來，屈膝朝胤禛跪下。「妾身欺騙了四爺，罪該萬死，但是請四爺一定要相信妾身並非存心，實在是身不由己。」

「因為傅從之？」胤禛面無表情地看著她。

佟佳氏不知道胤禛到底知道了多少事，只能硬著頭皮答：「是，八阿哥以傅從之來威脅妾身，若不替他辦事，就將妾身與他的事告訴四爺。妾身……妾身實在別無選擇，至於以前……」她慌亂地說道：「傅從之欺妾身年少無知，以花言巧語哄騙妾身與他私奔，幸而阿瑪尋到了妾身，才沒令他的奸計得逞。」

見胤禛一言不發，她膝行上前，緊緊握著胤禛醬紅色滾邊的袍角，哀哀道：「妾身對天發誓，絕沒有做過任何對不起四爺的事。」

「還敢說沒有！」一直努力壓抑的憤怒，因她這句話找到了一個宣洩處，他抬腳踹在佟佳氏心口，痛得她撲倒在地。「妳與傅從之的事我可以不計較，但我這樣信妳寵妳，妳卻幫著老八算計我……得虧老十三早有布置，否則真讓她落到老八手裡，妳就是死一千次、一萬次也不夠償還！」

佟佳氏捂著作痛的胸口倒在地上啜泣不已，淚如雨下，不斷落在光滑如鏡的金磚上蔓延成災。「妾身自知罪孽深重，不敢奢求四爺原諒，只求四爺保重身體，莫要因妾身氣壞了身子。至於妾身……」她淒然一笑，絕望地站起身，搖搖晃晃地道：「一定會給四爺一個交代！」

不等胤禛明白這句話的意思，佟佳氏已經朝朱紅圓柱奔去，一頭撞在柱上，立時有鮮紅的血液從額間滲出，與圓柱的朱紅混在一起，散發著令人心驚的妖豔。

「梨落！」胤禛沒想到她這麼般決烈，神色劇變，連忙跑過去一把接住她軟軟滑倒的身子，奪下她捏在手裡的絹子用力壓在額間，阻止那血繼續湧出來，心痛地道：「妳這又是做什麼？」

佟佳氏淚眼矇矓地道：「不瞞四爺，自那夜之後，妾身從未睡過一個好覺，只要一閉眼就會夢到東窗事發，四爺離妾身而去，留下妾身孤苦終老。與其讓夢境成真，倒不如就此死了，一了百了。」

望著那張與納蘭湄兒酷似的臉龐，胤禛無論如何也狠不下心，而且從始至終他都沒想過要佟佳氏死。他低嘆一聲，單手扶她起來到榻上坐下。佟佳氏額上的傷並不深，壓了一會兒血就止住了，只是那流到臉上的血跡看起來有些嚇人。

「梨落，妳不該騙我。」

見他語氣起了變化，佟佳氏心中微微一鬆，臉上依然一派悲苦。「妾身這一生中，唯有四爺待妾身最好，妾身希望這一生都能留在四爺身邊。所以當那一日八阿哥派人來，以傅從之的事來要脅妾身的時候，妾身真的很怕，怕一旦如實相告，四爺從此就不要妾身，所以迫於無奈，答應了他的要求。之後為了掩蓋真相，做了不該之事。」

這話是指曾經嫁禍淩若一事，她小心地睨了胤禛一眼，見其不說話又道：「妾身原以為替八阿哥做過這一回後就罷了，不想他竟然還不肯放過妾身，知道四爺在查頂死案，就讓妾身設法探知四爺查到何等程度。」

說到此處，她激動地道：「妾身已經對不起過四爺一次，怎能再次對不起四爺，所以妾身決定擺脫他的控制，哪怕手染血腥亦再所不惜。之後的事，四爺都知道了。」

她的手在發抖，怔怔地盯著掌心的紋路喃喃道：「當妾身命人放火的時候，真的好害怕。長這麼大，妾身連雞都沒殺，如今卻要殺人，縱然不是死在妾身手裡，可這血腥卻是無論如何都洗不掉了。」

第二百四十五章　以退為進

「妾身說這些不是想求四爺原諒，只希望四爺能夠明白妾身的一片心意。縱然負盡天下人，妾身都絕不負四爺，這裡……」她指一指胸口道：「只為四爺一人跳動。」

說完這句話，她掙扎著從榻上起身，軟軟跪在地上。「妾身該說的已經說完了，殺人償命，請四爺治妾身死罪。」

胤禛神色複雜地盯著佟佳氏僅簪了一朵玉蘭花的髮髻，一時間竟難以決斷，與他往日的性格截然相反。佟佳氏固然犯下許多大錯，然並非出於本心，其行可恨，其情卻可憫。

而且在頂死案這件事上，她確實沒有出賣自己，胤禛至今都不知道他已經查到王郎中身上。

這，也是他給佟佳氏設下的底線，一旦越過，縱然再不捨也絕不會留情。

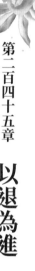

畢竟，她只是湄兒的替身罷了……

佟佳氏跪在地上，緊張到了極點。她在賭，賭胤禛對她這張臉的眷戀，賭自己在胤禛心中的分量。

時間漫長得像是停止了流動，在令人近幾昏厥的緊張中，她終於等來了胤禛淡漠的聲音──

「好生待在這裡思過懺悔，回王府前不許踏出一步。」

腳步聲在耳畔遠去，直至不聞時，佟佳氏方抬起臉龐，長出一口氣，出聲喚了蕭兒進來。因畫眉臉上有傷，怕胤禛問起，所以佟佳氏沒讓她在此伺候。

蕭兒看到佟佳氏混了血與淚的那張臉，嚇了一大跳，趕緊上前扶起雙腿無力的她。待佟佳氏坐穩後，蕭兒伸手想取下她覆在額間的絲帕，不想因為血跡乾涸，使得那方絲帕牢牢黏在上面，若硬要拿下來，免不得要受皮肉之苦。

蕭兒正猶豫間，佟佳氏已經隨手扯下絲帕，當帕子與皮肉分離時，蕭兒甚至聽到了「嘶啦」一聲，聽著就起了一身雞皮疙瘩。

佟佳氏面無表情地盯著血跡斑斑的絲帕，彷彿感覺不到那份痛苦。適才若不是她應變及時，狠下心來以頭撞柱，只怕如今就不是思過了事了。

「主子出什麼事了？」蕭兒打來一盆溫水，一邊替佟佳氏拭去臉上的血跡一邊問。

「傅從之的事，王爺都知道了。」佟佳氏望著覆在腿上輕顫不止的手，這一次不是假裝，而是真的。差一點，差一點她就萬劫不復了，真是好險。

「啊！」蕭兒驚呼出聲。怪不得主子這副模樣，竟是這事鬧的。她緊張地問：「那、那王爺怎麼說？」如果佟佳氏倒楣，她們這些伺候的人也不會有好下場，主僕本就是息息相關的。

「死不了，只是禁足思過而已。」佟佳氏眼中寒光閃爍。她沒料到胤禛會對她的事查得那麼清楚，甚至連傅從之都曉得了。她算到胤禛會疑心自己，卻沒算到這一步，所以才會輸得那麼慘。

只怕，連當初頂死案的那份卷宗都是他有意給自己看的，為的就是試探她，幸好自己沒有一念之差鑄成大錯，否則早已魂歸西天。

功虧一簣雖然令人不甘，但只要這條命在，一切尚有轉圜餘地，下一次，她絕不會再失誤。

胤禛心情沉重地出了月地雲居，一路回到鏤月開雲館，剛一進屋就聞到一陣勾人食慾的香氣。

他定睛一看，只見長几上擺了幾道精緻的小菜，凌若正盈盈站在一旁，看到胤禛行一行禮道：「妾身聽聞四爺晚上不曾用膳，怕您餓著所以特意做了幾個小菜送過來。聽狗兒說您出去了，還想著空跑一趟，哪知這麼巧您就回來了，快坐下嘗嘗妾身的手藝。」

胤禛默默點頭，屈身坐下後，接過侍女遞來的清水淨一淨手，夾了一筷黑木耳炒木須肉，略嚼了幾下道：「味道不錯，爽口又有韌性。」

凌若將一道帶來的珍珠香米飯擺在他面前道：「四爺覺得還能入口就多吃一些。妾身還在廚房燉了蟲參湯，用過晚膳，差不多剛好能喝。」

胤禛不出聲，端起米飯就著面前幾個小菜一口接一口，待一碗米飯見底後，方擦一擦嘴，對一直含著溫柔笑意坐在對面的凌若道：「妳沒有話要問我嗎？」

「四爺想說的時候自然會說，何須妾身多問。」凌若將碗筷收拾後，命人端了出去。屋中只剩下他們兩人，於橘紅搖曳的燭光間相對而坐。

胤禛將身子往後一仰，意味複雜地盯著凌若道：「昨夜，李衛在哪裡？」

早在胤禛來之前，凌若就從狗兒嘴裡得知胤禛去了月地雲居的事，原想著他是要問佟佳氏的事，哪曉得一張嘴竟是問起了李衛行蹤。她心中猛然一跳，有些不自在地道：「四爺問這個做什麼？」

「昨夜我讓周庸去辦一趟差，回來後他告訴我說看到一個很像李衛的背影，所以好奇問問。」

胤禛看似漫不經意的口氣卻令凌若出了一身冷汗，明白昨夜周庸雖然沒追到李衛，卻憑著背影猜到了李衛身分。

雖然詫異，不過凌若倒也沒太大牴觸，原本就是來試胤禛意思的，正好可藉此機會說起。

想到這裡，凌若提一提裙裾，斷然跪下道：「妾身有事隱瞞四爺，請四爺恕罪。」

「先起來。」胤禛的聲音不容人拒絕，待凌若在面前站定後，方又道：「說吧，究竟什麼事瞞著我。」

凌若貝齒輕咬，靜聲道：「上次鄭春華一事後，妾身擔心佟福晉會再做出什麼糊塗事來，所以一直有讓人留意她舉動。昨日裡，李衛告訴妾身說佟福晉召見了傅從之，妾身心裡覺得奇怪，就讓李衛盯著傅從之。哪知在昨夜裡發現他從狗洞中溜出，去了一座荒廟，之後李衛就被周庸發現了，等他再回去的時候，只看見荒廟中一團火光。」

「不過……」她剛想說李衛救出了傅從之，不想胤禛先一步打斷她的話——

「我告訴妳，火是梨落命人放的。」

「什麼？」儘管早已知曉此事，但凌若萬萬料不到會從胤禛口中聽到，一時間忘了自己接下來的話。

第二百四十六章　止於此

胤禛長嘆一口氣道：「梨落的事我一直都有在追查，只是未與妳說罷了。當初鄭春華一事確實是她所為，至於原因……與那個戲子有關。梨落未入宮前曾受那戲子蒙騙，險些行差踏錯，老八就是以這個來要脅她辦事。梨落本心並不願如此。」

「所以她放火想要燒死傅從之？」凌若試探地問。

「不錯，梨落不願繼續被老八控制，不得已之下才出此下策。」胤禛在說這句話時並沒有太大的情緒波動，顯然內心深處已經認可了之前佟佳氏「迫於無奈」的說詞。

凌若的心漸漸冷了下來。聽胤禛這口氣，似乎想要原諒佟佳氏。究竟佟佳氏在他面前說了什麼、做了什麼，令眼中素來容不得一粒沙子的胤禛容她至此。

「那四爺準備怎麼處置此事？」她小心地問道。

胤禛沉吟片刻道：「梨落固然有錯，不過主錯不在她，何況今日我去看她的時候，她確有悔意，甚至不惜以死明志。」

聽到這裡，凌若在心中暗嘆了口氣。她知道，不論胤禛接下來的話是什麼，佟佳氏都註定逃過一劫。至於傅從之，他的死活已經無關緊要了，縱然他此刻站在胤禛面前，也無用了。

果然，胤禛慢慢說道：「我已經罰了梨落在月地雲居內思過懺悔，在回府之前不得踏出一步，至於這件事……」他意味深長地看了凌若一眼。「就到這裡吧，我不想再鬧下去。若兒認為呢？」

「既然四爺都決定了，妾身自然沒有意見。」她眉眼低垂，將恨意小心翼翼地掩藏在胤禛看不到的地方。如此種種竟只是禁足了事，看來她還是低估了佟佳氏的能耐以及那張臉的分量。錯失這一次，往後想要扳倒佟佳氏怕是更難了。

胤禛滿意地點點頭。「很好，梨落與那戲子的事，就止在此處，出了這門，我不想再聽到任何關於此事的閒言碎語。」

「妾身明白。」胤禛決定的事無人可以更改，所以凌若縱然再不甘也只得咬碎銀牙將苦水往肚裡嚥，等以後再做打算。

她正想著，胤禛忽地問：「我記得妳很嚮往杭州的西湖是嗎？」

話題轉換得太快，凌若一下子沒反應過來，隔了會兒才愣愣地點頭，不解他好端端地為何突然問起這個。

胤禛拉過她的手，讓她橫坐在自己腿上，冒著青色鬍碴的下巴擱在凌若肩頭，在一陣酥癢中他問：「我曾說過，將來若有機會就帶妳一道去，那麼，現在妳還想去嗎？」

凌若愕然看著他，一時間不知該如何回答，直到胤禛假意為難地道：「看樣子妳是不想去了，那就算了吧。」

「不要！」一聽這話，凌若頓時急了，迭聲道：「妾身想去呢！」

待瞥見胤禛似笑非笑的神色，她才省悟過來，敢情是逗自己玩呢。她又羞又氣，別過臉道：「四爺就知道拿妾身耍樂子，不理四爺了。」

胤禛憐惜地撫著凌若的臉，猶若凝脂的觸感令他愛不釋手。「沒有耍妳呢，是真的。過段時間我就要動身去杭州了，想著上回的話，所以就想帶妳一道過去。可惜眼下看不到『接天蓮葉無窮碧，映日荷花別樣紅』的美景了，不過若時機湊巧，斷橋殘雪、平湖秋月什麼的還是能夠看到的。」

凌若長到這麼大，從未出過京城一步，對於京城以外的地方只能透過書籍讀到，前賢詩人對西湖的美好描述，令她對杭州這個地方充滿期待。原以為自己一輩子只能夠以管窺天，哪知胤禛竟突然間給她這麼大一個驚喜，倒是將之前因佟佳氏一事而鬱悶的心情沖淡了不少。

待興奮稍減後，凌若才想起來問：「四爺怎麼突然想到去杭州了？擱下朝裡的事不打緊嗎？」

「就是為了朝裡的事才要去。記不記得我跟妳說過頂死案？」胤禛疲憊地仰靠在椅背上。這些日子，他既要忙著追查頂死案，又要盯著府裡的事，兩頭忙碌，精神又時刻緊繃著，縱然是鐵打的身子也會感覺吃不消。

凌若點點頭。這件事她聽胤禛提起過，不過並不清楚，只曉得有人買通刑部上下，以平民百姓代替那些罪大惡極的人受死刑。

「老八之前想要利用梨落來打探我查案的進度，想來此事與他大有關聯，可惜現在沒有真憑實據。我們查到刑部一名五品郎中與幕後主使者有直接聯繫，應該清楚幕後主使者的身分，可他寧可受刑也不肯透露。直至數日前，我查到頂死案得來的數百萬兩大部分流到了江浙一帶，尤其是杭州。皇阿瑪很想知道這麼一大筆銀兩都用到什麼地方，所以讓我私下走一趟，好生查查究竟是怎麼一回事。」說完，他正色道：「此去說不定會有危險，妳若害怕的話，就在京中等我回來。」

與上次去江南籌銀不同，那時他是欽命皇差，有眾多官差開道、侍衛守護，如今為免打草驚蛇卻是輕車簡從，帶不了幾個人，萬一有點兒事，自不能像以前那樣護衛周全。

之所以選擇帶凌若去，一來是想圓凌若的心願；二來也是為了麻痺對手，令他們猜想不到他去杭州的真正用意，只當成是遊山玩水。

凌若微微搖頭，握住胤禛溫厚的手掌認真道：「四爺去哪裡，妾身就去哪裡。縱然是龍潭虎穴，妾身也會陪四爺闖進去。」

「傻丫頭，我怎麼捨得妳有危險。」胤禛動容地抱著凌若，溫默如水的情意流淌在彼此之間。

九月初九，重陽節過後，在一句「出京遊玩」中，胤禛帶了凌若往杭州一路行去，已回府的諸人聽得這個消息時反應各不相同，不過嫉恨者占了多半。

那一夜，年氏摔了一只好不容易運到京城、足有一人高的唐彩花瓶，那拉氏徹底未眠；而佟佳氏……她什麼也沒說，只是一筆接一筆，用力抄寫著桌上的佛經，這是她準備呈給胤禛的。

第二百四十七章　出京

凌若隨胤禛坐在出城的馬車上，歡欣雀躍，不時掀開簾子看一看外面的景色，流露出以前不曾有過的嬌憨。縱然只是再普通不過的人或景，都能讓她歡喜半天。

不知過了多久，凌若發現原本在閉目養神的胤禛不知何時睜開了眼，雙手環胸、饒有興趣地盯著自己，不由得奇怪地摸了摸臉。「四爺為什麼這樣看著我？」

「我尚是第一次看到妳這麼高興。」

以前，不論怎麼歡喜，凌若的笑都是矜持克制的，從未有一刻像現在這般笑得自在無拘，整個人看起來都有些不同了。

凌若嫣然一笑。她的歡喜不僅僅是可以出京、可以去杭州，更多的是因為可以暫時離開那個勾心鬥角的地方。雖然她不怕這些，但日日待在那個算計來、算計去的雍王府中，總會覺著有些無趣，連吸進的每一口氣都帶著一絲壓抑。

不過這些話她是永遠不會與胤禛說的，只推說是因為自己第一次出京，所以特別興奮歡喜。

他們此行只有兩輛馬車，胤禛與凌若坐一輛，墨玉還有幾個守衛坐一輛，趕車的是狗兒還有一個老車夫。任誰都不會想到，這樣不起眼的馬車當中會坐著當今皇帝的第四子。

在快出城門的時候，一騎快馬將他們攔在城門口，不等胤禛掀簾查看，一個爽朗的聲音已經傳了進來：「四哥，怎麼出京也不叫我！」

掀開車簾，果然看到胤祥坐在黑珍珠背上，臉上是比秋陽更耀眼的笑容。瞥見他，胤禛冷漠的臉龐有些許鬆動，單手一撐跳下馬車道：「你來做什麼？」

「自是隨四哥出京，還用問嗎？」胤祥回答得理所當然，根本沒問當事人同意與否。

「你小子！」胤禛指了指他，似想說什麼，但最終皆化為了溫和的笑意，拍一拍黑珍珠的腦袋道：「既然這樣，還不趕緊讓開，再擋在前面，看我不把你從馬上拉下來。」

凌若坐在車中看著兄弟倆，笑意同樣攀上眉眼。她曉得此次出京，路上要多一個人同行了。

京城與杭州相隔四千餘里，縱是千里良駒一趟下來也要十數日；何況胤禛他們是坐馬車，直走了近月餘的時間才到江浙地界。

一路過來，看盡夕陽晚照、靜花飛落，於無痕的秋水中漸漸撫平因京城繁華而變得有些浮躁的心靈，令心重歸寧靜平和。

十月，秋冬交接時，天氣越發寒涼，單衣薄衫已不足以禦寒，虧得來時胤禛知道此行時日頗久，所以帶足了衣物。

這日天色近晚，遂將馬車停在就近的客棧前。馬剛一停穩，立刻有小二殷勤地跑上來道：「幾位客官是要住店還是吃飯啊？」

「都要。」胤祥隨口答了一句，翻身下馬後將馬繩往小二身上一扔。「牽下去好好照顧著，記得要餵上等草料，別拿那些次料濫竽充數。」

莫看小二不過二十上下的年紀，在這裡已經做了好些年頭，天天迎來送往，多少練了些眼力勁出來，一看這馬的品相就知道價值不菲，當即滿面笑容地道：「爺儘管放心，咱雲來客棧在這江浙一帶可是百年老店，江寧、杭州、蘇州都有，金字招牌響噹噹的，絕不會做自砸招牌的事。」

他們說話的這會兒工夫，胤禛已經從馬車上下來，抬頭睨了一眼三層樓高的客棧以及掛在上面那塊「雲來客棧」的招牌，漠然道：「雲來，雲來，取自客似雲來吧？」

「這位爺好眼力，當初東家正是取自這個意思。」小二陪笑道，正要請幾人進去，恰好看到凌若從車裡下來，暗叫了一聲「乖乖，好漂亮的人啊，簡直像是從畫裡走出來的一樣。」他長這麼大還是頭一次見到有人能長得這般好看，那五官一絲瑕疵也沒有。

「咱們進去吧。」胤禛很自然地握住凌若的手。

此時正是掌燈時分，樓下坐了許多人，為免引人注目，胤禛讓人將飯菜端到客房中。

胤祥早已餓得不行，飯菜一端上來，顧不得說話先舉筷吃好幾口，待肚子沒那麼餓後，方道：「四哥，此地距離杭州只剩下幾百里，應該不日之內就能到。只是到了那邊後，咱們該如何查起？除了知曉有大筆銀兩流轉到杭州之外，可就一無所知了。」他可不願像是無頭蒼蠅一樣，四處亂撞。

胤禛一如在府裡那般，接過狗兒遞來的溼巾仔細將雙手拭淨後，方才執筷道：「急什麼，船到橋頭自然直。」

「什麼意思？」胤祥咬著筷子問，眉頭皺成了疙瘩。最討厭別人打啞謎。

胤禛笑而不答，倒是凌若夾了一塊新上市的紅燒冬筍到胤禛碗中，淡然道：「十三爺想想，咱們來杭州查頂死案銀錢流向，最著急的人會是誰？」

「當然是老八他們囉，不過他們又不知道咱們此來杭州的目的。」胤祥漫不經心地回了一句，不等凌若再說，他忽地神色一正，低聲道：「難道老八他們已經知道了？不會吧，此行的目的，四哥除了小嫂子可是誰都沒說，連我也是在路上才知道的。」

頂死案雖然一直懸在那裡不曾查清，但彼此心裡都有數，十有八九胤禩一夥人就是幕後主使；只是沒有真憑實據，胤禛萬不敢捅到康熙那裡。萬一讓康熙認為他容不下胤禩，兄弟鬩牆，那可就是得不償失了。

儘管私底下，諸多兄弟已經鬥得你死我活，但這層窗戶紙，不到萬不得已，是絕不會有人主動去捅破的。

「不知道，不代表他們不會猜。」胤禛慢慢嚼著燒得極為入味的冬筍，直至將一整塊吃完後，方道：「儘管我極力避免打草驚蛇，但老八為人謹慎，心思又多，我這杭州之行必然會引他起意猜測，說不定這會兒已經有人跟到客棧來了，不知躲在哪處想偷聽咱們講話呢。」話雖如此，不過他並不擔心會被人聽去，周庸就帶人守在門口，而且左右兩間住的都是他們自己人。

第二百四十八章　杭州

「這一路上我經常在想，既然打草驚蛇已經不可避免，那麼我們是否可以來一個引蛇出洞，讓他們帶咱們去找線索，這樣也好過沒有頭緒地亂撞。」直到這個時候，胤禛才說出他真正的打算。

聽到這裡，胤祥一拍手掌，恍然道：「不錯，這確實是個好主意，我怎麼就沒想到呢。八哥……」他嘿嘿一笑道：「若真讓咱們跟著他的人找到了線索，你說他會不會氣得吐血？」

胤禛對他的話一笑置之，繼續吃著那些菜。一路上所食之物，論精緻自不能與在府裡相提並論，不過勝在可以領略各個地方不同的風味。

吃飯的時候，凌若不時將菜夾到胤禛碗裡，這本是一個極平常的舉動，然胤祥卻看得直發愣，連碗裡的飯也忘了吃。

墨玉在一旁半真半假地道：「十三爺，您想吃什麼，奴婢夾給您就是，何必巴巴看著四爺和主子。」
胤祥笑罵了一句道：「去，爺自己有手有腳，哪個不會夾啊，只是看著四哥和小嫂子突然覺得很羡慕。」
凌若抿嘴一笑，推了推胤禛道：「四爺您瞧，十三爺這才出來一個月呢，就想府中的福晉了。」
胤禛微微一笑，難得起了玩笑之心。「十三弟，你若想回去，儘管跟我說就是，快馬加鞭，從這裡回京城也就十來日的事。」
胤祥被他們一個接一個說得哭笑不得，舉手討饒道：「得得得，我說不過你們，行了嗎？」
笑鬧後，胤祥嘆了口氣道：「剛才我看著看著，突然覺得雖然一樣是夫妻，可我與兆佳氏之間，總覺得缺了些什麼，不像四哥與小嫂子這般鶼鰈情深、融洽無間，一眼望去不用多想就知是夫妻。」
胤禛將碗中最後幾顆米飯扒淨後道：「多相處相處，等日子久了就好了。」
胤祥聳聳肩沒說話，剛端起還剩下一半的飯碗，突然一雙冬青木筷箸夾著一個鹽焗雞翅放到他碗中，順勢望去卻是墨玉，只聽她溫聲道：「十三爺這些日子獨身在外，就讓奴婢伺候您吧。」
不知為何，墨玉這句話在胤祥心裡激起一個小到不起眼，卻真實存在的漣漪……

在客棧休整一夜後繼續上路，這一次胤祥留了心，果然發現有一夥人遠遠跟在後面。他們走就走，他們停就停，要說沒有跟著他們，是人都不信。

如此，趕了幾天路後，終於到了杭州。這裡江流襟帶、山色藏幽，還未見到名譽古今的西湖，凌若就已經為眼前所見的美景所傾倒。不須刻意去尋找什麼，但凡目之所見，都透著江南水鄉的優美翠秀，令人駐足。

而且十月的京城，早已是萬木凋零，幾乎看不到綠色，可在這裡，放眼望去依然鬱鬱蔥蔥，綠意如春。

上有天堂，下有蘇杭。這句話果真一點也沒錯，怪不得古往今來這麼多大詩人、大文豪都要來杭州一遊。

在尋住處歇息的時候，他們意外發現，在這裡竟然也有雲來客棧，一問之下方知原來雲來客棧最初就是開在杭州，後來見生意不錯，客棧的東家便動了在別處開分號的事。經過百餘年的經營，雲來客棧已經有了十餘家。不過杭州府這家才是真正的本店，歷經變遷，直到今天。

胤禛將凌若安置在客棧中，又命人看守後，方才隻身與胤祥一道出了客棧。此時是正午時分，人來人往，熙熙攘攘，兩人穿入人群中很快就難辨蹤影。

奉命從京城一路跟蹤到這裡的人，見他們不見蹤跡，顧不得隱藏身影，忙追上去四處尋找。殊不知一舉一動皆落入住在臨街一間客房的人眼中。

凌若放下開了一條縫的方格小窗，對墨玉努嘴道：「告訴李衛他們，可以動身了。按四爺的吩咐，不分晝夜盯著這幾個人，盡早查出他們在哪裡落腳。」

螳螂只道自己是捕獵者，殊不知尚有黃雀在後，獵者與被獵者始終只有一字之差。

胤禛他們一路走來，專挑人多的地方走，令後面那群人追得滿頭大汗。明明要時刻緊盯，又不敢靠得太近，唯恐被發現，卻不曉得他們早已洩漏行蹤。

一直等到帶他們繞了一大圈之後，胤禛方才與胤祥使一使眼色，來到一早就已經向店小二打探清楚的杭州府府衙。

杭州府衙位於西湖十景之一的柳浪聞鶯以東，一道在那裡的還有錢塘縣與仁和縣的衙門，所以那裡有三衙之稱。

府衙比縣衙規格要遠高一籌，臺階下立著一對石獅子，又有衙役佩刀守在門口，見胤禛兩人佇足於衙前，喝道：「你們有什麼事嗎？若有冤情可擊鼓相鳴！」

胤禛睨了胤祥一眼，後者會意，撣一撣袍角上前道：「二位官大哥，我兄弟兩人無冤，不過有事想見知府大人一趟，不知可否代為通稟？我們是從京城而來。」

「知府大人？」衙役上下打量兩人一眼。若換了往常早已喝其退去，但看胤禛兩人衣著不凡、氣度尊貴，且在說到知府大人時並沒有太多的敬意，一時間摸不清兩人身分，倒不敢狂語。

其中一人低頭想了會兒，客氣地道：「知府大人倒是在衙內，我等也可代為通稟，不過大人事務繁忙，是否有空見二位就不得而知了。」

話是這麼說，但腳下卻不見動。胤祥會意，從錢袋中取出兩錠銀子塞到那人手中，那人才轉身入內。倒不是他們兩人貪婪成性，而是長久以來的規矩使然，知府大人在這裡就是天、就是地，不是隨便來什麼人都可以見的。

胤禛在後面看得直皺眉，但到底沒說什麼。在見到杭州知府之前，他們是斷不會隨意洩漏身分的。

等了片刻，那人走出來，將門開大一些後道：「知府大人在二堂寅恭門東配房，請你們進去。」

胤祥微一點頭，隨胤禛一道走進去，穿過大堂一路來到寅恭門東配房。守在門口的人事先得了通傳，見到他們並未阻攔。

第二百四十九章　杭州知府

到了裡面，只見一名年約五旬、身著青藍色海水紋便服的老者坐在紅木案桌後，看到他們進來，摘下鼻梁上的老花鏡抬起頭，遲疑地盯著兩人。「你們……」

「怎麼，不認識我們了？」胤祥進來後，毫不客氣地勾過椅子坐下。

這句話聽得在旁伺候的下人眼皮子一陣亂跳，他們還從未見過有人這樣跟知府大人說話。縱然是京裡來的大官，與知府大人說話時也是客客氣氣，哪像眼前這位，彷彿根本不將知府大人放在眼裡。

「二位是？」知府被他這態度弄得越發不明。京城來人……到底是什麼來頭，似有些眼熟，可是想不起來在哪裡見過。

在弄清楚兩人身分前，知府不敢輕慢，命人奉茶，自己則起身到兩人身前客氣地道：「不知二位高姓大名？」

「陳元敬，康熙三十一年進士，高中二甲第十七名，外放平章縣縣丞，之後平章縣縣令休致，你接替了他的位置，致力農耕發展，引水於農田，解決了當地澆灌的難題。在你治理下的平章縣，路不拾遺，生活富足，期滿調任時，當地百姓夾道相送，更送上萬民傘。康熙四十三年，你升任杭州府知府，一直到現在。」

在說完這些後，胤禛似笑非笑地看著勃然色變的陳元敬道：「如何，陳大人，我可有說錯？」

陳元敬聽得目瞪口呆。眼前這人到底是何來歷，竟然可以一字不差地說出自己考中進士之後的所有經歷，甚至連萬民傘都知道，那傘此刻就在後堂中放著。

這兩人來歷絕不簡單，這般想著，陳元敬示意伺候的人退下，待四稜雕花房門都關起來後，方凝聲道：「二位究竟從何而來，為何對本官知曉得這般清楚？」

「還沒想起來吶？」胤祥摩挲著茶盞，漫不經心地道：「我且問你，康熙四十三年，你升任杭州知府前是否去了吏部考評？」見陳元敬點頭，他又接下去道：「之後因為考評優異，皇上特傳你上朝，還獎了你一身黃馬褂和單眼頂戴花翎，是也不是？」

依舊是一字不差，看樣子他們當時應該就在朝上。可是眼前兩人論年紀，就算年長的那個瞧起來也頂多三十左右，也就是說康熙四十三年時他們才二十多歲，能上朝的哪一個不是朝廷重臣？他可不記得有這麼年輕的臣子。

呃，慢著，他記得當時除了朝臣之外還有諸位阿哥在，而按著大清的規矩，阿哥是有資格聽政議事的，這麼說來……

陳元敬瞪大眼睛，越看越覺得這兩人臉熟，特別是神色冷峻的那一位。難道是真的？他呆站在那裡半天說不出話來。可是除了阿哥，他又想不出還有什麼人能對自己了解得這麼清楚，連朝堂上發生的事都一清二楚。

陳元敬苦思冥想，終於勉強將眼前兩人與五年前站在朝堂上的兩張臉對上了號，但是因為時間過久，他也不知道對錯與否，小心地問：「二位可是四阿哥與十三阿哥？」

胤祥將茶盞蓋往不斷升騰著水氣的茶盞上一扔，漫然道：「總算你還沒有老眼昏花。」

這樣的話語卻是承認了身分，陳元敬趕緊上前大禮參拜。「下官陳元敬給四阿哥請安，給十三阿哥請安，二位阿哥吉祥。下官不知二位阿哥大駕光臨，有失遠迎，請二位阿哥恕罪。」

「陳大人請起。」胤禛將他扶起後道：「不知者不怪，再說這也不是在京城，隨便些就是了。」

陳元敬唯唯應著。「不知二位阿哥遠道而來，可有什麼要事？」

見終於問到點子上，胤禛也不廢話，逕自從懷中取出一封以蠟封住口子的信件。「皇阿瑪有密旨讓我交給你。」

聽得密旨二字，剛剛直起身的陳元敬連忙又跪下，三跪九叩之後，方才以雙手接過胤禛遞來的信件。原本接聖旨當焚香淨手，不過密旨可以行權宜之法。

他低頭細看，果見封蠟處印有一個小小的御印。他小心翼翼地拆開，取出裡面的信件仔細閱讀後，神色微變，待得全部看完後，他原樣交給胤禛。「下官謹遵皇上聖旨，必竭盡所能助四阿哥追查此筆鉅款去向。」

「很好。」胤禛滿意地點點頭。「不過在查清楚之前，暫不得洩漏我與十三爺的身分，一切都需要祕密進行。」

陳元敬剛想說他明白，卻聽胤禛又道：「另外我還有一件事要交代給你，或許會有些擾民，但是別無他法。」說罷，在陳元敬耳邊輕聲說了幾句。

陳元敬連連點頭。「下官明白，四阿哥儘管放心，至於擾民帶來的影響，下官會盡量降到最低。」

「那就有勞陳大人了。」在來之前，胤禛已經從吏部調來案卷，仔細查過陳元敬的底細，曉得他是一個幹實事的清官。這些年他一直在地方任官，與胤禩一夥並無關聯，而且當年在朝堂上，他對陳元敬的印象也極好。

他與胤祥雖為阿哥，身分尊貴，但在杭州人生地不熟，且又無可用之兵，必然要找一個能夠信任的人來配合他們行動。陳元敬不論從身分還是為人來說，都是不二人選。

「不知二位阿哥現在住在哪家客棧？如果有什麼消息，下官也好回稟。」

朝廷來人按理是住在驛站的，不過胤禛兩人微服來此，必是選擇去客棧歇腳。

「雲來客棧地字八、九號房。」胤祥在旁邊說了一句。

此地的雲來客棧與江寧一般分天、地、人，價格相差數倍，天字號房更是達到驚人的一兩金子一晚，能住得起的不是巨賈富商就是達官貴人。為不過於引人注目，胤禛只選了次一等的地字號房落腳，饒是如此也要十兩銀子一晚。

片刻後，胤禛兩人從杭州府衙出來。陳元敬原本是要親自送出去的，無奈胤禛不同意，只得送到寅恭門作罷。在走到府衙門口的最後一處臺階時，一個人影橫刺衝了出來，收勢不住地與胤禛撞了個滿懷。

「對不起。」人影以最快的速度退開胤禛的懷抱，竟是一個女人的聲音。

第二百五十章　遊湖

胤禛定一定神，終於看清那人的模樣。約莫十五、六歲，杏眼瓊鼻、粉面桃腮，姿色秀麗，頗為動人，不過不知道為什麼穿了一身白衣，鬢邊更戴了一朵白花，臉上盡是急切之色。

不待胤禛說什麼，她已經匆匆奔到豎立在府衙門口的大鼓前，貝齒輕咬，隨後拿起放在鼓架下的鼓槌重重擊在大鼓上。

「咚！咚咚！」擊鼓聲傳來，落在府衙每一個人耳中，凡聞此聲者皆是神色一緊，因為這個聲音代表著又有一起冤案發生。

「升堂！」陳元敬在第一時間換下身上的便服，改穿上繡有白鷳補子的官服，在接過師爺遞來的單眼頂戴花翎戴在頭上後，肅然道：「上堂！」

正當杭州府衙因為這個女人的到來而變得極為熱鬧時，胤禛他們已經回到了客棧。

翌日，杭州城百姓驚奇地發現有官差挨家挨戶來搜查，縱是達官富戶亦無一倖免，聽聞這是知府大人的意思，至於原因則一概不知。唯有後來透過在府衙做事的人嘴裡，隱約知道一點，似乎是在追查什麼了不得的大事。

而在此之前，還有另一則駭人聽聞的消息在杭州城大街小巷流傳著。以販賣香料起家的趙家一夜之間慘遭滅門之禍，上下十二口人，除卻一人受傷生還之外，其餘全死了。

生還的那個是趙家三少爺，本以為這是不幸中的大幸，不想趙家的下人報官說，看到趙三少爺像發瘋一樣拿刀砍了趙家所有人；換而言之，死去的那些人都是他殺的。

鑒於案情嚴重，雖然沒有找到物證，但杭州府衙還是將受傷的趙三少爺押入大牢，之後就是一連數堂的會審，最後斷定趙三少爺就是殺害所有人的凶手；而凶器也在趙三少爺房中找到，是一把血跡斑斑的短刀，與死者傷口相符。

此案陳元敬是主審，判其明年秋後處斬。秋決的公文已經呈給朝廷，可就在這一日，突然有人以趙三少爺未婚妻的身分為他擊鼓鳴冤，堅稱他沒有殺人，是有人嫁禍於他。

按大清律例，但凡有狀紙呈上，身為知府是一定要接的，哪怕已經判定罪行，只要人沒死，就允許他人為其翻案。

不過陳元敬考慮到此事人證、物證俱在，根本毫無疑點，所以在經過仔細考慮後，退回了該女子的狀紙。

這些事，胤禎是在客棧中聽他人說起，並未放在心上；至於呈狀的女子，他倒是猜到有可能就是那日撞到自己的那人。

入了十月後，連著幾天都是秋雨瀟瀟，漸寒漸涼，直至十月初十這日天氣方見好轉。晴好之餘又有秋陽高照，照在人身上有了幾許暖意。

胤禎記起來了杭州這些天還不曾帶凌若去過西湖，一直待在客棧中，雖然她嘴上沒說，但心中必然是嚮往不已，遂攜了凌若一道往西湖而去。這一路，比肩接踵，人流如潮，不論是杭州府的人還是外來遊客，被纏綿的秋雨憋了這麼多天，都趁此機會出來走走，而聞名天下的西湖自是不二之選。

天下西湖三十六，就中最好是杭州。

這是宋代文豪蘇東坡在杭州留下的詩句。西湖，三面雲山、一水抱城的山光水色，擁有「欲把西湖比西子，濃妝淡抹總相宜」的自然風光，令天下眾生為之傾倒。

沿湖走來，畫橋煙柳，雲樹籠紗，逶迤群山，林泉秀美，美侖美奐的風景令凌若目不暇接，若非胤禎一路緊緊牽著她的手，兩人早已被人潮衝散。胤禎曾隨康熙數次下江南，而每次來，杭州都是必經之地，是以對西湖美景已頗為熟悉。

「瞧，那裡就是相傳白蛇與許仙邂逅的地方。」胤禛指了位於白堤東首的一座橋說道：「每到冬雪盛極之時，遠觀此橋若隱若現於湖面，彷彿從中截斷一般，故名斷橋殘雪。」

《白蛇傳》的故事家喻戶曉，凌若自小就聽過，修煉成精的蛇精為報恩而與凡人許仙成婚痴纏相戀的故事。化名白素貞的蛇妖為許仙上天偷靈芝，與法海鬥法水漫金山，不知感動了多少人。

如今斷橋就在眼前，自無不去之理。她拉了胤禛一道走在橋上，放眼望去，西湖美景盡收眼底，至於傳說壓了白素貞的雷峰塔就在西湖邊上。法海鎮壓白蛇時曾道：除非雷峰塔倒，西湖水乾，否則白蛇永不許出世。

見凌若站在橋間不走，胤禛說笑道：「若兒站在這裡，可是也想與白素貞一樣遇一個許仙？」

凌若嫣然一笑，撫著冰涼的欄杆道：「妾身此生有四爺已經心滿意足了，才不要什麼許仙呢。何況許仙可不是白素貞的良配，許仙在知道白素貞是蛇妖後就棄她而去，令得白素貞含恨於雷峰塔中。如此男子，一生不遇方才是女子之幸。」

人妖殊途，從不是分開兩人的真正原因，許仙的懦弱與無能才是，只可惜白素貞認清這個事實的時候已經來不及了。

不知為何，在說到這些時，胤禛想起自己以前對凌若的誤解，心中頗為內疚，執手溫言道：「只是傳說罷了，不必耿耿於懷。待會兒我陪妳一道坐船去花港觀魚。」

凌若剛要答應，忽地旁邊傳來一個陰惻惻的聲音——

「不是傳說哦，真的有白蛇還有青蛇，她們現在還活著，那青蛇更是一直徘徊在西湖之中想要救她的姊姊。」

凌若被這聲音嚇了一跳，循聲望去，只見他們身邊不知何時多了一個蓬首垢面的女子，頭上戴著不知從哪裡摘來、已然半殘的菊花。最令人驚奇的是，這樣冷的天她居然只穿一件單衣，那衣裳本該是紫羅蘭的顏色，然因過多的汙垢，使得它看起來像是黑色，只有一小塊露出原本的顏色。

那女子神祕兮兮地瞥了一眼四周過往的人群，道：「我告訴你們啊，說不定咱們身邊的某一個人就是青蛇化形而成。」

胤禛與凌若均是一陣皺眉。不知這女子從哪裡冒出，而且還說這麼奇怪的話，這世間怎麼可能真的有妖。

第二百五十一章 平湖秋月

「姑娘妳……」凌若想問問她身分，然剛開口，對面那個女子就做了一個禁聲的手勢。

「噓，這裡很邪門的，快走吧，晚了青蛇就要來吃你們了。吃的人越多，她的法力就越高。」

見她越說越荒謬，胤禛搖搖頭拉了凌若準備離開。

此時，一個神色焦急的中年男人匆匆奔過來，一把拉過那女子，長吁一口氣道：「大妞妳在這裡啊，怎麼一聲不響就跑了，可是嚇死二叔了，快跟二叔回去。」

被稱為大妞的女子掙扎嚷嚷道：「我不回去，我還要玩呢！」

「妳這丫頭怎麼又把菊花戴頭上了？告訴妳多少回了，那是給死人的花，不可以摘來戴。」他一邊說著一邊將那幾朵半殘的菊花從她頭上取下來扔到地上，惹得大妞好生不悅。

直到這個時候，那男人才看到胤禛他們，忙道：「二位莫要見怪啊，這是我大哥的孩子，生下來的時候腦子有點不好，整日裡瘋瘋癲癲的，她父母死後就一直是我在照顧。今兒個出門幹點兒活，忘了鎖門，讓她跑到這裡來胡言亂語。」

「我沒有胡說，這世間真的有妖，有青蛇、有白蛇，她們吃人，很可怕的。」大妞的話令男人臉色一變，低喝了她幾句，轉身正要離開，忽地又猶豫起來，最後咬一咬牙對胤禛他們道：「聽口音，二位不是杭州人氏吧？」

胤禛點一點頭道：「不錯，我們是從京城來此地遊玩，剛到沒幾天。何事？」

男人壓低了聲道：「既是這樣，那我奉勸二位一句，入夜之後少來這西湖。要我說妖不一定有，但這西湖確有點邪門。」

這話可是將凌若的好奇心勾了起來，追問他是怎麼一回事。

男人想了會兒，方道：「從去年開始，這西湖白天都挺正常，可每到夜裡都會從湖底傳出奇怪的聲音，很是可怕，像是有一條大蛇在湖底翻滾一樣。蛇妖的傳聞就是從那個時候開始傳出來的，聽聞已經有好幾個人失蹤了。如今只要是杭州本地人士，夜間都是不來西湖的。我奉勸二位一句，夜間千萬不要來西湖。」

直至坐上船，男人的話依然在凌若耳邊迴盪。這個比明珠還要耀眼的西子湖，在夜色下真會變得那麼可怕嗎？

「還在想剛才那事？」胤禛見凌若一直心不在焉，遂安慰道：「那都是以訛傳訛，不要在意，朗朗乾坤哪有什麼妖魔鬼怪。」

「妾身知道。」凌若回以一笑，抛開這些，重新將心思放在西湖美景之上。

花港觀魚、雷峰夕照、南屏晚鐘，她坐在遊船上將這些美景一一賞來，直至天色暗下，本欲回去，卻又惦著胤禛說過的平湖秋月之景。今兒個天色這般好，又是初十，月亮圓了一大半，正是賞月的大好時機，遂決定在西湖多留一會兒。

入夜之後，西湖上的遊客與日間相比少了許多，難道夜間的西湖真有古怪？遊了一日，到底是有些累了，又沒吃什麼東西，兩人遂尋了在杭州頗負勝名的樓外樓，這裡的叫花童子雞、龍井蝦仁，還有西湖醋魚都是經典名菜，凡進樓外樓者必點這幾道。

這樓外樓就座落在西湖邊上，坐在雅間中可以看到星光點點的西湖，比日間多了一份神祕的美感。

「多吃些。」胤禛夾了一筷醋魚到凌若碗裡。「入府這些年沒見妳臉上多過一兩肉，還是如以前那般瘦瘦弱弱的。」

凌若撥弄著碗裡的米飯，故作難過地道：「四爺若是嫌棄妾身弱不禁風，明說就是了，改明兒妾身替四爺物色幾個身材豐腴的女子伺候著，省得四爺看著妾身礙眼。」

胤禛被她說得又好氣又好笑，笑嗔道：「我就說妳一聲瘦弱，平白惹來妳這麼多話，妳這小女子可是真難養。」話是這樣說著，手裡的筷子卻不曾停過，又夾了幾個蝦仁道：「快吃吧，待會兒還要去賞月呢。」

「嗯。」凌若笑著答應一聲。不知為何，雖然以前在府裡也經常坐在一起吃飯，但總覺得不及這一路上來得自然親和。

這頓飯吃了近半個時辰，付過帳後，兩人來到湖邊。胤禛早已將其中一艘船包了下來，此刻儘管登船就是了。

平湖秋月位於白堤西端，泛舟於此時，恰好明月亦升空，舉頭望月，可見一輪明月高懸天際，灑落層層清輝。

秋舸人登絕浪皺，仙山樓閣鏡中塵。

這一刻，整座西湖美得像是一幅素雅的江南水墨畫卷，而人就在畫卷之中遊覽。

美景令人如痴如醉，直至一個奇怪的聲音響起。初時只道是聽岔了，然緊接著又響了幾聲，悶悶的，像是從湖底傳來，然水面平靜如初，並不見什麼波瀾。

船夫的神色因這聲音而有些不自然，回過頭勉強笑道：「二位，這月也賞了，湖也遊了，不若小可送二位回岸上吧？」

話是這樣問，但手中的槳早已調轉方向，以比來時更快的速度往回划去。為著這趟夜湖，他收了胤禛三倍的船資，不過也僅限於此，銀子再好看也不及小命重要。再遊下去，萬一真出了事，他可是後悔都不來及了。

胤禛見狀並未阻止，只是問：「怎麼，這西湖底下當真有蛇妖不成？」

船夫詫異地看了他們一眼。「敢情二位客官已經知道了？明知如此還敢來遊湖，這膽子可是真大。」

「你不也一樣，明知有妖依然敢做這遊湖的生意。」胤禛一邊說一邊打量四周的情況，這會兒工夫，聲音又沒有了，平靜如初。

船夫苦笑道：「小可是為了養家餬口，沒辦法才來冒這個險。如果不是愁那開門七件事，早就回家摟著婆娘睡覺了。」

「開門七件事？這是什麼，我從未聽說過。」胤禛尚是頭一次聽到這個說詞，很是不解。

凌若卻是曉得一些，當下掩嘴笑道：「以四爺的身分不知道也是正常。船夫大哥所說的開門七件事是指，柴米油鹽醬醋茶。前朝才子唐寅曾作了這樣一首詩：『柴米油鹽醬醋茶，般般都在別人家；歲暮清淡無一事，竹堂寺裡看梅花。』世間多少人日日辛苦勞碌，就是為了這七件事。」

第二百五十二章　詭異

胤禛聞言，忽地心生感慨，嘆了一句道：「唉，有時候我倒寧可自己生在普通人家，即便要為生計奔波也好過這些。」

胤禛從一落地起，就是龍子鳳孫，不須為平常人在意的生計操心；可同樣，他肩上的擔子亦比一般人重許多。嚮往普通人生活之類的話，於胤禛來說並不是虛言。

「那可不行。」凌若突然出聲，同一刻伸手握住胤禛寬厚的手掌。「若四爺是個尋常人的話，妾身可就沒機會遇到四爺了。」

胤禛知道她是在安慰自己，微笑道：「我沒事，不過突然發發感慨罷了。」望著越來越近的堤岸，他對船夫道：「再與我說說西湖鬧妖的事吧。」

一聽這個，船夫就來火，憤然道：「也不知是怎麼一回事，本來這麼多年一直都太太平平的，可就在去年，每到夜裡總能聽到湖底有聲音，像是有大蛇在裡面翻滾一樣，可嚇人了。正因為這個，蛇妖的說法才不脛而走，具體是哪個傳出來的我也不曉得。總之自那以後，夜間遊湖的生意就差了許多，哪怕是外鄉人也多多少少聽到一些，嚇得不敢來遊湖。像以前一晚上下來，至少可以做十來趟生意，如今能有個兩、三趟就不錯了，唉。」

在船夫的抱怨中，船終於靠了岸。凌若上岸後，等著胤禛付完船資一道回客棧，哪知突然感覺有人在她後背拍了一下。她下意識地回頭，卻發現背後空空如也，一個人影也沒有，只瞥見夜空中似有一抹綠色閃過，轉瞬不見。

「什麼人？」驚詫之餘，凌若忍著身上一瞬間冒起的無數雞皮疙瘩，喝問看似無人的四周。

「怎麼了？」胤禛付完銀兩恰好聽到她的驚叫，忙過來問。待聽得凌若感覺有人拍她背而又找不到人時，他也是一陣蹙眉。這地方還真是處處透著邪氣。

至於船夫，一聽到這話，趕緊揣好銀子將船繫在一邊，匆匆離開，顯然也是怕沾了晦氣。

「走吧，咱們先回客棧。」在離開前，胤禛又聽到「咚」的一聲，悶悶的，分不清是地底還是湖底，在黑夜中聽起來特別怕人可怖。

兩人回到客棧後，發現胤祥一直等在房中。他看到胤禛進來，忙將一張小紙條遞過去。「中午時分接到府裡的飛鴿傳書，說查到流往杭州的銀兩基本都是從六通銀號走的，我下午已經去過一趟了，暫時沒發現什麼可疑，不過我看那掌櫃分明有事隱瞞。」

六通銀號是有名的大銀號，與寶順銀號一般遍布全國。

胤禛略一思索道：「既然有這條線索，那就一定得抓住。這樣吧，明兒個一早我跟你同走一趟。」

之後胤祥問了凌若他們這一天的行程，待聽得傳言說西湖底下有蛇妖時，竟然好生興奮，摩拳擦掌地說要去抓來這條蛇妖。若當真是成了精的老蛇，那蛇膽、蛇皮都是好寶貝。

凌若被他說得一陣無語，她至今想起適才那一下，還心有餘悸。世間本應無鬼無妖，可自己幾乎是在被拍到的同時就回過頭，依然未能發現任何蹤跡，這未免也太過匪夷所思了。

他們說話的時候，李衛走了進來——他今兒個一整天都在跟著那些人。他打了千兒道：「啟稟四爺、十三爺，奴才查到跟蹤咱們的那夥人就落腳在這雲來客棧中，也是地字號房，與咱們隔了幾間房。」

胤祥一聽，豎起了劍眉，冷笑道：「好大的膽子，跟著咱們不說，還住到一家客棧裡了，真當爺好欺負不成？」

「住在一家客棧，他們正好可以時刻監視我們，只要咱們發現不了，就算迎頭撞見了也不認識，好一個燈下黑啊！」如此說了一句後，胤禛又問李衛還發現什麼。

李衛說那夥人很謹慎，他不敢跟得太近，只在他們進了房門後，在樓梯口站了一會兒，並未聽得什麼有用的訊息，倒是隱約聽到有鴿子的叫聲，想來他們也是靠信鴿與京城那位聯繫。

京城到杭州數千里之遙，且山高水長，多要繞行，縱然千里良駒來回亦不易；相比之下，可以在天空中自由飛翔的鴿子就要快捷方便多了。

胤禛心中一動，命李衛注意那夥人的同時也要留意信鴿，如果可以截獲他們往來的信件，就可以搶占先機。知己知彼，方可穩立於不敗之地。

翌日一早，胤禛就與胤祥出去了，臨行前囑了凌若好生在客棧中歇息。然凌若心裡總想著昨夜遇到的事，到底是誰在背後拍了那一下，她敢肯定那不是自己的錯覺。在那一瞬間，背後真的站了一個人，抑或是……東西。

生平頭一次，凌若對自己一直以來的信念產生懷疑。風景如畫的西湖中究竟藏了什麼祕密？白蛇、青蛇，傳說難道是真？

好奇猶如貓爪一樣不斷撓著凌若的心，思來想去，還是決定再去一趟西湖。匆匆用過點心後，她帶了墨玉同去。

白日的西湖，依然是遊人如織，熙熙攘攘好不熱鬧。換了往日，瞧見這熱鬧的景象，墨玉一定高興得不得了，然此刻卻顯得惶恐不安，緊緊跟在凌若左右不敢離了片刻。偶爾有一片樹葉落在肩上，她嚇得整個人都跳起來，惹來左右好一陣矚目。

她這副模樣惹得凌若一陣失笑，搖頭安慰道：「瞧妳這樣子，我怕妖沒來，妳就先把自己嚇死了。放心吧，就算真有妖，光天化日之下也不敢出現。」

墨玉手忙腳亂地把肩上的落葉拍去後，握著凌若的袖子，一本正經道：「才不是呢，奴婢可是聽說書先生說了，只有鬼才怕陽光，妖是不在乎的，否則那白蛇也不能與許仙成親。」

凌若知道鬼神之說已經深入墨玉內心，非三言兩語所能改變，遂不再言語，隨遊人繼續往前走去，很快就到了昨夜她上船的地方。昨夜天色黑暗，她不曾注意，此刻才發現不遠處有片長得極好的竹林。秋意並未在竹子上留下一絲痕跡，依舊挺拔碧綠，茂密的竹葉遮蔽了灑落下來的陽光，令得竹林裡一片暗意。

第二百五十三章　謠言

凌若本想去竹林中走走，然墨玉把頭搖得跟博浪鼓一般，指稱那裡陰森森的，搞不好有髒東西藏著，說什麼也不肯進去，又不肯一人留在此地，凌若只得作罷。

往前走了一陣子，在快到斷橋的時候，凌若突然見到一個熟人。說是熟人，其實也不過才見了一面而已。

「我跟你們說，這裡有妖，有蛇妖，她每天晚上都要跑出來吃人，把你們統統都吃掉！」大妞抓著一對從斷橋上下來的男女，陰聲說著，嚇得他們扭頭就走，不敢再多待一刻。

大妞依然穿著昨天的衣服，不過這次頭上倒是沒戴菊花，改而插了幾根枯枝。她不斷跟那些遊人重複著同樣的話，令那些人一下子興致大減，匆匆離去；不過大多數人當她是說瘋話，一笑置之。

「大妞，妳二叔呢？怎麼又讓妳一人跑出來了？」凌若走過去，將逢人就扯的大妞拉到一邊。

大妞歪頭看了她半天，忽地拍手傻笑了起來。「我記得妳，妳是昨天那人。」不待凌若說話，她神色再度詭異起來。「蛇妖餓了，要來吃人了！」

墨玉被她說得渾身發涼，拉著凌若道：「主子，她就是個傻妞，別跟她說話了，咱們走吧。」

「等一下。」凌若安撫她幾句後，繼續問大妞道：「妳二叔呢，為什麼沒看著妳？」

「二叔？」大妞茫然地重複了一句，搖頭道：「我不知道，二叔不管我。」說到這裡，她突然蹲下身，從地上撿起一塊別人掉在地上的桂花糕塞進嘴裡，一邊吃一邊低聲說著什麼。

凌若湊到她旁邊，才隱約聽得「蛇妖」、「吃飯」、「餓肚子」之類的話。

凌若直起身，若有所思地看著趴在地上四處找吃的大妞，心裡越發覺得奇怪。明明昨日她二叔說一直在照顧她，只是偶爾沒鎖門才讓她跑出來，可今日大妞依然在西湖遊蕩，且還說她二叔從來不管她，這到底是怎麼一回事？

正疑惑時，她耳中忽地聽到一聲與昨夜相似的悶響，連忙問墨玉道：「妳聽這像什麼聲音？」

「聲音？」墨玉先是一陣詫異，旋即又露出害怕之色，兩隻手緊緊抱著自己，顫聲道：「主子，這還是大白天呢，您別嚇我啊，哪有什麼聲音。」

凌若一愣，側耳再聽時，發現周圍除了遊人的聲音再無其他。難道剛才是她聽岔了？

「我知道！」

這個念頭還沒轉完，聽到她們說話的大妞突然大叫一句，隨後掙開她的手，跑到斷橋上大聲喊著。

「蛇妖！蛇妖要出來吃人了，快跑啊！這裡不能待了！」

來往遊人皆聽到她的話，不過大多將其當成了瘋話，並未有多少人認真，依舊嬉笑漫步於西湖邊，僅有少數幾個膽小的離開。

凌若眸光一閃，快步走到大妞身邊，柔聲道：「大妞妳餓嗎？我帶妳去吃東西好不好？」

一聽得有東西吃，大妞連忙點頭，跟著凌若來到西湖邊上的樓外樓。

當迎客的店小二看到衣著邋遢的大妞立時收了笑容，不屑地喝道：「走開，這裡沒東西給妳吃。」

「她是我帶來的，準備一間雅間。」扔下這句話，凌若逕自牽了大妞的手走進去。

到雅間坐了一會兒後，點好的菜陸續送上來。見到有東西吃，大妞兩眼放光，也不拿筷子，直接就用手拿。墨玉看得一陣皺眉，原本拿起的筷子又放了下來。被大妞這麼一弄，就算擺的是龍肝鳳膽她也沒興趣了。

八道菜，每一道菜都被大妞吃得一乾二淨，連盤子都舔乾淨了。她意猶未盡地打著飽嗝，傻笑道：「嘿嘿，真好吃，這是我吃過最好吃的飯了，姊姊妳人真好。」

凌若笑一笑，替大妞拿下插在頭上的枯枝，似無意地道：「大妞，妳經常吃不飽飯嗎？」

一說到這裡，大妞頓時委屈地低下頭。「嗯，二叔說我不聽話，所以不能給飯吃。」

「大妞這麼乖，二叔怎麼會認為妳不聽話呢，能否跟姊姊說說？」凌若循循善誘。「還有西湖有蛇妖的話，妳是從哪裡聽來的？」

「是二叔說的。」大妞把玩著自己的頭髮道：「二叔說西湖有妖怪，每天晚上都要出來吃人，讓我告訴大家，叫他們晚上千萬不要來西湖，否則會沒命的。我要是做得好，他就給我飯吃，而且不打我。」

「他經常打妳嗎？」墨玉忍不住插嘴。

大妞點點頭，挽起袖子，果然手臂上有一道道瘀紅的傷痕，看得凌若一陣皺眉。昨日見那男人對大妞倒是甚好，現在看來卻是假裝的，欺負大妞腦子有問題就虐待她，好生可惡。

「他為什麼要讓妳散播謠言？」她越想越覺得這件事不對勁。

「沒有！」大妞連連搖頭，一本正經地道：「不是謠言，二叔說真的有蛇妖，晚上千萬不可以出來，不然會被蛇妖吃掉的。」

「罷了，咱們不說這個。」凌若知道大妞精神有些問題，一旦認定了她二叔的話，自己再說什麼，她都是不會相信的。「大妞妳告訴我，妳家在哪裡，我送妳回去好不好？」

大妞點點頭。她倒是認識路，帶著凌若一路來到一處小院前。小院裡豎著三間嶄新的青磚屋，比旁邊的房屋要好上許多。

還沒進院子，就看到大妞的二叔正與一群人聚在一起玩骰子。看到她們幾人，他神色微變，應付那些人幾句，收拾銀子各自散去後，方才急急迎上來道：「大妞妳跑哪裡去了，可把二叔急壞了。」

大妞不敢作聲，低頭站在那裡。倒是墨玉冷笑道：「既然急壞了，怎麼還有心情玩骰子賭博啊？」

「這……這不是閒著沒事嗎？」他訕訕地回了一句，目光閃爍不定。

凌若本想問他為何要讓大妞去散播謠言，然此刻又改了主意，只道：「我把大妞給你帶回來，你以後可要看好她，莫讓她再四處亂跑了。」

「我知道，這位娘子放心就是。」二叔貪婪的目光在凌若臉上掃過。這樣美貌的女人，就是杭州城也見不到幾個，若能一親芳澤，就是做鬼也風流了。直至凌若走出院子，他才戀戀不捨地收回目光。

第二百五十四章　方憐兒

「說！妳怎麼會跟她在一起，都說了些什麼？」在面對大妞時，二叔立馬就變了一副模樣，凶神惡煞地逼問。

大妞害怕地縮縮身子，雖然她傻，但以往被責打的經歷卻都記得。「我、我在斷橋時碰到她的，我什麼也沒說，就說了西湖有蛇妖作怪是二叔你告訴我的。」

「什麼！」聽到這話，二叔神色立時一變，氣急敗壞地隨手抄起一根棍子就往大妞身上打，一邊打一邊罵：「告訴妳多少回了，誰問妳這話都不能說，妳現在居然當著她的面說出去了，妳知不知道她是誰！妳這個蠢貨、傻子，驢都比妳能耐。白養這麼大了，一點兒事都做不好，當年生下來的時候，那兩個笨蛋就該聽我的話把妳掐死，省得現在害我！」

原本蜷著身子挨打的大妞聽到這話尖叫一聲，一頭撞在二叔的肚子上，把他撞得一屁股坐在地上。不待他爬起來再打，大妞已經跑出院子，一邊跑一邊叫：「不要掐死我！我不要死！」

二叔氣呼呼地將棍子往地上一扔，爬起來想了一會兒，又自言自語道：「這事出了紕漏，得趕緊跟那邊說才行，否則真讓那女的發現什麼可就麻煩了。」

儘管一想到那群人他就雙腿發軟，但還是硬著頭皮出門往某處走去。

至於凌若，她在離開大妞家後並沒有馬上回客棧，而是在附近打聽大妞家的情況。從與他們相識的鄰居口中得知，大妞一生下來精神就有些問題，所幸她父母不嫌棄，好吃好喝將她養大。不過可惜，在大妞十五歲的時候，她父母因病過世了，將她還有一間茶鋪留給唯一的親人，也就是大妞的二叔。

大妞二叔遊手好閒，整日裡不是吃酒、上窯子就是賭博，從不幹正經事，一直到中年都沒姑娘願意嫁給他。以前有他大哥在還好，他大哥去後，這家就被他徹底敗了，茶鋪賣了，家裡能當的東西也全當了、賣了；對大妞更是隨意打罵，全然不將她當人看待。

按說這種吃喝嫖賭的敗家子該沒什麼好下場，可偏偏在去年，他突然有了錢，不只吃喝不愁，甚至還蓋起了三間青磚屋。

去年……也就是謠言開始的時候，這事竟然這樣巧合？到底大妞二叔讓大妞傳播西湖鬧妖的謠言用意為何？

疑問一個接一個而來，凌若感覺自己彷彿摸到了什麼，但還缺少一個契機，只要找到這個契機就可以撥開所有迷霧。

剛一踏入客棧，墨玉便拉了拉凌若的袖子，有些酸酸地道：「主子，四爺和十三爺坐在那裡喝茶，十三爺身邊還坐了一個女人呢。」

凌若順著她指的方向瞧去，果然看到胤禛他們以及邊上一身白色的女子。最令人詫異的是，這女子鬢邊居然簪了朵白花，一般只有家中親人過世時才會簪白花、穿白衣。

恰好胤禛也看到她們，招手示意她們過去。到了近前，凌若尚未說話，墨玉已然道：「十三爺好福氣呢，這麼一會兒工夫就帶了一個美人兒回來。」

「怎麼和十三爺說話的，還不快道歉！」凌若知道墨玉心裡不痛快，但這樣的話，無疑輪不到墨玉一個小丫頭說。

「算了，不礙事。」胤祥擺擺手，對繃著一張臉的墨玉苦笑道：「不過妳這還真是冤枉爺了，這位姑娘不是我帶回來的，而是四哥。」

「四爺？」這下子輪到凌若詫異了。胤禛何時對女色這麼感興趣了，這麼會兒工夫就將她帶回客棧，若這女子長得像納蘭湄兒還說得通，可看起來並不像啊！

胤禛頗為頭痛地撫撫額，待凌若坐下後，他將事情的前因後果講了一遍。原來今天他與胤祥一道去六通銀號查銀兩去向，無奈那掌櫃的嘴嚴實得很，反覆就是一句不知道，被問急了就說不記得了，總之什麼有用的都不肯說。

在回來的時候，經過杭州衙門，看到一個女子隻身跪在衙門口，胤禛認出她就是那日與自己撞了個正著、之後又去擊鼓鳴冤的女子。

胤禛本不欲多管，哪知那女子看到他們竟然一路追上來，還口口聲聲要他們伸冤主持公道。

胤禛無奈之下只得先將她帶回客棧，還沒問幾句，凌若就回來了。說到這裡，胤禛朝一直咬脣不語的女子道：「妳有冤可以去找知府，甚至是巡撫、總督，我們只是普通的商人，實在管不了妳的事。」

「不！」女子驟然抬起頭，斬釘截鐵地道：「你們不是商人，我很清楚！」

胤祥撇撇嘴，不以為然地道：「姑娘這話好生奇怪，我們不是商人還能是什麼？」直至現在他們都不知道這女子姓甚名啥，莫名其妙就被纏上了。

女子將目光轉向胤禛，蒼白的下脣有一排被她咬出的齒印。「那日我在衙門口撞到你，曾摸到你身上的料子，織法細密，觸手柔軟，而且逐花異色，通經斷緯，分明是出自江寧織造的雲錦，這種錦緞從來只供京城的皇親國戚和達官貴人，試問一個普通商人如何能穿在身上？我不會猜錯的，你們必是來自京城的貴人。」

聽到她的回答，眾人愕然不已。良久，胤禛搖頭輕笑，萬萬料不到揭穿自己謊言的就是穿在身上的衣裳，真是始料未及；不過這也令他對女子的身分起了好奇。一般人不可能對錦緞這麼熟悉，只是這樣短暫的接觸就認出他身上的衣裳是雲錦所製。

「妳到底是什麼人？若妳不說清楚，我們是斷斷不會幫妳的。」胤禛抿了口茶問。

見胤禛默認了身分，女子臉上露出一抹笑意，旋即道：「實不相瞞，小女子姓方名憐兒，家父乃是杭州織造方平。小女子自幼在織造坊長大，所以對錦緞繡品有幾分認識。」

杭州織造的女兒？胤禛微微一驚，雖從其舉止言行猜到應為大家閨秀，卻不想會是官員之女。杭州織造是五品官，與知府平級，再加上又是內務府所派，例同欽差，在地方上地位超然，怎麼他的女兒會穿這麼一身拋頭露面，還在府衙喊冤？難道是杭州織造有什麼事？

第二百五十五章　伸冤

胤禎微一思忖後道：「去樓上客房，然後將妳的冤情細細說來。」

到客房後，方憐兒開始說起她的冤情。事情並非胤禎所想的那樣，也與杭州織造無半分關係，她的冤是為最近鬧得滿城風雨的趙氏慘案中唯一的生還者——也就是犯案者趙三少爺趙辰逸——所喊，她堅持認為趙辰逸不會殺人，是被人蓄意栽贓嫁禍。

所以自從杭州府判趙辰逸秋後處斬後，她就不顧家人的反對為趙辰逸四處奔走喊冤，無奈杭州知府陳元敬認為趙辰逸殺人罪證確鑿並無可疑，退還了她的狀紙。方憐兒不服，跪在府衙前，然後她看到了胤禎，猛然想起胤禎身上的雲錦料子，便斗膽攔住他們，接著就有了後面的一幕。

至於她身上的白衣、白花，皆是為趙辰逸所穿戴，如果趙辰逸真被處斬的話，她就是他的未亡人。

聽到此處，凌若已然明白，方憐兒必是與趙辰逸相戀，但是……

「妳今年幾歲？」她突然這麼問。

方憐兒睫毛一顫，垂下眼瞼，低低地說：「十五。」

凌若點點頭，續道：「這麼說來康熙四十六年，妳已經滿十三歲，理當參選秀女，可是未選中？」

「康熙四十六年我患病在身，是以未參加選秀。」在說這話時，方憐兒的目光有些躲閃。

凌若不置可否地點點頭，緊跟著道：「也就是說明年妳依然要參加選秀，既如此，妳就算認為趙辰逸是被冤枉的，也該避諱著些才是，萬一傳到京裡——」

她話未說完，方憐兒已經激動地打斷她的話，道：「我不會入宮的，我要與辰逸在一起，這輩子就算死我也不會入宮！」

這話聽得眾人一陣皺眉。入宮一事，何時輪到一個秀女說了算，「不入宮」三字又豈是輕易說得的。

私自相戀。凌若在心裡暗嘆一口氣，想起了自己與容遠，有緣無分的相愛終歸是悲劇一場。

這樣的私訂終身無疑是極危險的，一個不小心就會讓自身乃至家人陷入萬劫不復的險地。只是她與方憐兒畢竟不熟，這些話不好勸，何況看方憐兒這樣子，縱然說了怕也是聽不進去，倒不如省下這番口舌。

十五年的人生始終是太短了，而且長在官宦人家，不曾經歷過什麼苦難，當有一天遇到愛情時，容易執拗地認為愛情就是所有一切，為了愛情可以連性命都不顧。

如果在愛情這個漩渦中有幸保住性命的話，那麼許多年後再回首，方憐兒會發現當時的自己是那麼的幼稚天真。愛，固然重要，但絕不是全部，有些人、有些事遠比一人的愛更重要。

這個道理，她明白了，但是方憐兒還沒有……

當著面聽人說不要入宮，胤禛與胤祥的臉色都有些怪怪的。胤祥更是道：「萬一到時候皇上留牌，難道妳要抗旨不遵嗎？」

聽到這話，一直有些愁眉不展的方憐兒突然露出一絲狡黠之色。「三年一次選秀，皆說是挑選德才兼備的女子以充掖庭，但德才與否不是一朝一夕能看到的，留不留牌子大多在於容貌。我只要妝容化得醜一點，想來皇上不會在那麼多秀女中獨獨留意我。」

「我是說萬一。」胤祥似來了興趣，執意追問：「萬一皇上要留妳入宮，妳真準備抗旨嗎？」

方憐兒撫著鬢邊的白花低頭不語，好一會兒才抬頭堅定地道：「是的，我會抗旨！我與辰逸早已約定非卿不娶、非君不嫁，哪怕是死，我也要和辰逸在一起，任何人都不能分開我們。至於父親……」她自憐地一笑，淒然道：「他一心希望我入宮，在得知我與辰逸私訂終身後，早已不認我這個女兒。」

胤禛阻止胤祥再問下去，轉而道：「趙辰逸殺人是有人親眼看見的，為何妳會認定他是清白？」

一說到這個，方憐兒頓時激動不已，雙手拍在桌面上大聲道：「我很清楚辰逸的性格，他淳厚善良，連小動物都不忍傷害，怎麼可能會去殺人，一定是有人冤枉他！可恨那個知府，昏庸無道，不分青紅皂白就定了辰逸殺人之罪，枉為父母官。如果辰逸真的死了，就算告到京城，我也要摘下他的頂戴花翎！」

胤禛皺了皺眉。「其實陳知府並不像妳說的那般昏庸，他定罪自有他的道理；何況這事發生在杭州地界，理應由他處置，即使我們在京城有些地位，也不便插手地方上的事務。」

「道理？我看是銀兩才對。」方憐兒嗤笑道：「三年清知府，十萬雪花銀。他不趁機多撈點兒如何對得起這杭州知府一職！」

胤禛對她的話本不以為然，但是方憐兒告訴他們，就在陳元敬定趙辰逸死罪前一天，趙家一個遠房表侄曾出入過衙門。

趙家以做香料生意起家，十幾年下來積累了不少財富，而今趙家直系幾乎都死絕了，只剩下一個趙辰逸。如果他被定死罪的話，那麼按例，趙家的財富輪不到他繼承，之後會按照親疏遠近由趙家旁系繼承，而那個遠房表侄就是趙辰逸除外的第一順位繼承人。

被她這麼一提，胤禛倒有些不確定了，還沒想好要怎麼回答，方憐兒已然跪在胤禛面前，磕頭道：「求你們一定要幫幫我與辰逸，求求你們！」

胤祥扶起她，嘆了口氣道：「妳連我們的身分都不知道，就這樣著急磕頭，也不怕磕錯了人嗎？」

「不會！我相信自己的眼睛，你們一定能幫我。」

方憐兒執拗的話語倒是令胤祥沒了脾氣，看著胤禛，等他發話。

胤禛思慮片刻，並未立刻答應她的要求，只道有機會他會找陳元敬問問。

雖然沒有得到想像中的答覆，但聽得胤禛肯管此事，方憐兒已是頗為高興。

待方憐兒離開後，胤祥吹著茶沫子道：「四哥，你不會真想管這事吧？咱們自己的事可還一點兒眉目都沒有呢！」

「只是替她問問罷了，礙不了什麼事。如果趙辰逸真是冤枉的，那咱們也算做了一件好事。」胤禛淡淡地說著。

第二百五十六章　動手

胤祥搖搖頭對凌若道：「瞧見沒有，別人總說四哥冷漠刻薄、不講情面，要我看，他分明就是濫好人一個，什麼事都往自己身上攬。」

凌若笑一笑，轉著腕間的紅瑪瑙鐲子道：「就是因為四爺菩薩心腸，十三爺才會在那麼多阿哥裡獨服四爺一人。世人願意說什麼就由得他們去說，所謂路遙知馬力，日久見人心。縱然這世間的人不解四爺苦心，我相信千百年後終會還四爺一個公道。」

胤禛笑一笑，不再接這個話題，而是問起了凌若今日去哪裡。他明明交代讓她在客棧中好生待著，莫要四處亂走，畢竟此處人生地不熟，西湖又傳言鬧妖，杭州並不像表面上看到的那麼太平。

「妾身若不走這一趟，只怕有些事，咱們還被蒙在鼓裡。」當下她將大妞二叔教唆大妞散播西湖有妖一事仔細說了出來。

待她說完，胤祥第一個拍案而起，怒喝道：「好一個王八羔子，敢情就是他造的謠啊！好生可惡，若讓我見到，非拆了他骨頭去餵狗不成！」想他們堂堂兩個阿哥，居然被一個平頭百姓耍得團團轉。

胤禛閉目徐徐敲著桌子，腦海中不斷思索著整件事。看似一個謠言，但其背後所牽扯的絕對不簡單……

許久，胤禛霍地睜開雙目。「如果我沒料錯的話，這個謠言應該是為了掩蓋西湖底所傳出的聲音。」

「西湖底，那能有什麼東西？」胤祥一臉不解。總不成底下還有金子吧？

「我也不知道。」胤禛推開窗看了一眼外面的天色，道：「入夜後，咱們趁人少去一趟西湖，我總覺得這事蹊蹺得很。」

胤祥攤攤手表示無所謂。隨後他們在客棧裡一直等到天黑，因為曉得那些跟蹤他的人同在客棧住著，所以他們問了店小二，特意從後門離開；為免人多引起注意，只帶了周庸同去。

到了西湖邊後，他們尋了個無人的角落，由周庸潛下水去。西湖並不深，縱是最深處也不及一丈，淺處更是只有三、四尺。

周庸一個猛子扎下去，被破開的湖面很快又平靜如初，根本看不出湖中多了一個人。就在周庸下水的時候，胤禛他們清晰地聽到幾聲悶響，很像是從湖底傳上來。

片刻後，平靜再度被打破，周庸渾身是水地爬上來，對一直等在岸邊的胤禛兄弟道：「啟稟二位爺，奴才在底下游了一圈，發現除了淤泥之外並無其他。不過奴才發現一件很奇怪的事。」

「是什麼？」胤禛精神一振，忙追問下去。

周庸忍著秋風吹在身上的透心涼，道：「奴才在潛到水底的時候，發現底下的水要比上面暖和許多，像是游在溫水中一般。」

「有這等事？」胤禛與胤祥面面相覷。儘管在沒有陽光的時候，水底溫度確實會比水面高一些，但這事周庸也應該明白，可是他現在獨獨將此事指出來，那就說明水底溫度比水面高的不是一星半點。

「難道這西湖底下還有地火不成？」胤祥一臉不敢置信。一般只在有地火的地方，水溫才會比尋常地方高，並且形成所謂的溫泉。可是這西湖上千年以來，從沒聽說過有地火啊。

胤禛沒有回答他的話，而是轉身回了客棧。事情越發的撲朔離迷了，西湖、謠言、地火，這一切究竟代表了什麼？

在胤禛還全無頭緒的時候，有人已經按捺不住，準備動手了……

翌日，雖然一早起來就發現陰雨綿綿，然胤禛記著方憐兒的事，是以一早就與胤祥去了衙門，另外他也想順道問問陳元敬關於西湖的事。

在胤禛走後不久，凌若亦起身梳妝，正在墨玉的服侍下更衣時，外頭響起敲門聲，卻是周庸的聲音——

「娘子，外面有一個自稱大妞二叔的人找您，說是有要事求見，您要見他嗎？」

狗兒隨胤禛一道去了府衙，至於李衛和幾個從王府中帶出來的侍衛則負責盯住那幫子人，是以留在客棧裡的除了凌若與墨玉外，就只剩下一個周庸。

「他？」凌若一怔，他來找自己做什麼，難不成是大妞出事了？想到這裡，她連忙換好衣裳道：「讓他進來吧。」

周庸領命而去，不多時再度響起敲門聲，隨周庸進來的正是一臉諂笑的大妞二叔。在示意周庸下去後，凌若來不及抿一口墨玉特意讓客棧準備的馬奶，劈頭就問：「你來找我，可是大妞出事了？」

聽到這話，大妞二叔露出一副自責的模樣。「不瞞娘子，今兒個一早起來叫大妞吃早餐的時候，發現她不在房裡，把附近都找遍了也沒找到她，斷橋也去過，都說沒見著。這不，實在沒辦法，想起昨日大妞與娘子頗為親近，所以就想來問問娘子，可知道大妞還會去什麼地方。娘子也知道這丫頭腦子不大好使，我真怕她被人欺負。」從進來到現在，他雙手一直背在身後。

墨玉將微溫的馬奶遞到凌若手中，回身時嗤笑地看了大妞二叔一眼。「你這話問得好生蹊蹺，大妞與你同住十幾年，而我家主子與她相識不過數日，論親疏遠近怎麼也不及你這位二叔。你都找不到，我家主子如何能找得到？」

自從昨夜從那些鄰居口中聽到大妞二叔的為人後，墨玉就對他甚為不齒，眼下自不會有什麼好臉色。

大妞二叔被她頂得說不出話來，訕訕地搓著手道：「這不是沒辦法嘛，否則我也不想來麻煩娘子。」

凌若同樣不齒此人行徑，但又擔心下落不明的大妞，唯恐她出什麼事，飲著馬奶想一會兒道：「這樣吧，你等我一會兒，我收拾好之後就與你一道去外頭找，大妞應該不會跑遠。」

「哎。」大妞二叔眼中掠過一絲不易察覺的喜色，退到一旁等凌若動身。

就在這個時候，墨玉在一旁嘀咕了一聲：「之前不將大妞當人看，還教她四處散播謠言，現在卻又來擔心起大妞安危，難道是良心發現了？」

墨玉無意中的一句話卻點醒了凌若。是啊，一個從來就漠視大妞的人，怎麼會一下子變得這麼關心在意？這絕不是一句「良心發現」所能解釋的；而且最重要的是，她從未告訴過大妞自己住在哪裡，那大妞二叔又是怎麼找到這裡來的？

凌若越想越不對勁，正想問個究竟，突然被一隻手捂住口鼻，緊接著頸後一陣劇痛，頓時失去意識。

第二百五十七章　劫持

「你……你在做什麼？」墨玉聽到聲音回過頭的時候，恰好看到大妞二叔將昏迷過去的凌若放到地上，腦袋一下子有些轉不過彎來。

大妞二叔露出猙獰的笑意，在墨玉反應過來之前已經死死捂住她嘴巴，讓她發不出聲來，隨後故技重施，一掌劈在墨玉頸後，令她昏死過去。

在做完這一切後，他將門拉開一些，對外頭的周庸道：「這位小哥，娘子說她要出去，能否請你替她準備一頂小轎？」

待周庸下樓後，他迅速把麻袋套在凌若身上，然後背起她從另一處樓梯下樓，小心繞過正與掌櫃說話的周庸，奔到客棧外頭，那裡停了一輛他僱來的馬車。

跑上馬車後，他忙不迭地催促車夫：「快！快走！」

馬車在車軲轆的轉動以及綿綿秋雨中離開了雲來客棧，一路往北而去。直至走出杭州城門，確認沒人追來後，大妞二叔方才長出一口氣。總算是安全了，他剛才還真怕一個跑不及被人追上。

他並沒有給車夫指明具體要去的位址，只叮囑他往北。車夫跑了許久也不見他叫停，又一直在下雨，忍不住問：「這位爺，您到底要去哪裡，能否給小老兒一個明示，否則再這樣跑下去，可是要出杭州地界了。」

「讓你趕車就趕車，哪來這麼多廢話，爺又不會少給你銀子。」大妞二叔沒好氣地喝斥一句。

如此，一直等到天色全暗下來後，他方才命車夫在一間孤零零立在郊外的屋子前停車，在付清銀子後，他背著裝了凌若的麻袋推門走進去。

藉著點燃的燭火能看到這是一間空屋，並沒有人居住，不過在角落裡卻堆了許多米麵、青菜等食物，顯然是有人刻意準備。

大妞二叔將套在凌若身上的麻袋取下，色瞇瞇地望著那張即使在昏迷中也依然傾國傾城的臉。真是一個美人胚子，他活了這麼些年，玩過的女子也不算少了，但全加在一起，也不配給眼前這個女人提鞋。真想……真想嘗嘗這個女人的滋味，一定銷魂蝕骨！

想到這裡，他的手不自覺地伸出去，在那張吹彈可破的臉上輕撫著，一下又一下，滑膩柔軟的觸感令他捨不得移開。

就在這個時候，凌若緊閉的睫毛動了一下，緊接著緩緩睜開雙眼。因為被打暈得太突然，所以剛從昏迷中醒來還有些迷茫，直至看清蹲在自己面前之人的模樣時，方才驟然清醒：同時也感覺到臉上有一隻手在撫摸，連忙揮開他的手厲聲喝道：「你想做什麼？」

「做什麼？不就是摸妳臉囉！那麼緊張做什麼，摸幾下又不會少一塊肉。」大妞二叔戀戀不捨地收回手。說實話，光這樣摸著臉就讓他很興奮，好想不顧一切玩玩這個女人啊！

「這是什麼地方？你為什麼要抓我？」凌若迅速地掃了周圍一眼，發現自己在一個陌生的地方。很顯然，眼前這個男人趁她昏迷時將她帶到這裡，如今想來所謂大妞失蹤，不過是他引自己上鉤的誘餌罷了。

「一個很安全的地方。」大妞二叔拍拍手站起來道：「不要妄圖大喊大叫，沒用的。附近只有這麼一間屋子，妳就是叫破喉嚨也不會有人聽到。至於抓妳……」說到這裡，他面容有些扭曲，伸出右手厲聲道：「誰教妳那麼喜歡多管閒事，竟然知道了是我讓大妞散播謠言的事。妳知不知道，就因為這個，我被人砍斷了一根手指！」

凌若清晰地看到他攤開的右手上，少了一根小指。指根處包裹著被血染紅的紗布，煞是可怕。

「他們原本要砍的是十根手指，十指啊！」想到小指被砍斷時那種椎心蝕骨的痛楚，大妞二叔就一陣哆嗦。虧得他們改了主意，否則自己現在一根手指頭也不會剩下。

他的話令凌若肯定了自己之前的猜想，大妞二叔的背後果然有人指使，西湖蛇妖的謊言皆是在他們授意下散播出去的。

「為什麼他們會改變主意留下你其餘的手指？」她不解。

大妞二叔嘿嘿一笑，忽地用力箝住凌若的下巴，惡狠狠道：「因為妳！他們說只要我可以抓到妳，就留下我九根手指。原本一切都好好的，可偏偏妳出現了，還哄得那傻瓜告訴妳蛇妖的事是我教她說的，要不然我此刻還過著舒舒服服的日子呢！」

凌若冷冷回視他，忽地啟脣一笑。「你們現在才想要封口不嫌太晚了嗎？我早已將你的事告訴別人，就算你抓了我，你造謠的真相一樣會被揭發出來。」

「妳是指跟妳一道來的那兩個男人嗎？凌福晉！」在漠然的聲音中，他突然一語道破凌若身分。

「你怎麼會知道？」凌若驚訝萬分，遠勝過發現自己被綁架的那一刻。

「不只妳，還有四阿哥、十三阿哥我都知道。你們一個個都是身分顯赫、高高在上，為什麼偏偏要跟我這個升斗小民過不去？我不過是為了混口飽飯而已，礙著你們什麼了！」說到後面，他面目猙獰無比，顯然是恨極了凌若一行人。

「這件事，是你背後那些人告訴你的？」在冷靜下來後，凌若突然有了一個膽大至極卻唯一能解釋這件事的想法。

大妞二叔臉色微微一變，不過倒沒否認。「妳倒是聰明。不錯，就是他們告訴我的，妳也不用想什麼法子套他們的身分，因為我也不知道。」

胤禛他們剛一到杭州的時候，那些人就已經告訴他了，所以在得知胤禛他們去遊西湖後，他就暗中命大妞跑到凌若耳邊去說西湖有蛇妖的話；之後為怕胤禛不當一回事，自己又特意跑過去，看似提醒，實際是想讓他們遠離西湖一地。

「呵，連對方是什麼身分都不知道就幫著做事，你還真是認銀子不認人。那目的呢？你該不會連這個也不知道吧？蠢材！」凌若譏諷地說著。

「誰說的，他們讓我散播謠言就是為了掩飾西湖底下傳來的聲音，他們要做一件大事！」直至這句話脫口而出，大妞二叔才意識到凌若是在套他的話，氣得一巴掌甩在凌若臉上，氣哼哼地罵道：「死娘兒們，都已經自身難保了還在耍花樣，信不信老子讓妳求生不能、求死不能！」

第二百五十八章　色心

凌若捂著生疼的臉，毫不示弱地道：「真正難保性命的人是你。你明知我身分卻還綁架於我，四阿哥絕不會放過你！一旦被追到，只有死路一條。」見大妞二叔目光閃爍不定，她又道：「現在回頭還來得及，只要你肯放我回去，到時候我可以替你在四阿哥面前求情，讓他饒過你性命；再說，你綁了我也無用，你散播謠言的事，二位阿哥都一清二楚。」

在短暫的沉默後，大妞二叔突然冷笑連連。「妳不用花言巧語，沒用的，既然來了這裡，妳就休想離開！至於那兩位阿哥……嘿嘿，他們找妳都來不及，又哪有心思管什麼謠言。」

這才是幕後者讓他抓凌若的真正用意，謠言既然已經被識破，那麼就讓四阿哥他們自顧不暇，沒心思去理會謠言的事。

他已經想好了，等這裡的事一了，他就立刻遠走高飛，尋一個沒人找得到的地方躲上一陣子，等風頭過去再做打算。至於那個傻妞，哼，他可不管，死了最好！

想到這裡，大妞二叔的心思突然又活絡了起來。既然都已經準備離開這裡了，那何不在離開前讓自己爽一把？

凌若一直在注意他的神色，見他目露色光，心知不好。

果然他淫笑道：「美人兒，聽說四阿哥府裡有許多女人，想必在府裡時妳常常獨守深閨。眼下既然只有我與妳兩人，不若讓我好好疼妳，我保證一定會讓妳嘗到那銷魂蝕骨、欲仙欲死的滋味！」

凌若心中一沉，自己最害怕的事果然還是要發生了。

在大妞二叔輕薄自己之前，她迅速拔下髮間的金簪，抵在喉間，同時站起身，一步步退後，直到抵到牆角，無路可退時方才強自鎮定喝道：「你不要過來，否則我立刻自盡於你面前。」

大妞二叔哪會將她的話當真。在他看來，一個嬌滴滴的女子，這輩子連血都不曾見過，哪有膽子自盡。「美人兒，妳就不要再反抗了，與我做一夜露水夫妻有何不好？我保證會好好疼愛妳，說不定嘗過那滋味後，從此妳就捨不得離開我了呢！」

「無恥！」聽著他的淫聲浪語，凌若氣得渾身發抖，同時手腕用力，銳利的簪尖破膚而入，殷紅的鮮血順著簪身流下，襯著瑩白如玉的肌膚格外顯眼。

「哎哎，美人莫激動！」大妞二叔沒想到她真會如此剛烈，以死相抗，不由得慌了神，不敢再靠近。

凌若緊緊握著金簪，彷彿那不是要她命的利器，而是能保她命的法寶。她死死盯著近在咫尺的大妞二叔，厲聲道：「退後！你給我退後！我就算死也絕不會讓你這骯髒的人碰我一根手指！」

大妞二叔被她罵得一陣氣惱，但又怕她真的不要命。這麼個大美人兒若連滋味都沒嘗到就香消玉殞，未免太過可惜。他遂擺手道：「好好好，我退後，妳冷靜一些，先把簪子放下好不好？我保證不會傷害妳。」

他想要騙凌若放下簪子，只要沒了那個要命的東西，還不是他想怎樣就怎樣。但凌若早就瞧穿他的詭計，說什麼也不肯放開，一直將金簪抵在喉間，只要大妞二叔稍有異動，她就會毫不留情地刺下去。對她而言，清白被辱遠比失去性命更可怕，她的身子只有胤禛一人能碰！

大妞二叔見她不肯上當，只得訕訕地退開數步，不過淫邪的目光一直未曾離開凌若身上。哼，不讓他碰是嗎？好，有本事就一直別睡覺，否則……

周庸在發現凌若不見蹤影，而墨玉又昏迷倒地後，知情自己中了計，連忙跑到杭州府衙將此事告訴正在與陳元敬說話的胤禛及胤祥。

得知凌若失蹤，胤禛大驚失色，顧不得與陳元敬告辭，匆匆往客棧奔去。胤祥緊跟其後，陳元敬在稍一猶豫後也跟了過去。

回到客棧，墨玉已經醒了。她告訴胤禛，是大妞的二叔打昏了她們，主子肯定是被他劫走。

「好個瞎了眼的狗賊，吃了熊心豹膽，居然敢抓走小嫂子！」胤祥怒不可遏地拍案而起，正想要叫人隨他一起去抓人，猛然想起這不是在京城，統共就那麼幾個人。他當下念頭一轉，指著陳元敬道：「你，立刻去封鎖城門，不許任何人出杭州城，然後挨家挨戶地搜查，就算把整個杭州城翻遍了也要把小嫂子找出來！」

「沒用的！」不等陳元敬說話，一直默不作聲的胤禛突然道：「這一來一回耽擱的時間足夠他將人帶出城。」

「一個刁民未必能想得這麼遠，指不定現在就在哪個角落裡藏著呢。」胤祥不以為意地道。

「他想不到，但是他背後的人能想到。」胤禛仔細將墨玉的話回想了一遍道：「正如你所說，憑他一個刁民好端端的為何要綁架凌若，就算怕凌若將他散播謠言的事情傳揚出去也不至於如此。唯一的解釋就是有人指使他這麼做，而這也恰好可以解釋之前大妞二叔不合常理的地方。」

「那我們該怎麼辦？」一時間胤祥也被他說得沒主意。「總不能就這樣任他抓了小嫂子走了吧？」

「自然不是！」胤禛薄唇微勾，露出一抹冰涼刺骨的笑意。「敢抓我的女人，他活得不耐煩了！」

胤禛從來就是冷靜自持的一個人，任何出口的話都說得極是穩妥，然這一回卻毫不掩飾，顯然是怒到了極致。

「陳知府！」略一思忖，胤禛對陳元敬道：「能否麻煩你替我查一查朱二富這個人，看他這兩年都與什麼人接觸過。」朱二富是大妞二叔的名字。

第二百五十九章 布局

「四阿哥放心，下官一回去就著手命人追查，另外要不要下官派人追查朱二富的去向？」陳元敬問道。

「也好。」胤禛點點頭道：「本不想麻煩你太多，但眼下看來卻是不行了，權當我欠你一份人情。」正所謂金銀好借，人情難還。到了胤禛這個身分，尋常是絕不會欠人情的，因為他們很可能要為了這個人情而做一些違心之事。

在陳元敬走後，胤祥在屋中來回走著，頗為氣憤地罵了幾句，隨即對坐在椅中的胤禛道：「四哥，那咱們就這樣什麼都不做，乾等著陳知府的消息？」

胤禛目光一動，抬了眼道：「自然不是，我只是在想，朱二富怎麼知道咱們住在這裡？」

「當然是……」胤祥剛想說是凌若告訴他的，卻猛然想起，凌若從頭到尾都沒有提及與大妞或是朱二富說過自己住在何處，那朱二富又是從何得知的？

「知道咱們住在雲來客棧的只有三個人，一個是陳元敬，一個是方憐兒，這兩人應該不會與朱二富有什麼聯繫，如此一來就只剩下最後一個……」他相信說到此處，胤祥應該已經猜出來了。

果然，胤祥驚駭地道：「四哥可是說從京城一路跟著咱們到這裡的人？」見胤禛點頭，他心裡激起一片驚濤駭浪。那夥人分明是八哥的爪牙，跟來此地不說，還早在一年多前就與朱二富有了勾結，藉他與大妞之口散播西湖有妖的傳言；恰恰也是從那個時候，西湖底開始有了異動，這兩者之間必然有著不同尋常的聯繫。

「就算這一點能說通，可是他們為什麼要抓走小嫂子呢？小嫂子與他們可沒什麼牽扯，頂多就是知道了朱二富散播謠言的事。」關於這一點，胤祥依然百思不得其解。

「我雖不能猜個十成十，但七、八成的把握還是有的。」胤禛冷聲道：「他要我們自亂其心，無暇他顧，而這也是老八一貫的做法。照我猜測，西湖底必然藏了一個非同尋常的祕密，令他如此在意緊張。」

「又是老八，他還真是陰魂不散！」胤祥罵了一句就要往外走。

胤禛連忙喚住他道：「你要去哪裡？」

胤祥收住腳步，怒聲道：「我去找陳元敬，讓他把一直盯著咱們的那夥人抓起來，我就不相信嚴刑拷打之下他們不說實話。等救回小嫂子之後，我再帶上所有衙役去西湖逐寸逐尺地找，我倒要看看老八這個王八羔子在西湖下藏了什麼樣的大祕密，讓他如此大費周章！」

「沒用的。」胤禛揉了揉一直皺著的眉頭。「老八做事謹慎，能讓他放心派到這裡來的人，必然是死忠之士，就算用上所有酷刑也套不出話來。而且萬一將他們逼得狗急跳牆，凌若的處境就更危險了！」

胤祥聽得一陣頭大，負氣地往椅中一坐道：「這也不行，那也不行，到底該怎麼辦？你倒是拿個章程出來。」

一時半會兒間，饒是胤禛也想不出什麼好辦法。凌若在他們手裡，自己這邊始終有所顧忌。

若兒，我一定會找到妳，妳要堅持住！千萬千萬保護好自己！

入夜時分，陳元敬來到客棧，與他同來的還有一個叫大牛的人。據大牛所說，他經常與朱二富在一起賭錢，在一個偶爾的機會下，曾見過給朱二富銀子的那個人。

在胤禛的示意下，大牛努力回憶著那人的容貌。「他五短身材，臉圓而胖。對了，在他右耳下有一顆很大的黑痣。」

李衛聽到此處，神色一動，忙湊到胤禛耳邊道：「四爺，奴才跟蹤那夥人時，就曾見到其中一人右耳處有一顆黑痣，至於身高體徵也基本相符。」

胤禛不動聲色地點點頭，將大牛打發出去後，對陳元敬道：「陳知府當官這麼些年，也破了不少奇冤、異案，敢問一聲，若陳知府明知一個人犯了案，但又始終查不到證據的時候會怎麼做？」

陳元敬雖不解他何以突然將話題轉到此處，但仍是仔細想一想道：「既然這條路走不通，那麼下官會繞一條路走。天網恢恢，疏而不漏，只要他曾經做過就一定會留下痕跡，或是物證或是人證。」

換一條路走……

這句話令胤禛精神一振，突然有了主意。送走陳元敬後，他喚過李衛，命他從此刻開始特別留心那夥人，一旦發現有信鴿飛出，立刻抓下來。

至於原因，胤禛連胤祥也沒告訴，只道這是找到凌若的唯一辦法，否則就算翻遍杭州城也於事無補。

如此一等就是兩天，在凌若失蹤的第三天，李衛終於等到地字號房有信鴿飛起。因為料定這信鴿是往北飛，是以他們早在北面的林子裡支好了大網，等信鴿一飛過來，就立刻撒網，將那隻信鴿罩在網中。

待得信鴿落地後，李衛立刻抓起牠藏在衣中，然後飛也似地跑回胤禛房間。

聽得有信鴿，已經兩夜未闔眼的胤禛心中一喜，顧不得說話，連忙奔到桌前，命周庸將桌上東西收拾乾淨，然後端來文房四寶。趁著磨墨的工夫，他從綁在信鴿腳上、與筆桿一般粗細的竹筒中抽出紙條來，待看過後，他提筆沾一沾濃黑的墨汁，微一沉吟後，開始在紙上落字。

胤祥不曉得他打的什麼算盤，只好靜靜看著，然卻是越看越不對勁。四哥的字他從小看到大，甚至可以說比四哥自己還要熟悉，可此刻紙上的字卻全然不像四哥的筆跡，倒有些像八哥的字，難道四哥在模仿八哥寫字？

這個懷疑在看到成文的內容時變成了肯定，上面每一個字、每一句話，分明都是以八哥口吻寫出來的：命身在杭州的那些人將凌若帶回京城。

等胤禛寫完最後一個字時，胤祥已經明白他這麼做的用意，翹了大拇指笑道：「四哥好計謀，只要他們將這封信當成是老八寫的，那麼就一定會去藏匿小嫂子的地方，咱們悄悄跟著，保準能找到小嫂子。不過我怎麼不知道你還會這手模仿的工夫。」

第二百六十章　入甕

胤禛輕出一口氣道：「我也是臨時抱佛腳，希望可以瞞得過那些人吧。」在吹乾紙上的墨汁後，他命周庸拿來小刀將紙裁成小片，然後依樣捲好放入竹筒中，綁回到信鴿腳下。

「只是四哥你為什麼非要等他們放起信鴿呢，用咱們自己的信鴿代替不行嗎？這樣還能快……」

在看到信鴿翅膀下一個用極淺顏色做的記號時，胤祥的聲音戛然而止。胤禛瞥了他一眼，放開抓著信鴿翅膀的手，淡淡道：「我與你說過，胤禩是一個極謹慎的人，不光是用人，哪怕用鴿子也一樣。隨意找一隻鴿子來代替只會壞了事。」

「這個詭計多端的老八，一不小心就著了他的鬼當！」胤祥暗罵一聲，後怕不已。

信鴿一般皆有固定的訓練方法，不會說換一個人就有太大不同。是以周庸在接過信鴿後，跑到離客棧遠一些的地方，稍作餵食，然後按著平常訓練的法子指揮信鴿往客棧方向飛去。

信鴿畢竟不是活人，牠只會按著固定思維去執行任務，而不懂得分辨敵友，是以在天空中盤旋一圈後，便往客棧落去。

王七是胤禩的長隨親信，此次領了幾個人，按照胤禛吩咐一路跟蹤胤禛從京城到杭州。朱二富的手指就是他砍斷的，凌若也是他指使朱二富綁架的；兩日前，他已經將此事藉由信鴿傳回了京城。

胤禩命他每兩日就寫一封信匯報情況，這日他剛將信鴿放出去沒多久，就聽得窗外響起「咕嘟、咕嘟」的聲音，心知是信鴿回來了，忙打開窗子，果見窗外停了一隻鴿子。

王七抽出紙條一看，竟是讓他們將凌若帶回京城的命令。奇怪，這信鴿是兩天前剛放出去的，怎麼這麼快就帶著八爺的信回來了？往常來回一趟至少得三天。

為怕有人魚目混珠，假借胤禩之名傳信，他還特意瞧過信鴿身上的記號，確是出自廉郡王府無疑，想是信鴿這次飛得特別快。既確認是胤禩交代下來，自然要第一時間去辦。

釋然之後，他將最得力的手下，也是他親弟弟王末喚了進來。在王末右耳處赫然有一顆顯眼的黑痣。

得知凌若被關押的地點後，他立刻帶上王末還有另一人出發，其餘人依舊留在客棧中監視胤禛一行。

在以王七為首的三人離開客棧後，胤禛與胤祥換上狗兒特意找掌櫃要來的兩套夥計衣裳，扮作小二悄悄出了客棧，遠遠跟在他們身後。

等王七趕到關押凌若的那間小屋時，已是夜間，四周漆黑一片，只有那間小屋中透著一點兒光亮。

朱二富正躺在床上呼呼大睡，口水流了滿臉，渾然不覺外面有人敲門。

王七見敲了半天也不見有人答應，唯恐裡面出了什麼意外，對隨他來的那人道：「把門踹開！」

這種木板門哪禁得住人用力踹，不過兩、三下就被踹斷了門閂，這麼大的響動居然還沒把朱二富吵醒。

看到睡得跟頭死豬差不多的朱二富，王七心中來氣，上去照著他臉就是兩巴掌。

「誰？誰打我？」朱二富感覺到臉上的疼，迷迷糊糊坐起身來。他不認得王七，卻認得王七後面的王末，待得看清之後，睡意一下子跑得無影無蹤，顧不得擦口水，惶恐地跳下床陪笑道：「大人，您什麼時候來的？怎麼也不告訴小的一聲，好讓小的去接您老。」

王末懶得與他廢話，逕自道：「讓你抓來的鈕祜祿氏呢？」

朱二富連忙鼓足力氣，推開堆在床與牆角間的幾個大木櫃子，道：「大人，她在這裡呢！」

「好端端的拿櫃子擋著做什麼？」王七隨意說了一句後將目光轉向牆角，看到牆角身影時明顯愣了一下，頗有些不敢置信地道：「她就是鈕祜祿氏？」

莫說王七有這個疑問，王末亦同樣。他們都是見過鈕祜祿氏的，雖然隔得比較遠，但大致模樣還是看得清，容色清麗，擁有傾城之美，哪是眼前這個形容枯槁、目光呆滯、看起來皮包骨頭的女子可以相提並論。且這人還一直拿著金簪子抵在喉間，在喉嚨處有數個已經結痂的傷口。

朱二富雖然不曉得王七身分，但看王末唯他馬首是瞻就知道此人身分比王末還要高，趕緊道：「就是借小人一百個膽子也不敢騙爺您啊，她千真萬確就是鈕祜祿氏。」

「我讓你把她抓來，為什麼她會變成這副樣子？」王七的聲音聽起來有些不悅。適才他剛要靠近，就發現原本還不過比死人多一口氣的凌若有了反應，握有金簪的手往前一遞，殷紅的血珠立時出現在皮膚上，令王七不得不停下腳步。

朱二富自然不會說是因為自己對凌若起了色心，才令她一連數日都一直保持這個姿勢，不吃不喝不睡，幾天之間就迅速消瘦至此。

「爺您不知道，這女子醒轉後就跟發了瘋一樣的不許任何人靠近，還揚言要自盡，給她吃的喝的也一口不動。小的實在沒辦法，又怕她逃走，只好用櫃子頂著這裡。如今您來，小的總算可以交差了。」朱二富一邊裝模作樣地說著，一邊不住用眼角餘光打量凌若，唯恐她開口戳穿自己的謊言。

王七冷哼一聲，對他的說法並不盡信，不過他現在更發愁該怎麼將凌若帶走，弄不好，她就得死在這裡。剛在想辦法的時候，身後突然傳來聲音——

「好啊，原來你們把人藏在這裡！」

王七駭然變色，因為他對這個聲音太熟悉了，正是那位一直與自家主子作對，被稱為拚命十三郎的十三阿哥。他怎麼會在這裡？

這個念頭還沒轉完，王七頭上就重重挨了一下，打得他一個踉蹌，眼冒金星，半天緩不過來。

動手的人正是胤祥，他出手又重又快，旁邊那兩人看著這一切，竟愣是沒來得及擋住。

胤祥得手這一下還不肯甘休，追著王七打，嘴裡喝罵：「好你個膽大包天的狗賊，竟然敢綁架親王福晉，看我不打死你！」

第二百六十一章　救人

到底是手足情深，看到王七被胤祥揍得無暇還手，王末大喝一聲撲過去。要說他也是一把好手，生生擋住胤祥攻勢，令王七得以有喘息的機會。

至於胤禛早在一進門的時候就看到躲在牆角的凌若，只這一眼，他的心就立刻揪成一團。他與凌若多年夫妻，自然不會認岔，只是幾日不見，竟然變成這副模樣，不知受了多少折騰，實在是可恨至極！

想到此處，他所有冷靜都化成了騰騰怒火，雙目更有形同火焰的光芒在跳動。「老十三，這些人一個都不許放走，若少一個，回京之後你自己去刑部領罰吧！」

「好咧，四哥你就瞧好吧，這些狗崽子敢欺負小嫂子，我非得打得他們滿地找牙不可！」胤祥興奮地回了一句，出手越發狠辣，打到興起，拚著自己胸口挨一拳，手肘狠狠擊在其中一人太陽穴上，當場將他擊昏過去。

這分明是同歸於盡的打法，怪不得會被稱作拚命十三郎，實在可怕！

王七與王末越打越心驚，何況旁邊還有一個胤禛虎視眈眈。怎麼就把這兩位要命的主引來了，現在想走都走不了。

朱二富早在打起來的時候就嚇懵了，回過神後，趁著沒人注意他，悄悄地爬到門邊。正當他以為逃脫有望的時候，一隻腳在凌厲的風聲中猛地踢上他胸口，肋骨當場就被踢斷了好幾根，痛得他躺在地上哭爹喊娘。

就在胤禛踢得朱二富爬不起身時，王七兄弟見勢不對，互相看了一眼，各自選了一個窗口想要逃去。他們想得很好，胤祥一個人不可能同時追兩人，能逃得一個是一個，可惜，他們忘了還有一個胤禛。

王七如鯉魚躍龍門一般跳窗而去，眼見大半個身子已經在外頭，偏偏還留在屋內的腳被一隻手死死抓住，並且隨著那隻手的用力，滿心不願的他生生被拉了回來。還沒落地，他又被踢得飛了起來，與朱二富一個下場，皆是肋骨斷裂。

另一邊的胤祥也抓住王末，打得他鼻青臉腫、無力起身後，方才如扔破布一般將他與王七他們扔在一起。

不論他們怎麼打，凌若都彷彿沒瞧見一般，木然地瞪著無神的雙眼。

解決了他們幾個，胤禛迫不及待地走過去，然在離凌若還有幾步之遙時生生止住，因為那簪子竟隨著他的靠近而迫近肌膚。

看著她頸間一個個被簪子刺破的傷口，胤禛心痛如絞，柔聲道：「若兒別害怕，我是四爺，我來找妳了！」

四爺？凌若麻木的神情終於起了一絲變化，目光緩慢凝聚，直至看清站在自己面前的人，不是朱二富，而是胤禛。是胤禛！他來了，他來救她了！

她想哭，可是眼裡卻流不出一滴淚來。三天的水米未進，再加上不曾闔眼，幾乎耗光她體力，如果胤禛再不來，她很快就會死去。

「四爺……」伴著這聲沙啞的呼喊，緊握金簪三日的手終於鬆開。

在簪子墜地的瞬間，胤禛緊緊抱住凌若，她本就瘦弱的身子此刻更是不堪一握，原本合身的衣裳變得空空蕩蕩。不過還好，還好她還活著，活著……

這一刻，胤禛後怕不已。如果他們再來晚一點，如果他沒有想到這個辦法，那他就可能永遠失去凌若……

只要一想到這裡，他就生出一種難言的恐懼來，根本不敢再細想，只能緊緊抱著懷中這個雖然瘦得只剩下皮包骨頭、但還是溫熱的身子！

這幾天凌若的精神都處於極度緊張的狀態，如今一旦鬆弛下來，睏意頓時排山倒海地襲來，幾乎是在一瞬間就陷入了沉沉昏睡。

「睡吧，若兒，好好睡吧，沒有人可以再傷害妳！」在呢喃輕語間，胤禛抱著凌若起身，對胤祥道：「你在這裡看著他們，我會通知陳元敬派人過來。這四個，一個都不許饒過，我會讓他們後悔來到這個世上！」

不曾暈過去的王七聽到胤禛這句陰惻惻的話，心裡一陣絕望。看來必須要走那一步了，只是有件事在臨死前他一定要問個明白。王七勉強支起上半身，追問已經走到門口的胤禛：「你、你是什麼時候發現我們的，又怎知我們將鈕祜祿氏藏在這裡？」

胤禛沒有理會他，直接抱著淩若上馬離去；反而是胤祥一腳踩在他劇痛的胸口上，不屑地道：「你跟了我們這麼久，還真當我們什麼都不知道嗎？告訴你，還沒到杭州我們就已經知道了。至於這裡……」胤祥嘿嘿一笑道：「自然要多謝你們帶路，如何，我四哥的字寫得好嗎？」

聽到這裡，王七一下子明白過來，指著胤祥顫聲道：「我明白了，鴿子帶回來的那封信是你們偽造八爺筆跡，引我們來此！」敢情是他們自己拆了自己的臺，將這兩個催命鬼帶到這裡。

「總算你還不笨！」在冷笑中，胤祥掐開王七的下巴，從他下頜處掏出一顆假牙，接著又依樣畫葫蘆從王末還有昏過去的那人嘴裡各掏出一顆假牙來。他拿著三顆中間嵌了顆綠色藥物的假牙，嗤笑道：「想在爺面前耍花樣，你們還早了一百年呢！」

見他連自己最後求死的希望都剝奪，王七與王末是真的害怕了。死並不可怕，可怕的是求死無門。

胤祥看穿他們的心思，將那幾顆假牙扔在地上，拍一拍手道：「放心，爺會好好對待你們的，保證會讓你們往後的日子裡樂趣無窮。」看著面無血色的王七等人，他露出雪白的牙齒道：「爺以前曾見過一種招供的法子，很是有趣，正好給你們試試。想必你們一定會願意乖乖告訴我們，西湖底下究竟藏了什麼，讓八哥這麼在意。」

胤祥一直等到天亮，方才見衙役匆匆趕來。這怨不得他們慢，實在是此處離杭州城太遠，也虧得王七他們想出這麼一處地方，要不是逼得他們自露馬腳，猴年馬月也尋不到這裡。

人都被關進了杭州府的大牢，在分開前，胤祥特意交代他們，一定要好生看管，千萬不能讓他們死！衙差們雖不知胤祥身分，但想到知府大人都對他恭恭敬敬，自不敢怠慢，滿口答應。

第二百六十二章　千刀萬剮

凌若整整昏睡了兩天才清醒，剛一醒轉便看到胤禛倚在床頭打盹，眼下有明顯的青黑，想是這些天不曾好好睡過。

凌若心疼地撫過胤禛的臉。差一點兒，差一點兒她就永遠看不到他了。若不是想見胤禛的念頭在支撐著她，那三天，她未必能熬得下來。

她的動作雖輕，卻依然弄醒了胤禛。見到凌若醒來，胤禛歡喜不已，握著她的手問：「感覺好些了嗎？要不要吃些東西？」

說到這個，凌若感覺喉嚨乾澀難受，話也說不出來，只得指著桌上的茶杯，示意要喝水。她一杯接一杯，直喝了整整四杯方才感覺好受些。

趁著這個工夫，胤禛喚了墨玉進來，命她趕緊去煮一碗小米粥來。凌若剛醒又餓了這麼久，吃不得太硬的東西，得先用軟和的米粥墊墊胃。

這些日子，墨玉也不知道哭過幾回了，尤其在看到凌若瘦得不成人形後，更是經常掉眼淚，一雙眼睛哭得跟兔子眼似的，又紅又腫。此刻看到凌若醒過來，她歡喜得又要落淚，幸好是忍住了。

待墨玉出去後，胤禛撫著凌若骨頭明顯的肩膀歉聲道：「對不起，若兒，若不是我疏忽，沒有多留幾個人照顧妳，朱二富就不會有機可乘，妳更不會受這麼多苦。」

「四爺又不是未卜先知的神仙，哪能事事都料到，何況妾身不是平安無事地回來了嗎？四爺不必再自責。」凌若安慰他。

胤禛扯一扯凌若身上過於寬鬆的衣服，自嘲地笑道：「若這樣也叫平安無事的話，那我不知道什麼樣才叫有事。」

在凌若昏睡的時候，墨玉已經替她擦身、換過衣裳，可是每一件從京城帶來的衣裳，穿到此刻的她身上都顯得空蕩蕩，她少了許多肉。

凌若仰頭看著他，眼中浮起溫柔的笑意。「那頂多妾身這些日子每天吃一隻雞、一隻鴨外加魚蝦蟹蛋、牛羊豬肉無數好不好？」

胤禛被她說得一笑，夾了夾她因為消瘦而顯得越發高挺的鼻子。「看妳還能開玩笑，應該是沒什麼事了。」頓一頓，他又道：「真給妳這麼多，妳也吃不下，一日五餐就行。總之在回京之前，妳一定得比原來胖一些才行，否則皇阿瑪見了，還道是我虐待妳呢！」

「是，妾身遵命。」凌若笑著應了一句。

在等墨玉端粥過來的時候，胤禛突然想起一事來。「墨玉在替妳擦身的時候，說妳除了脖子之外，腿上亦有好幾處瘀青，姓朱的傢伙究竟是怎麼虐待妳？」

凌若苦笑著搖搖頭。「沒人虐待妾身，那些傷都是妾身自己弄出來的。」見胤禛不解，她咬牙將事情原原本本說了出來，臨了道：「妾身怕一旦睡著，他就會趁機不軌，又怕他在水和食物中下毒，所以妾身不敢吃也不敢睡，實在睏得受不了就掐自己，如此才沒讓他尋到機會玷汙妾身清白。那幾天當真是度日如年，所幸，現在都過去了。」

聽完這些話，胤禛的臉色已不是難看二字所能形容了，狠狠一拳砸在床架上。「好一個畜生，明知是我的女人他居然還敢動色心，千刀萬剮都不足以贖他罪過！來人！」

一直守在外面的狗兒立刻推門而入，恭敬地等著胤禛吩咐。胤禛在猶豫一下後，招手將他喚到近前，耳語了幾句。

狗兒點頭示意明白，就在他出去的時候，周庸走了進來，手裡還捧著一根手臂粗的木棍。只見他一臉愧疚地跪下道：「都是奴才不仔細，著了朱二富的當，害福晉受這麼多苦，奴才罪該萬死。本來早就該受罰，但四爺說要由福晉親自責罰，所以奴才才苟活到現在。」說罷，雙手遞上木棍，凝聲道：「請福晉責罰奴才，哪怕是把奴才打死了，奴才也絕無半句怨言！」

凌若就著胤禛的手半坐起身，赧然道：「哪有這麼嚴重，何況害我的那人又不是你，你不過是上了朱二富的當，起來吧。」

「不！福晉不責罰奴才，奴才就長跪不起。」

周庸堅決的態度倒是令凌若犯了難，想了半天道：「這樣吧，就罰你三個月的月錢。」

這樣的處置對周庸來說，無疑是輕得無關痛癢，他小心地瞧了胤禛一眼，見胤禛微微點頭，方才千恩萬謝地磕頭，迭聲道：「多謝凌福晉！多謝凌福晉！」

「對了，四爺剛才與狗兒說了什麼話，可是關於朱二富的處置，為何不能讓妾身聽到？」凌若好奇地問道。

胤禛彎一彎唇，撫著凌若的鬢髮，輕描淡寫地道：「不是不能讓妳聽，而是不願讓那些話汙了妳的耳朵。妳只須知道，從今日起，朱二富將與太監無異；而他的報應不過才剛剛開始，千刀萬剮，一下都不會少！」

對於任何敢傷害自己或身邊之人的敵人，胤禛都不會心存一絲慈悲。其實很多時候，佛陀與修羅不過一線之隔。

除卻王七那四人，尚留在客棧裡的那些人亦被抓了起來。至此，胤禩遣往杭州監視胤禛的眼線悉數被控制，無一逃脫，如此也可以防止他們將消息傳回京城；不過胤禛心裡清楚，這樣瞞不了多少日子。王七每隔兩日就要放一隻鴿子帶信回京，若胤禩那邊連著幾日收不到信，必然會想到杭州這邊出了事，從而防範布置，所以他們一定要在這段時間內找到掩藏在西湖下的祕密。

那幾日，胤祥整日蹲在杭州府大牢之中，對著王七那幫人刑訊逼供，水刑、炭刑、彈琵琶（註2）等等輪番上陣，皆是他以前在軍營或刑部大牢中看來的，專治那些十惡不赦的犯人。

那陣子，杭州大牢中經常可以聽到慘絕人寰的叫聲。陳元敬雖然不喜胤祥用這般殘酷的手段，但這些人本就是胤祥他們抓到，且又涉及幾位阿哥之爭，實輪不到他一個知府過問。

王七等人因被剔除了藏在牙中的毒藥，所以不能自盡，只能生受百般苦楚，生死不由自己。不過與朱二富相比，他們算是幸運了。

朱二富先是被踢斷胸骨，沒歇兩天又被拖出去行宮刑，從此變成一個不男不女的太監；不過這一切還沒有完，止血後，他被拖去行凌遲之刑，足足五天，總共割了一千零三刀方才氣絕身亡。在這段時間，他的舌下一直被迫含著數片老參，用以吊命之用。

註2　犯人脫去衣服，雙手捆綁舉上拴住，此時肋排凸現，用刀刃側面在肋排上來回撥劃，宛如彈琵琶。

第二百六十三章　私造兵器

在朱二富死的第二天，王七趁胤祥一次短暫的疏忽，咬舌自盡；不過他弟弟沒有他這樣福氣。王七死後，胤祥對王末等人看管得越發緊，他們根本尋不到機會自盡，在無休止的折磨以及求死不能的雙重痛苦下，王末的精神終於崩潰了，他將自己所知道的一切都說了出來。

康熙四十二年時的杭州知府是胤禩的人，在一次偶然的機會下，他發現離西湖不遠的一處地底藏有為數不少的精金鐵礦。不同於普通鐵礦，這種精金鐵礦放眼整個大清朝只有少數幾個，用它製造出來的兵刃特別鋒利，而且這樣的礦在江南是第一次發現。最令人驚奇的是，礦坑附附近居然還伴有地火。

他將這件事上報胤禩，不知為何，胤禩竟然沒有告知朝廷，而是選擇將它掩藏下來。如此一直過了五年，直至康熙四十七年的時候，胤禩突然命王末與王七負責在礦洞開鑿挖井，並招來大量鐵匠。

至於胤禩具體要做什麼，還有礦洞的方位，王末卻並不知曉。因為一直以來他都是負責對外，王七才是真正主事者，也是真正得到胤禩信任的那個人。

早在之前，胤禛他們讓陳元敬挨家挨戶搜查以引王七等人上鉤時，就已經聽說有不少鐵匠被一個神祕人以極高的報酬招募去外地打鐵的事，如今總算是能對上號了。

在這件事上，胤禩投入的銀兩數以百萬計，耗資巨大，所謀之事必然非同小可，興許與社稷安穩有關也說不定。

胤禛記得，康熙四十七年，恰好是胤禩被康熙當眾斥責為「辛者庫賤婢所生」的那一年。正是這一句話令胤禩永遠喪失爭儲的資格，以後哪怕他做的再多，也不過是為他人做嫁衣而已。

這對於處心積慮那麼多年的胤禩來說，絕對是一個無比沉重的打擊。儘管表面看來他已經接受這個結果，但內心真實想法如何，誰都不知道。

何況事情已經查到這一步，斷然沒有放棄的理由。胤禛與陳元敬一陣細談，因此事關係當朝阿哥，不宜大肆聲張，所以需要藉助他的力量暗中追查胤禩祕密建在地底的巢穴。

陳元敬自無不同意之理，命杭州府的衙役在西湖附近暗中搜查，不可放過任何一處可疑之地。

在這樣近乎逐寸逐尺的搜查下，縱然再隱蔽的東西也難匿其蹤。十月末的一日，礦洞被搜到，就在西湖西南面數里之外。

這日，胤禛與胤祥還有陳元敬領著一班手執刀劍、全神戒備的衙役，從一個被草木遮住的洞口而入，這正是進礦洞的唯一入口。

起初是一條極窄的道路，只允許一人通過，且極是陡峭。在這條漆黑不見五指的地道中，一個不留神就會滑下去，是以他們走得極慢。

初時尚無感覺，但越往下走越是感到熱，待到後面，眾人頭上已經開始冒汗，呼吸亦略有沉重之感；不過這也證實了地火之言非虛，此處應該在很下面了。

一路往下，不知走了多久，終於開始有亮光，且隱約有叮叮咚咚的聲音傳來，偶爾還有極響的動靜，倒與他們在西湖聽到的有幾分相像。胤禛精神一振，腳下又快了幾分。大約又走了一炷香時間，眼前豁然開朗，胤禛是第一個看到的，饒是他早有心理準備，依然為眼前所見之景震撼。

在他們面前是一個數以百丈方圓的地洞，洞中堆滿了長矛、利劍等兵刃，還有許多男子打著赤膊，用力敲打著燒得通紅的鐵塊。他們沒有用爐子生火，而是直接引地火來用。這些地火不同與往常所見的橘紅色火焰，而是呈青白之色，顯然溫度極高，鐵塊一扔進去就呈軟化之象；但是這些鐵塊很奇怪，不論怎麼燃燒，只要一離開火焰就堅硬如初。

那些鐵匠將鐵塊打磨成形後就扔到冷水中去，在他們旁邊擺滿了各式各樣的兵器，長槍短劍、鋼刀利箭，什麼樣的都有，這裡分明是一個私造兵器的地方。

鐵匠們看到胤禛等人皆愣了一下，待看到全副武裝的衙役更是手足無措地站在那裡，不知該如何是好。

「本官是杭州知府陳元敬，如今命令爾等全部起身放下手裡的東西，到一邊站好，否則本官有權以謀反之罪將你們當場格殺！」陳元敬強忍著心中的驚濤駭浪，上前喝道。這種情況下，他無疑是最合適出面的那一個。

那些人不過是普通鐵匠，聽到這話哪敢怠慢，連忙將手中的東西一扔，誠惶誠恐地站到一旁，等著陳元敬問話。

「是何人讓你們在這裡私造兵器？你們可知此乃重罪！不說自身性命難保，還會禍連家人的！」陳元敬緊緊皺著半白的眉毛。在他治下有人大肆私造兵器，而他身為父母官卻一無所覺，實難逃失職之罪。

陳元敬這句話將那些鐵匠嚇得魂不附體，紛紛跪下求饒。有一個膽大的往前爬了幾步，顫聲道：「回大老爺的話，此事與小民們無關啊，求青天大老爺明鑑！」

在陳元敬的追問下，他們將如何來到此處的過程說出來，與之前打聽到的無異。有人尋到在杭州城中打鐵為生的他們，以高於市價數倍的銀兩要求他們離開店鋪，專門為他打鐵兩年。

打鐵是極辛苦的活計，但所得的銀兩並不多，尤其是那些沒什麼名氣的鐵匠，辛苦一日，不過僅夠溫飽而已。而今聽得可以賺到一大筆銀子，自然心動不已，未曾多問就答應了那人的要求。

來之前，他們每一個人都被戴上頭罩，根本不曉得自己身在何處，也一直到此處才曉得原來是僱他們打造兵器。儘管曉得這是要命的事情，但是這個時候已經由不得他們做主，那些人根本不容他們離開，只能被迫留在此處。

在這期間曾有人想逃走，但無一例外都被抓回來，受盡折騰後被扔入地火。他們親眼看著一個大活人被地火焚燒殆盡，連一絲灰燼都不曾留下，從此他們徹底絕了逃走的念頭，乖乖在這裡做事。

第二百六十四章 禍引東宮

「這麼說來，你們這裡應該有監工，人呢？」胤禛皺眉問道。從剛才進來他就覺得奇怪，這麼大的一樁事，不應該沒人監視這些鐵匠才是。

那人搖搖頭，茫然道：「就在昨日，那些監工突然都走了，一個也沒留下。小的們原本也想走，但又怕他們冷不防會回來，所以才繼續留在此地。」

就在胤禛問話的工夫，胤祥已經開始在各處查看。地洞中有許多間開鑿出來的石屋，裡面擺著床褥等物，想是供監工與這些鐵匠睡覺之用。

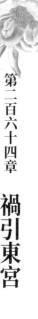

胤祥一路看過來都沒發現什麼有用的線索，箱子裡鎖的也不過是一些普通東西，本以為不會有收穫，未曾想，在撬開最後一個箱子時，竟在裡面發現一件絕不該出現在此地的衣裳。

色用明黃，圓領，右衽大襟，領袖俱石青片金緣。繡文，金龍九，列十二章，間以五色雲。領前後正龍各一，左右及交襟處行龍各一，袖端正龍各一，下幅八寶立水，裾左右開。

這件衣裳，胤祥只在一人身上看到過；而天底下，除了那人之外，再沒有一個敢穿這樣的衣服。因為它是專屬於皇帝的龍袍，獨一無二！

可是此刻卻出現在這裡？難道……

神色大變的胤祥趕緊將龍袍取在手裡，正要拿去給胤禛，突然瞥見一封放在龍袍底下的信件，待看清信上所寫內容以及落款的印章時，胤祥不由得倒吸了一口涼氣。竟然是這樣！

當他將這一切交到胤禛手上時，胤禛亦是大驚失色。不是因為龍袍，光是眼前這個私造兵器的地方就等同於造反，再加上一件龍袍也沒什麼好稀奇的；信上的落款印章才是真正讓他駭然的地方。

竟然——是東宮印章。出自毓慶宮，是太子專用之印，怎麼會在這裡？

照信上內容，應是一封胤礽寫給此地監工的信，詢問他兵器製造的進度，還有龍袍是否有趕製好，句句皆屬誅心之語，大逆不道！

「為什麼會這樣？」胤祥面色凝重地問。明明這裡是胤禩弄出來的，可搜到的證據卻指向太子，信上的字跡與太子字跡並無不同。

信在看完之後就被胤禛收起來，連陳元敬都沒有看到，不過那龍袍卻是看得真切無比。

許久，有微涼的聲音從胤禛齒間逸出：「老八他……始終還是走在咱們前面。」

可以想見，王七他們並不是胤禩安排在杭州的唯一人手。胤禩一連幾天收不到王七的信，猜到杭州出了事，所以傳信給另一人，讓他遣走這裡的所有監工，又留下龍袍還有書信，將一切禍水引到太子身上。

不論龍袍還是書信上的印章都不是一朝一夕能拿到手的，胤禩應該早已經想好了後路。即使這個地方被人發現，也絕對無法與他扯上關係。

至於信上的字跡，呵，要想模仿他人筆跡並不是什麼難事，不久前胤禛就曾耍過一手。

胤禩，他還真是思慮周詳。如此既可不落任何把柄在人手，又可以借他之手除掉太子，一舉兩得！

「四哥，那咱們現在該如何是好？」胤祥清楚，現在擺在面前的就是一個燙手山芋，一個不好就會結結實實糊在腳背上。

胤禛此刻也是進退兩難。若說，太子謀反之罪必然落實，同樣也趁了胤禩的意，自己還可能落得一個裡外不是人的下場；若不說，那麼多人看在眼中，遲早有捅出去的那一天，到時候他就是一個欺君之罪。

左思又想，始終難有兩全之策。儘管他壞了胤禩的好事，可同樣，胤禩也給他下了絆子，這一局，說不好是誰輸誰贏。

說實話，他確沒想到胤禩會如此膽大妄為，生出謀反之心。若他沒有發現這個地方，遲早會有一場大禍發生。皇阿瑪在位時，胤禩興許不敢輕舉妄動，一旦皇阿瑪龍馭賓天，皇權又落入非他一系之手，只怕立時會有一場腥風血雨；而且以胤禩的心計，他不可能只準備這一手，其他地方必然少不了。

「先離開這裡再說。」看著手裡的信與龍袍，胤禛一陣陣頭疼，他得好好想想對策才行。

在離開之前，陳元敬問了胤禛該如何處置那些鐵匠。私造兵器等同謀反，若以此論罪，這些人一個都活不成；但他們原本皆是良民，是被人誆來此處，如果就此送了命，豈不冤枉？所以陳元敬想為他們討一條活路。

胤禛也不願太過為難這些鐵匠，訓斥了幾句，讓他們以後莫要貪財、掙這種來路不明的銀子後，便命陳元敬送他們各自返家。至於這些時日在地洞中的事，一個字都不許洩漏出去。

回到客棧的幾日，胤禛一直在思索該如何去圓滿地解決這件事，然最後卻發現，不論走哪條路，自身都必有損失。他所能做的，就是選一條損失最小的路走過去。

很多時候，陽謀遠比陰謀更可怕。因為你明知身陷局中，依然不得不踏進去……

至於西湖異響的事情，後面也查清楚了。在胤禩將此地鑿為鑄兵之處後，發現地洞中有一條天然形成的甬道直通西湖底。打鐵的時候，聲音會順著甬道傳出去，令遊人聽到異響。這聲音白天亦是有的，不過夜間更加明顯一些，為了掩蓋這一點，胤禛就命人四處散播西湖有蛇妖的謠言。

入了十一月後，天地間一片清寒，下雨時常可見其中夾了細小的雪子。人一旦走到外面，呼呼吹在臉上的寒風就像是刀子一樣。

經過一段時間的調養，淩若的身子已經恢復許多，不再像剛被救回來時那樣瘦得可怕，臉上亦有了些肉。

初七這日，淩若一大早醒來，推開窗子，發現外面竟然白雪皚皚。屋頂、路中，皆覆上一層厚厚的雪，且天空中還不斷飄下形如柳絮的飛雪。

淩若是第一次看到南方的雪景，不由得起了興致，讓墨玉趕緊替她梳洗更衣。她要去看看雪中的西湖與那斷橋，必別有一番動人景致。

第二百六十五章　斷橋殘雪

「主子不請四爺一道去嗎？」墨玉一邊替凌若繫上煙霞色鑲有銀灰色風毛的披風，一邊問著。「奴婢剛才看到四爺在十三爺那裡呢！」

凌若想了想道：「既是在議事，那咱們還是不要去打擾了，妳陪我走走就是了。」

墨玉答應一聲，扶了她出門，不想門外站著一個英挺修長的身影，不是胤禛又是誰？

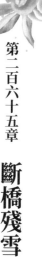

「四爺！」凌若頗為驚訝地看著他。「您不是在十三爺房裡嗎？」

胤禛牽過她的手緩緩走下樓，口中輕聲說道：「原本是想找老十三一道想想呈給皇阿瑪的奏摺該怎麼寫，不想一開窗子看到外面下起了好大的雪，記起妳說想看斷橋殘雪，所以就來找妳了，正好碰到妳要出門，巧得很。」

見他始終記得自己說過的話，凌若心中一甜，帶了幾許笑意道：「其實有墨玉陪著妾身去看也是一樣的，四爺正事要緊。」

胤禛長嘆一聲道：「還有什麼要緊的，左右已經成定局了，這次始終是被老八擺了一局。」

凌若默然無語。書信、龍袍一事她皆已經聽胤禛說了，此事涉及東宮，確實極不好辦，一個不好就會禍及自身，怪不得胤禛如此愁眉不展。

她還在想著該如何安慰，胤禛已是道：「罷了，不說這些掃興的，說了今兒個要陪妳去看斷橋的，走吧。」

一走出客棧，如柳絮又似鵝毛的雪花一片接一片，天地間白茫茫，只站了一會兒工夫，兩人的眉髮就盡皆成了白色。更好笑的是，有那麼幾片雪花像頑皮的小精靈一般，落在胤禛的薄唇上，不經意間看去，就像是白色的鬍鬚一般。

凌若本想替胤禛拂去唇上的雪花，哪知就這抬手的工夫，她手上就落了好幾片雪花。如此一來，不只沒有拂去，反而越拂越多，連胤禛的下巴也有了，瞧上去像長了一大堆白鬍子，極是滑稽。瞧得她忍不住笑彎了眉眼。「四爺您長鬍子了呢！」

墨玉原本就忍得極為吃力，聽到這句話，忍不住「噗哧」一聲笑了出來，又怕胤禛怪罪，連忙抬手捂住嘴巴，另一隻拿著油紙傘的手卻不住顫抖。

看著她們這副模樣，胤禛笑著搖搖頭，順手接過傘，擋住自己與凌若頭頂上空的落雪後，方才撫去臉上的雪花，赧然道：「不過是幾片雪花罷了，值得妳們笑成這樣嗎？」

凌若噙著一縷笑意道：「妾身只是在想，四爺年老之時，是否就像剛才那樣，白髮白鬚。」

胤禛握一握凌若冰涼的小手，以不容置疑的口吻道：「放心，妳一定會看到那一天。」

沒有人比凌若更明白胤禛這句話的意思，暖意在心中流過。於嫣然巧笑中，她握緊胤禛的手。

執子之手，與子偕老……

兩人並肩而行，一路來到西湖。大雪未歇，不斷有鵝毛雪片飛落入湖中，往往一片未化一片又落，比往常多了一份晶瑩朗澈之美。

站在瑞雪之中，遠遠能看到橫在湖面上的斷橋。因為覆了白雪之故，遠觀橋面若隱若現，似斷非斷，斷橋之名正來源於此。

雖然眼下天氣寒冷，又正在下雪，但橋上遊人不增反減，皆是衝著斷橋殘雪美景而來。站在斷橋之上，往北眺望，可見孤山、葛嶺一帶樓臺上下，如鋪瓊砌玉，晶瑩剔透，有一種往日難見的冷豔之美。

這世間最美的從來不是珠玉華服，而是自然界鬼斧神工造就的美景，令人嘆為觀止。

「四爺準備什麼時候回去？」凌若戀戀不捨地收回目光。他們來杭州已經有一個多月了，如今銀兩的流轉過程雖然還不明確，但去向卻清楚了，用來建造兵器所用。從這個意義上來講，胤禛此來的目的已經達成，該是回京覆命。

胤禛撫著覆了積雪的欄杆，漫漫道：「再晚幾天吧，還有一件事要辦。」

凌若稍稍一想已猜到幾分。「可是為著方憐兒的事？」

「是啊。」胤禛應了一聲又道：「既然答應了，總不能半途而廢吧，左右已經來了這麼久，也不在乎多待一、兩天。而且那天我與陳知府也談了，趙辰逸不過一介文弱書生，怎麼有能力連殺十餘人，從這一點上說確有些不合常理。」

「那趙家那個遠房表姪呢？是否可疑？」凌若想起方憐兒曾經提起出入過府衙的那個人，遂有此一問。

「他確實出入過府衙，不過是為了詢問案子的進展情況。陳知府調查過他，並沒查到什麼可疑之處。至於收受銀子一說，那就是無中生有了。」胤禛拍拍欄杆，看那四散而落的積雪道：「看來我要親自見一見那個趙辰逸才行。」

兩人自斷橋回來，已過午時，尚未到客棧就遠遠聽得爭執之聲，近前了才發現竟是方憐兒與李衛。

「你讓開！我要進去問個明白，四爺明明答應過要替辰逸翻案，為何過了這麼久都不見消息。」方憐兒一邊推攘著李衛一邊大叫。

李衛頗為無奈地道：「姑娘，我說過了，四爺此刻不在府內，妳就是進去了也沒用，等四爺來了我再通知妳。」

方憐兒根本不肯聽他說，依然執意要入內。直到李衛看到胤禛，忙不迭地喚了聲「四爺」，才令她停下動作。

方憐兒一怔，沒料到胤禛真不在裡面，一直當是李衛敷衍自己，不過即使如此，她依然怒目相向。

沒等她開口，胤禛已然道：「我知道妳想說什麼，我並非存心拖延，只是之前有事要辦，所以耽擱了。」

凌若亦在一旁道：「憐兒姑娘放心，適才四爺已經與我說過，要特意多留杭州幾天，替妳查清趙家一案。」

「當真？」方憐兒將信將疑地問道。來之前她已經想好，若胤禛不肯管這事，她即刻收拾行裝進京告御狀，哪怕告到皇帝面前也要還辰逸一個清白。

胤禛微一沉吟道：「這樣吧，我恰好要去牢裡見見趙辰逸，妳若有空，就隨我一道走一趟。」

方憐兒自無不允之理，當即隨了胤禛往府衙行去。凌若也想見見這個趙辰逸，遂與他們同去。

第二百六十六章 方織造

到了府衙，眾人卻被告知陳元敬在見客，等了一會兒後方見一個身形微微發福的中年人從裡面走出來。

中年人一見到方憐兒，臉色頓時沉了下來，三步併作兩步，走過來一把握住她的手腕，冷聲道：「走，跟我回去！」

方憐兒似乎頗為懼怕這個中年人，被抓住的一瞬間竟不敢反抗，直至快邁出門檻時才似回過神，死死拉住門環，倔聲道：「不！我不回去，在替辰逸翻案、還他一個清白無辜之前，我說什麼也不會回去！」

中年人臉色越發難看，怒喝道：「辰逸、辰逸！我看妳是被鬼迷了心，為了一個窮凶惡極的殺人犯連家也不回，爹娘也不認！」

「他沒有殺人，是你們冤枉他！」方憐兒尖叫道。中年人力氣極大，扯得她手腕像要斷掉一般，頭上不住冒冷汗。

「妳個逆女！」中年人氣得不得了，一巴掌甩在方憐兒臉上。「白養妳這麼多年，竟然不信爹娘，去信一個外人！為了他，堂堂織造府的千金小姐四處拋頭露面，還穿著這麼一副如喪考妣的衣服，不知情的人見了，還以為妳死了爹娘呢！」

聽到此處，胤禛隱約猜到中年的人身分，應該是杭州織造方平。想不到方憐兒與她爹的關係竟差到這等地步。

「方兄，有話慢慢說，別動手。」陳元敬聽到外面動靜，匆匆跑出來一看，卻見得這麼一副場景，連忙上前勸阻。

方平氣呼呼地甩手道：「還有什麼好說的，這個逆女是想把我活活氣死！明年就要選秀了，她卻在這裡與那個姓趙的死囚牽扯不清，萬一傳到京城，我這張老臉沒了不要緊，方家上上下下都要被她牽連在內！」

「夠了！」方憐兒尖叫一聲，憤然道：「別動不動就把方家拿出來！我是你女兒，不是你手裡的一件工具。我有自己的思想，我不想參加選秀，不想做妃子，我只想過自己想要的生活，這很奢侈嗎？還是說你根本就只在乎自己的前程，為了高官厚祿，可以犧牲女兒的幸福！」

「逆女！逆女啊！」方憐兒這番話聽得方平痛徹心扉，除了這幾個字，不知還能說什麼。

陳元敬看到胤禛，只是這種情況下實在不便多說。他拉了方平的胳膊，半拖半拉地將人拉到之前所坐的花廳。「方兄息怒，世姪女年紀尚幼，不懂事，不要與她一般計較。」

「十五歲，不小了。都怪我與夫人將她寵壞了，讓她如此不知天高地厚，指不定這方氏一族就要毀在她手裡！」方平痛心疾首地說著。

「方兄也不必這麼悲觀，依我看，世姪女還是懂道理的，只是此刻被情所迷，分不清是非黑白，等這份迷戀過了就好了。」說到這裡，陳元敬拍了拍他的肩膀，語重心長地道：「你們總歸是父女，別一見面就搞得跟仇人一般，慢慢來吧！」

「慢慢來？」方平苦笑一聲道：「只怕她還沒想明白，方氏一族已經招來彌天大禍！」他阻止還要說話的陳元敬。「老弟，咱們是同年又是好友，憐兒現在做的事有多危險，你也是看在眼裡的。總之我就一句話，今兒個既然碰到了，哪怕綁，我也要把她綁回府，你別管了。」

陳元敬苦笑一聲道：「我倒是不管，可有人要管啊。」在方平疑惑的目光中，他低聲道：「可曾看見與憐兒一道來的那名男子？」

方平微微一怔，下意識往外頭看一眼。那人雖只是靜靜站著，卻透出一種神祕莫測的氣息，令人看不透。「他是誰？」

陳元敬猶豫了一下道：「他是誰我不能說，但是我叫他四爺，你好生想想，這天下有幾個四爺。」

方平不是蠢人，再加上陳元敬又是存心點撥，一下子就想到胤禛身分。這份驚訝非同小可，他瞪大了眼睛道：「京裡那位？」

隨著陳元敬點頭，方平連最後一絲懷疑也沒了。他相信這位同年不會無的放矢，只是萬萬沒料到這位號稱冷面阿哥的四爺會悄悄來這杭州，之前一點兒風聲都沒聽說，憐兒怎麼會與他走在一起？

陳元敬瞧出他心裡的疑惑，搖搖頭道：「憐兒如何與他相識我也不清楚，不過瞧憐兒的樣子，似乎還不清楚他的真正身分。」

「憐兒是不是求了四爺替姓趙的那臭小子翻案！」方平好不容易壓下去的怒氣隨著這句話又升了上來。

「前陣子四爺已經來問過趙家案子的情況，不過要說翻案還不至於，只是想再徹查一遍。」說到這裡，陳元敬突然露出一絲笑意。「方兄不用急著生氣，其實這事對你而言並不是什麼壞事。你想，趙辰逸殺害趙家上下十一口的事已經人證、物證俱在，確鑿無誤，唯世姪女不信而已。若四爺再一次證明趙辰逸的罪行，那世姪女想不承認都不行了，正好可以讓她對趙辰逸死心。」

方平細細一琢磨，還真是這麼一回事，心中稍微舒服了些，但又擔心適才方憐兒那番話被胤禛聽在耳中，給方家帶來什麼隱患，畢竟胤禛可是皇上的兒子。

陳元敬想了一下道：「依我看，四爺這人並不像傳言那般冷酷無情，相反的，有情有義得很，否則也不會助世姪女來查此案。而且我適才一直有在留意他言行、神情，並無動氣或不悅之色，應不會有礙，沒事的，把心放寬些。這樣吧，你先坐一會兒，我去與世姪女他們說說。」

「唉，這個逆女，真是要把我和她娘活活氣死才肯甘休。」方平長嘆一聲，苦澀難言。

陳元敬在安慰過方平後，來到正廳當中，始一進門就見胤禛坐在上首，凌若正坐在旁側低聲安慰著不住垂淚的方憐兒。方憐兒羅袖下的皓腕上有一大片瘀紅，想是適才與方平拉扯間不慎弄傷的。

第二百六十七章 提審

陳元敬進來後先向胤禛賠了個不是，隨後才走到低泣不止的方憐兒面前，嘆道：「世姪女，莫怪我這個做叔叔的多嘴，在這件事上妳確實有些任性了，怨不得妳父親生氣。」

見方憐兒不理會自己，他又道：「妳可知妳父親今兒個來找我做什麼嗎？」

方憐兒抬起含淚的眼眸，恨恨道：「還能有什麼，自然是讓你早些處置辰逸，好教我絕了這份心思。」

「妳錯了，妳父親做事素來光明正大，不屑用這種宵小手段。他今日來，其實是來求我。」

求？方憐兒愕然地睜著美目。在她心中，父親一直是個強勢的人，這個字眼無論如何都與他扯不上關係。

「他知道妳曾擊鼓鳴冤，被我退回去後，一直心懷忿忿，多有口不擇言之時。

他怕我會定妳的罪，所以特意來懇求我不要與妳一般見識。」陳元敬頓一頓道：「世姪女，其實妳父親真的很疼妳，我與他相交這麼多年，還是第一次見到他為一個人拉下臉皮來懇求。」

凌若拍拍方憐兒的手，深有感觸地道：「是啊，父女之間哪有隔夜仇，過去的事就算了，一家人完完整整在一起才是最重要的。」

在一陣靜默後，方憐兒突然搖頭道：「不是的，父親若真的愛我，就不會一意孤行，堅決認定辰逸有罪，又不斷阻撓我替他伸冤。始終在父親心中，高官厚祿才是最要緊的，女兒……」她自嘲地笑一笑。「不過是可以助他達成所願的一枚棋子罷了，眼下這枚棋子還有用，他自然捨不得扔掉。」

說來說去，問題始終出在趙辰逸身上。凌若愛莫能助地看了胤禛一眼，後者將取在指尖撥弄的沉香木佛珠套回腕上，長身而起，對陳元敬道：「走吧，帶我們去見一見這位趙三少。」

「是。」陳元敬對方憐兒的固執亦無可奈何，喚過師爺陪著他們一道下大牢。

牢房是沒有陽光的，只有幾盞昏暗的煤油燈在那裡燃著，於腐朽的氣息中映照出牢房中一張張蒼白無神的臉龐。

這裡的人有些是短期關押，過幾個月就會放出去；有些則是長期甚至永無休止地關押，許多人在牢房中走完自己的一生，這種看不到希望盡頭的關押往往會令人發瘋。

一路走來，凌若耳邊充斥著各式各樣的叫聲，罵聲、哀求聲，更有無數隻手從木欄柵中伸出來，稍不留神就會被他們抓住，難以掙脫。

「大人，趙辰逸乃是死囚犯，所以被關押在最裡面那間，那裡都是一些窮凶極惡之輩，極是危險，要不要屬下去將趙辰逸提到這裡來讓大人審問？」說話的是大牢的牢頭，很有些眼力勁。

陳元敬是曉得那些人的，都是不要命的狠角色，手上都有好幾條人命。當初為了抓他們歸案，死傷不少衙役。進去後，萬一發生暴亂，後果不堪設想，何況這裡還有一個身分尊貴無比的四阿哥。他當即點頭道：「就按你說的辦，將他提過來訊問。」

在牢頭去提趙辰逸的這會兒工夫，早有機靈的獄卒端上木凳請他們坐下，又在桌子上放了一盞煤油燈，瞧著還真有了些審訊的味道。

最激動的莫過於方憐兒，自從趙辰逸被抓進來後，她就再沒能見過他。牢裡條件這般辛苦，他不知被折磨成什麼模樣了。

一想到這裡，她就忍不住掉淚。

過不多時，只見牢頭提了一個身形瘦削、雙目無神的年輕人過來。隨著他手的放開，那人如無骨蟲一般軟軟倒在地上，手腳上的鐐銬在與地面相觸時發出沉沉的響聲。

方憐兒悲呼一聲，快步奔至他面前，雙手顫抖地扶著他道：「辰逸！我是憐兒啊，我來看你了。」

憐兒……在這兩個字的刺激下，趙辰逸的目光漸漸凝起一絲焦距，灰白的雙唇不住發顫，良久才聽到他沙啞哽咽的聲音：「憐兒！憐兒！」

方憐兒激動得說不出話來，只緊緊握著他的手不住點頭，許久才道：「你不用擔心，我帶了人來救你，他一定能替你洗刷冤屈，還你一個公正清白。」

「是嗎？」趙辰逸的目光並沒有如她那般激動，只是死死盯著身上重得像要把他壓垮的鐐銬，喃喃道：「真的還有解開那一天嗎？」

方憐兒斬釘截鐵地道：「一定會有，因為我們還要成親。你說過，這輩子要娶我為妻的。男子漢大丈夫，說過的話可不能賴。」

「憐兒……」聽得她這番話，趙辰逸忍不住鼻中泛酸，重重點頭，帶著鼻音道：「是，我要娶妳為妻，所以我不能死，不能認罪！」

在這樣的話語中，他彷彿一下子變得不一樣了，膝行到陳元敬等人面前，磕頭大聲喊冤：「小人冤枉，小人並未殺人，求青天大老爺明查，還小人一個清白！」

胤禛打量他一眼，道：「且將當時的情況細細說來。」

趙辰逸點點頭道：「記得那夜小人原本在睡覺，睡到一半突然聽得外面不對勁，就出去看看。哪知一出來，就看到有個黑衣人拿著把刀在追殺大哥他們。」他的聲音漸漸起了驚慌：「儘管很害怕，但我還是追了上去，越追越可怕，地上躺了好幾個人，有大娘、二娘她們，一個個身上血肉模糊，被砍得面目全非，我的手就在那個時候沾上了血。」

「我雖然極力想要阻止，但那人力氣很大又懂武功，我根本不是對手，眼睜睜看著他殺了大哥他們，然後他又拿刀來砍我。我躲不開，只感覺身上一陣劇痛，之後就沒了意識。等再醒過來的時候，發現趙家上下，不算那些奴僕，除了我之外都死了，無一生還！」說到此處，他忍不住掩面而泣，想是那一幕慘況令他至今難忘。

第二百六十八章 身世

胤禛低頭翻看著之前關於此案的所有紀錄，他翻得極快，寸許厚的案卷很快就翻完了。上面記錄的情況大致與趙辰逸所說相符，只不過黑衣人換成了他自己，而凶器最後也在他房中找到。

「既然趙家的人都被殺死了，為何唯獨放你一條生路？」胤禛徐徐問道，這是趙辰逸說詞當中唯一不能說通的地方。

「我也不知道，也許……他以為我死了吧，畢竟那道傷口有那麼長，連骨頭都露了出來。」趙辰逸一邊說著一邊拉開衣服，果然在他胸前橫著一道半尺長的傷口。新肉已經長出來，像是一條粉色的蜈蚣橫在那裡，猙獰可怕。

在他將衣服掩上的時候，凌若不經意間瞥過的目光恰好看到他腰側有許多道細小傷痕。傷口與胸前那一刀不同，應是老早就有的，瞧著有點像是用刀片割出來的。奇怪，一個養尊處優的少爺身上怎麼會有這麼多傷痕？

當她將這個疑問告知胤禛的時候，後者不動聲色地點點頭，目光掠過放在卷宗最上面的那張紙。「趙辰逸，根據卷宗所記載，你母親原是伺候趙家老爺洗腳的丫頭是嗎？」

趙辰逸臉頰上的肉因這句話而抖動一下，垂下頭低低回答了一聲：「是！」

胤禛見狀，繼續道：「在一次偶然的機會下她被趙老爺看上，之後就有了你。不過你出生後，趙老爺找算命先生看過你的八字，說在十歲之前容易剋父，所以你甫出生就被送到鄉下寄養。在你八歲那年，你母親因病過世，而你連她最後一面也沒有見著，更不須說送終。」

「是！」同樣的字，再一次從趙辰逸嘴裡吐出來的時候，比剛才沉重許多。他垂在兩側的手握得鐵鍊咯咯作響，面有痛苦之色。

方憐兒見情郎痛苦，忍不住對胤禛道：「你不是來查案的嗎？平白無故問這些做什麼？辰逸生母早逝的事咱們都知道，何必再多問！」

胤禛未回答她的話，只繼續問：「你十歲回府之後，趙家人待你如何？」

「父親待我很好，大娘更是待我如親子，兄弟間亦相處融洽和睦，原本我還想著去京中參加會試呢。父親和大娘一直盼著我能光耀門楣，不想竟出了這種事，一夜之間，親人全部離我而去，陰陽永隔！」說到悲傷處，趙辰逸愴然落淚。

「是嗎？」胤禛突然說了這麼一句，手指在卷宗上輕輕敲著。「你既然遇到過那個黑衣人，可記得他長什麼模樣？」

趙辰逸努力回想了一下，道：「當時天太黑，看不清。」

在說這句話時，胤禛留意到他目光有那麼一絲微弱的躲閃，彷彿有什麼事情在瞞著他們。

在方憐兒極度不滿的目光中，他停止訊問並離開牢房。

在之後的幾天裡，胤禛輾轉問了許多以前在趙家伺候的下人，多是關於趙辰逸平時的生活點滴以及與趙家上下的關係，他始終懷疑之前趙辰逸所說的父慈子孝場景。試問一個因為算命先生幾句話就將剛出生的兒子送到鄉下寄養，且長達十年不聞不問的父親會好到哪裡去？

儘管問到的情況支離破碎，但當所有碎片組合在一起時，漸漸還原了一個事實。殘忍，但卻是獨一無二的真相！

之後，胤禛又讓陳元敬去問了浙江學政關於趙辰逸會試資格的事。儘管知府與學政非屬一路，但這個面子學政還是肯賣的，何況會試名單並不是什麼祕密。不過出人意料的是，浙江會試名單上竟然沒有趙辰逸的名字，不是因為他犯案以致被劃去，而是這個名字從不曾出現，倒是另一個與趙辰逸僅一字之差的名字赫然在名單上。

到此時，胤禛已經十有八九可以確定趙氏一案的真正凶手。

十一月十二這日，他再一次去了大牢，一道前往的依然是上次那些人。

「你拖了這麼久，究竟想到誰是凶手了沒？」一再的拖延等待耗光了方憐兒的耐心。

走在前面的胤禛沒有說話，只是微微點了點頭，不過這樣已經令方憐兒精神大振，所有抱怨不滿都在瞬間煙消雲散。

牢頭提了趙辰逸單獨訊問，始一上來，胤禛便問：「上次來問你，你說趙老爺和趙夫人待你極好，兄弟間更是謙恭和睦是嗎？」

趙辰逸神色一僵，隱約有種不好的預感，但還是硬著頭皮道：「是，小人確實這麼說過。」

「可是我查到的情況與你所言卻有很大出入。」胤禛抬起手，手裡拿著一疊寫有滿滿字跡的紙。「我問過在趙府做事的所有人，都說趙老爺對你根本不重視，甚至當年並沒有接回來的打算，是鄉下那戶親戚不願再撫養才不得不送回來。至於趙夫人更是稍有不順心，就拿你出氣，甚至經常出言侮辱你與你母親，認為是你母親狐媚，勾引趙老爺才生下你這個賤種。所謂的趙三少爺不過是一個空名，在趙府中，你的地位甚至還不如一些下人。」

方憐兒越聽越覺得不對，憤然打斷他的話。「夠了，你到底想說什麼？」

胤禛不理會她，牢牢盯著神情激動的趙辰逸。「至於那兩個哥哥，也與他們母親一般對你多加虐待。」在未落的話音中，他一把拉起趙辰逸的衣袖。在那胳膊上，赫然有與凌若上次在對方腰間看到的同樣傷口。「若我沒有猜錯的話，這些應該就是他們虐待你的罪證。趙辰逸，在你心中，對趙家、對趙家的每一個人應該都充滿了仇恨。」

方憐兒驚訝地捂住嘴。這些事她從不曾聽趙辰逸提起過，是真的嗎？真如胤禛所言，趙辰逸在趙府中受盡凌辱？為眾人所欺？

「我……我不知道你在說什麼。」這一次，任誰都看得出趙辰逸目中的躲閃。

「你不甘心一輩子像條狗一樣屈辱地活著，所以將所有精力都用在讀書上，希望有朝一日可以高中三甲，成為人上人，令他們不敢再這樣待你。皇天不負有心人，你的努力得到了回報，四年前，以童試第五名的成績高中秀才；與你一道高中的還有趙家大少爺趙辰明，不過他的成績差你許多，只堪堪及格。」

第二百六十九章　沒有冤案

「去歲，你與趙辰明一道參加鄉試。你飽讀詩書，考卷上的題目對你並不難，一揮而就，滿以為這次鄉試一定可以名列前茅；卻不想放榜那日，名列前茅的人是趙辰明，你卻名落孫山。論學識才華，天資平庸的趙辰明難望你項背，怎麼都該是他落榜才是。」這些都是陳元敬從浙江學政處得來的消息。

趙辰逸的臉龐埋在陰影裡，雙手死死捏著兒臂粗的鐵鍊，指節在不斷地用力下泛起了青白色。「世事無常，誰敢保證自己一定可以考中。那一次只能說大哥的運氣比我好。」

「是嗎？」胤禛不以為然地撫一撫紫錦衣袍，淡然道：「我讓陳知府找浙江學政調閱過那兩份卷子，並且分別跟你們童試時的卷子比對過，趙辰明的卷子應該是你的才對。有人在交卷之後換了你們的名字，趙辰明的舉人身分本該屬於你才是。」

說到此處，他轉向聽得驚詫不已的方憐兒，有微不可聞的嘆息伴著聲音在這陰暗的牢房中響起。「妳一心想找我替趙辰逸翻案，但結果，只怕要讓妳失望了，因為人確實是趙辰逸殺的，從來沒有冤案，從來沒有陷害，事實如此。」

「不可能！」方憐兒如遭雷擊，雙目失神地搖頭道：「辰逸不會殺人，絕對不會！」自她與趙辰逸相識以來，他一直都彬彬有禮、溫文儒雅，試問這樣一個人怎麼可能去殺人呢？而且還是連殺十餘人。

胤禛搖搖頭，將目光轉回到趙辰逸身上。「從你此刻的反應看來，我並沒有猜錯。我想，這就是直接導致你失去理智，持刀殺人的最主要原因。」

趙辰逸的身子在不住顫抖，許久，他抬起毫無血色的臉龐，對失魂落魄的方憐兒愴然道：「對不起，憐兒，我騙了妳，趙家上下十一口都是我殺的。我本想與這群豬狗不如的畜生同歸於盡，不曾想竟然活了下來。從鬼門關繞了一圈回來，我發現自己其實很怕死，也有很多事情放不下，所以那日在公堂上我才會對妳說我是冤枉的，希望妳能夠找人推翻這個案子！」

他這番話擊潰了方憐兒一直堅持的信念，踉踉蹌蹌地往後退，直到背抵在牆角，無處可退時方才停下。她身子軟軟滑倒，死死咬著拳頭，在腥鹹的味道中，淚水無聲落下……

看到她這樣，趙辰逸心中也極不好受。這件事本與憐兒無關，他卻因一己之私而將憐兒拉了進來，實在該死！

「現在，你可以將真正的經過說出來了吧。」胤禛垂目看著跪在地上的趙辰逸。

在死一般的靜默中，趙辰逸的聲音緩緩響起：「你說得沒錯，趙家上下根本沒有將我與我娘當人看待。明明是父親自己貪好美色，占了我娘的清白，臨到頭卻將一切罪過推給我娘，說是我娘勾引他；不給名分不說，還任由大娘她們欺凌我娘。好不容易生下我，娘以為父親會念在親生兒子的分上對我們另眼相看，可是她錯了。」

他露出一個極為諷刺的笑容。「那個所謂的父親已經有了兩個兒子，根本不在乎多一個、少一個，何況還是洗腳丫頭生的兒子，身分卑賤，不配姓趙。而這還不是最慘的，最慘的是這位名義上的趙三少爺被一個江湖術士指稱八字剋父，沒吃幾口親娘的奶就被送到了鄉下，從此過著寄人籬下的日子。」

那段日子，他至今記憶猶新。鄉下那對夫妻待他並不好，不過是看在每月寄送的銀子分上才勉強給他口飯吃罷了。

每次看到別的同伴有爹疼、有娘愛，他就羨慕得不得了，小時候最喜歡做的事就是坐在村口的大石上，盼著有一天，爹娘會出現。等長大後，漸漸知道了自己的身世，也知道偶爾從城裡送下來的新衣新鞋是娘親手做的，雖然素未謀面，但想起親娘依然感覺很溫暖。這個時候他開始盼著趕緊到十歲，這樣就可以回去見娘親了。

可是上天並沒有給他這個機會，就在他八歲生辰那年，年年都會送來的新衣新鞋竟然遲遲沒有出現。他覺得很奇怪，就央那對夫婦進城時幫他打聽一下，結果等來的是親娘病死的噩耗。

兩年後，他回到趙府，卻沒有見到親娘的牌位。趙家的解釋是，一個洗腳丫頭出身的卑賤女子生前無名分，死後如何有資格入趙家，賞她一個安息之地已經是客氣了。

他不甘，可是只能忍耐，因為連他都被打著卑賤的烙印。除了暗自垂淚，他根本做不了什麼。

那一年清明，他在娘的墳前發誓，一定要出人頭地，然後將她的牌位風風光光迎入趙家，讓趙家上下承認她趙夫人的身分。

萬般皆下品，唯有讀書高。

這句並不是空言，在那種情況下，趙辰逸選擇了讀書，童試、鄉試、會試、殿試，這是他給自己訂下的目標，也是他達成所願，成為人上人的唯一途徑。

為了這條路，他忍受著趙家上下的輕視與欺凌，哪怕趙夫人出言相辱，趙辰明幾個聯手欺負自己，用小刀在自己身上劃著口子或拿香頭燙自己，他全都忍了下來。

不經一番寒徹骨，哪得梅花撲鼻香。十年寒窗，苦讀不輟，終於被他考取了秀才資格，有資格去進行更高一級的鄉試。雖然趙辰明也考中秀才，且與他同屆應鄉試，但他並沒有太過在意，論才學、詩詞經略，他比天賦平庸的趙辰明要好上太多。

好不容易等到放榜時，他竟然落榜了，反而是趙辰明榜上有名，這讓他猶如五雷轟頂，整日裡如孤魂野鬼一般，飄來蕩去。

若一直這樣下去，他或許會就此一厥不振，可一次在路過父親書房時，意外聽到他與趙夫人說話，而內容就是關於這次鄉試的。

原來父親買通鄉試的考官，將他與趙辰明的卷子私自調換，如此一來，他辛苦考來的成績就成了趙辰明的囊中物。

第二百七十章　回京

趙辰逸一直都知道父親厚此薄彼，可萬萬沒想到竟到了這步田地。同是他的兒子，一個視如珍寶，另一個卻棄如敝屣，甚至斷絕他唯一的生路，何其殘忍。

他跑進去質問父親，可後者竟無一絲悔意，還說他唯一對趙家有用的，就是替他大哥考中了鄉試。

長久以來壓抑在心底的痛苦與仇恨終於在這一刻爆發，驚濤駭浪般的恨意壓倒理智，竟然抽出父親擺設在書房中的長刀，狠狠砍在他身上。在趙夫人的尖叫聲中，從父親肥胖的身體中噴射出的鮮紅血液飛濺在鋼刀上。

他要所有欺辱過他與娘親的人都死！這是趙辰逸當時腦海中唯一的念頭，所以在父親死後，他再次舉起鋼刀砍向躲不及的趙夫人。看著那一個個憎恨到極點之人倒在自己面前，他感覺到無比的暢快，最後一個面對的是趙辰明。

在這個過程中，他胸前挨了一刀，掙扎著回到自己住的房間，原以為必死無疑，哪知竟被救了回來。醒來後，他本欲認罪，一死以贖手上血腥，但看到在堂外觀審、口口聲聲堅信自己清白的方憐兒，忽地又不願死了。他還有事未完成，還有人放不下，不願就這麼死去，所以他誆了方憐兒……

在講述完整件事的過程後，他含淚看著失神的方憐兒。「對不起，憐兒，殺那些人我並不後悔，唯一後悔的就是騙了妳，對不起！我知道自己必死無疑，別無他求，只求妳能原諒我。」

「哈哈哈！」方憐兒突然大笑起來，悲泣道：「我為了你與父親反目，我為了你四處鳴冤，你現在卻告訴我是你騙了我。趙辰逸，枉我對你一片真心，你居然利用我！現在還要求我原諒？」她用力搖頭，木然道：「不，我這輩子都不要原諒你！不原諒！」

在這樣的喊聲中，她奔出大牢，跑過的地方留下點點晶瑩，以及……趙辰逸一直追隨在她身後的淒涼目光。

雖然事情已經水落石出，殺人的動機也找到了，但胤禛他們心中依然沉甸甸的。原本趙辰逸有機會踏上仕途，甚至與方憐兒或許可以成為一對佳偶，卻因趙家人而毀了這一切，實在可悲可嘆。

外頭不知何時露出太陽，淺金色的日光從天空中大片大片地灑落下來，令剛從陰暗大牢中出來的幾人不自覺瞇起了眼。

凌若用衣袖遮一遮陽光，待要舉步，忽地看到方憐兒站在不遠處，在她對面還站了一個人，正是有過一面之緣的方平。

父女倆都是性子倔強之人，明明只是幾步路的距離，卻哪個都不肯先邁。

在輕淺如雪的笑意中，凌若走上去扶了方憐兒的肩膀，輕聲道：「這世間會不計較任何回報得失對妳好的，唯有父母。」

方憐兒側頭看了凌若一眼，黯然道：「可是我的父母卻一心想讓我選秀入宮，根本不在乎我願意與否。」

「妳啊！」凌若搖搖頭，撫著她柔滑的髮絲勸道：「不是他們不在乎，而是不能在乎。選秀是每個官家女子必經之路，即使心中不捨又能如何，抗命嗎？到時候死的就是整個方家。妳難道真想眼睜睜看著自己的親人因妳而死？」

「自然不是！」方憐兒連忙否認，低頭看著自己絞在一起的手指，吶吶道：「我只是不願……」

「不願選秀嗎？」凌若接過她的話，嘆息道：「上天給了妳尋常人羨慕不已的出身，令妳可以衣食無憂，快快樂樂長到十五歲；但同樣的，上天也給了妳尋常人沒有的責任。不論妳願或不願，選秀都是必經之路，沒有人可以逃脫。妳所能做的，就是好好地、穩穩地把這條路走下去。不論是選秀入宮，還是發還本家，都盡自己最大努力將這條路走好，不要讓妳的父母為妳憂心。因為……他們永遠是這個世上最愛妳的人。」

見方憐兒還在猶豫，她柔聲道：「去吧，隨妳父親回家，千萬別等到『子欲養而親不待也』的時候再後悔。至於趙辰逸……就將他當作夢一場忘了吧。」

夢嗎？方憐兒搖搖頭，指著自己的胸口緩緩道：「這裡還在痛，所以那不是夢，不過一切都結束了。」她長吸一口氣，突然像是想通什麼，迎著冬日露出這些天來的第一個笑容。「我不會原諒辰逸的，因為我要永遠記著他，記著這個愛過我也騙過我的男人。」

在說完這句話後，她停頓許久的雙腳終於又動了，向著方平緩緩走去。腳步從最開始的遲疑到猶豫，再到堅決，一步一步……

「父親！」終於走到方平面前，方憐兒仰頭看著白髮叢生的他。父親……他真的老了……她眼中有淚光在閃爍，卻倔強地不肯讓它落下，盈盈跪在方平面前。「父親對不起，是女兒不懂事，讓您操心了。」

方平彷彿第一次認識這個養了十五年的女兒。一直以來，女兒的性格都與他一般倔強，從不肯認錯，怎麼突然轉了性子？

不管怎麼說，這都是一件值得高興的事。他連忙扶起方憐兒，迭聲道：「沒事了，沒事了，咱們回家吧，妳娘可天天盼著妳回去呢。」

方憐兒走了。經過這一事，凌若相信，她會開始學著成熟，痛苦永遠是最能磨礪人心的。

「咱們也走吧。」胤禛走上來牽起凌若的手，踩著未化的積雪往客棧走去。在杭州的事已經都完結了，該是時候回京了。

熹妃傳 第一部第四冊

作　　者／解語
執 行 長／陳君平
榮譽發行人／黃鎮隆
協　　理／洪琇菁
總 編 輯／呂尚燁
執行編輯／陳昭燕
美術監製／沙雲佩
美術編輯／陳又荻
國際版權／黃令歡、梁名儀
企劃宣傳／洪國瑋
文字校對／朱瑩倫
內文排版／謝青秀

國家圖書館出版品預行編目資料

熹妃傳．第一部／解語作．-- 1 版．-- 臺北市：城邦文化事業股份有限公司尖端出版：英屬蓋曼群島商家庭傳媒股份有限公司城邦分公司尖端出版發行，2022.09-
冊；　公分
ISBN 978-626-338-379-1（第 4 冊：平裝）

857.7　　111011988

出版／城邦文化事業股份有限公司　尖端出版
台北市 104 中山區民生東路二段 141 號 10 樓
電話：（02）2500-7600　傳真：（02）2500-2683
讀者服務信箱：7novels@mail2.spp.com.tw
發行／英屬蓋曼群島商家庭傳媒股份有限公司城邦分公司　尖端出版
台北市 104 中山區民生東路二段 141 號 10 樓
電話：（02）2500-7600　傳真：（02）2500-1979
劃撥專線：（03）312-4212
戶名：英屬蓋曼群島商家庭傳媒（股）公司城邦分公司
劃撥帳號：50003021
※ 劃撥金額未滿 500 元，請加付掛號郵資 50 元
法律顧問／王子文律師　元禾法律事務所　台北市羅斯福路三段 37 號 15 樓

台灣地區總經銷／中彰投以北（含宜花東）　楨彥有限公司
電話：（02）8919-3369　傳真：（02）8914-5524
雲嘉以南　威信圖書有限公司
（嘉義公司）電話：（05）233-3852　傳真：（05）233-3863
（高雄公司）電話：（07）373-0079　傳真：（07）373-0087
馬新地區總經銷／城邦（馬新）出版集團 Cite（M）Sdn Bhd
電話：603-9057-8822　傳真：603-9057-6622
E-mail：cite@cite.com.my
香港地區總經銷／城邦（香港）出版集團 Cite（H.K.）Publishing Group Limited
電話：852-2508-6231　傳真：852-2578-9337
E-mail：hkcite@biznetvigator.com

版　次／2022 年 9 月 1 版 1 刷　Printed in Taiwan